王妃さまのご衣裳係 2

友愛の花は後宮に輝く

JN092019

結城かおる

角川文庫
23156

目次

おもな登場人物

鄭《てい》 鈴玉《りんぎょく》……………………没落貴族の娘。家門再興と立身出世を目指して女官として後宮に入り、王妃付きの衣裳係となった。気が強くまっすぐな性格だが、芯の部分では思いやりがある。

杜《と》 香菱《こうりょう》……………………鈴玉の見習い時の同期にして同僚の女官。王妃の衣裳係をともに務めている。優秀だが、世話焼きで少々口うるさいところも。

湯《とう》 秋烟《しゅうえん》／謝《しゃ》 朗朗《ろうろう》……………後苑《こうえん》（庭園）の宦官。鈴玉の友人。本物の兄弟のような仲の良さで、秋烟は柔和な雰囲気、朗朗は快活な性格。二人で小説を書いている。

劉《りゅう》 星衛《せいえい》……………………主上からの信頼も厚い、国一番と評判の武官。羽林中郎将《うりんちゅうろうじょう》。長身の美丈夫で、真面目な性格。鈴玉にとって印象最悪だったが、後宮での事件を経て、徐々に互いを理解し始める？

林氏《りん》……………………涼国《りょうこく》の王妃。鴛鴦殿《えんおうでん》の主《あるじ》。思慮深い人格者。

主上（王さま）……………………涼国の君主。若き賢王だが悪戯《いたずら》っぽい一面も。

序

その少女は、弧を描く橋の一番高いところで、水面《みなも》を見下ろしていた。歳の頃は十五、六だろうか。ほっそりした首と雪のように白い肌、整った鼻梁《びりょう》と薔薇《しょうび》を思わせる唇を持ち、はっと人目を惹《ひ》くものがあった。頭に小さな髷《まげ》を作って余りの髪は肩に垂らし、牡丹《ぼたん》を象《かたど》った銀の釵《かんざし》を挿している。滑らかな薄桃色の絹で仕立てた「襦《じゅ》」と呼ばれる丈の短い上着に、若草色の「裙《くん》」と称する裳《も》を合わせ、釵と同じ意匠の佩玉《はいぎょく》は曇りも見られない名品で、一目で富家の娘の装いと分かる。ただ尋常ではないのは、「披帛《ひはく》」と呼ばれる、肩にかけた細長い布の片方を長く引きずっていることだった。

岸辺では赤や白の梅が満開となり、若い鶯《うぐいす》が拙《つたな》い調子で繰り返し鳴いている。

少女は塑像のようにじっと動かず、仲睦《なかむつ》まじげなつがいの鴨《かも》を眺めていたが、ついで右の袖《そで》をめくって手首に指を這《は》わせる。そこに巻かれた包帯には、既《すで》に黒く変色した血が滲《にじ》んでいた。

彼女はやがて淡い色をした春空に視線を移し、一羽のひばりが鋭く鳴きながら高く舞い上がっていくのを見つめた。だが、澄み切った両の瞳《ひとみ》に映るのはひばりでも流れる雲でもなく、ただ虚無と絶望だけだった。脇に小さな黒子《ほくろ》を宿す唇がかすかに動く。

春日遅々に、鶬鶊《うぐいす》正に啼《な》く
凄惆《せいちゅう》の意、歌に非《あら》ずしては撥《はら》い難きのみ
　春の日はうららかに照り、うぐいすは今しも鳴いている
　痛むこの心は、歌でないと紛らしがたい

少女はそう口ずさむと橋の欄干に上り、天空の鳥のごとく両腕を平行に広げた。薄物の披帛が風に翻り、釵から下がる小さな銀の珠がちらちらと揺れる。

その橋は多くの人が行きかう場所ゆえ、皆の不審の視線を集め始めていた。

「おい、あんた……そんなところに立っていたら危ないよ」

見かねた中年の籠《かご》売りが、近寄って彼女に手を伸ばした瞬間。

「あっ……」

少女は腕を広げたまま、披帛に刺繍《ししゅう》された蝶《ちょう》のごとく、ふわりと中空を舞った。

第一章　鈴玉、明安公主を知る

一

「ふああ……ねむ」

後宮の真ん中で、一人の少女が大あくびをした。

ここは涼国《りょうこく》の王宮である嘉靖宮《かせいきゅう》、その北側に位置する後宮の中央には太清池《たいせいち》と呼ばれる大きな池がある。芝に覆われた池のほとりでは、先ほどから赤紫色の襦をまとう若い女官が座り込んでいた。端麗な面立ちで、長い睫毛《まつげ》に縁どられた黒曜石のような眼は半ば閉じ、唇の珊瑚《さんご》色が肌に美しく映える。

うらうらとした日差しが降り注ぎ、あるかなきかの微風が彼女の前髪を揺らす。頭上からは藤の花房が葉とともに下がって涼しい日陰を作り、足元には切ったばかりの、やはり花の紫と葉の緑の取り合わせもみずみずしい菖蒲《しょうぶ》の花束が置かれていた。

「いい天気ねえ。お前たちもそう思うでしょ？　ああ、ごめんね。今日は何にも餌を持って来ていないの」

たとえ餌がなくとも、顔なじみの池の鯉たちは彼女の足元に集まってきて、こうして尾びれを振ってくれる。色白の女官は自分の人気ぶりに得意げな顔をした。

「早いものね。私が後宮に上がって二年とちょっと、王妃さまに孝恵《こうけい》公子さまがお生まれになって半年と少しよ。公子さまは日に日にお健やかに、そしてかわいらしくお育ちなの。きっと将来、お父君の主上にも劣らぬ名君におなりよ」

鯉に日常の報告を済ませて立ち上がった女官は、うーんと大きく伸びをしてから菖蒲の花束を抱きかかえた。両耳につけた銀の細い輪が、日の光を受けてきらめく。

「鈴玉《りんぎょく》——！」

呼ばれたのは彼女の名前であろう。菖蒲を抱えた女官は、自分と同じくらいの年頃の女官が手を振って駆け寄ってくるのに気が付き、大きく手を振り返した。

「鈴玉！　そろそろあなたの非番が終わって私と交替でしょ？　早く鴛鴦殿《えんおうでん》に行って」

「言われなくてもわかっているわよ、香菱《こうりょう》。まだ間に合うでしょ？」

つんとしながらも「ふわあ」と欠伸《あくび》を漏らす鄭《てい》鈴玉に、杜《と》香菱も笑って自分の明るい色の前髪を跳ね上げた。二人は王妃林《りん》氏の女官であり、衣裳《いしょう》係を職掌としている。

「夜勤明けの私のほうが欠伸したい気分よ。まあ、今日はとりわけ外を浮かれ歩きたいような陽気だし、あなたが日向《ひなた》ぼっこしたいのもわかるわ。でも、いつまでも新入り気分でいちゃだめよ？　『敬嬪《けいひん》さまの件』は過去のものになったけど、残党が息をひそめているかもしれない。それだけじゃなくて新手もいるかも……」

「お、脅かさないでよ。香菱」

鈴玉はぶるっと身を震わせた。彼女自身も巻き込まれ、心身ともに傷ついた「敬嬪の変」――主上の寵愛《ちょうあい》が深かった敬嬪呂《りょ》氏が王妃の廃妃を企《たくら》んだ事件――のことを耳にすると、今でも心の底がじくじくと痛む。

それでも、事件後に王妃の懐妊が発覚、待望の男子を出産し、その孝恵公子が鴛鴦殿で日々成長する様子を見守るのは、鈴玉の大きな喜びであった。

「脅かしに終われば幸いだけど、気が抜けないわよ。あなたは情も実もある人だけど、喧嘩《けんか》っ早《ぱや》いし何かあると突撃するしで、万一にも騒動が起これば……」

「香菱の説教はくどくど長いのが欠点ね」

鈴玉は思わず口を尖《とが》らせてしまったが、正論には違いないのでそれ以上の反駁《はんばく》は差し控えた。

「説教をしてもらえるだけましだと思ってよ。でもいいことも教えてあげる。この間、孝恵さまの世子冊封《さくほう》を認める天朝のお使者がこちらに向けて出発なさったって。今日、主上のもとにご報告があったそうよ」

「本当？　では天子さまへの主上の上奏が認められたのね！」

鈴玉は嬉《うれ》しさのあまり、花束を抱えたまままくるりと身体を一回りさせた。

ここ涼国は、天命を承《う》けて地上を統治する天子さまを戴《いただ》き、冊封を受けて朝貢を行う国々の一つである。ゆえに、王の即位ならびに王妃や世子を立てるなどの国の大事には、必ず天子さまに奏上してお許しを得なければならない。今回も、涼王が孝恵公子を世子に立てる可否を問うたのに対し、それを認める天朝の使者が派遣されたのである。

――ああ、これで孝恵さまが無事に世子さまに冊封されれば、ひとまずご身分は安泰。そしてもちろん産みの親である王妃さまのお立場も！

林氏の実家は名門貴族ではあるものの強力な後ろ盾とはいいがたく、主上の寵愛のみが彼女の地位の支えになっている。男子をもうけたとはいえ、公子が世子となることによって地位を固めておく必要があるのだ。

「嬉しいわ！　明日《あした》にでもお使者がご到着なさればいいのに」

香菱も、鈴玉の歓喜につられて相好を崩した。

「まあ明日は無理だけど、気持ちはわかるわ。ともかく鈴玉は早く鴛鴦殿に行って、その花も生けてあげて」

鈴玉は腕の中の菖蒲を見せびらかすようにした。

「綺麗《きれい》でしょう？　後苑《こうえん》に寄ったら、師父《せんせい》が王妃さまの御用にと沢山束ねてくださったの。五月五日の端午節も近いものね」

衣裳係の職務の一環として、鈴玉と香菱は王妃の髪飾りに使う花々を、「師父」と仰ぐ老宦官《かんがん》の指導のもとで栽培していた。

「わあ、いいわね。きっと王妃さまもお喜びになるでしょう」

「でしょ？　何事も花がないと始まらないもの」

鈴玉は弾む声で答え、花束を抱えて駆け出して行った。

二

鈴玉が王妃の殿舎である鴛鴦殿に来ると、殿庭や殿上の回廊に、見慣れぬ宦官や女官たちが数人並び、何かを待っている様子なのを目にした。ただ、この殿舎には毎日誰かしらの来客があるもので、彼女はさして気に留めずに階《きざはし》を上がる。

すると扉が開いて、中から高貴そうな身分の女性が出てきた。それに続く随従の者たちは十名をくだらない。鈴玉は慌てて脇に退《の》いて頭を下げたが、興味に負けてちらりと相手を盗み見た。

その女性は二十歳には満たぬだろう。身体つきはほっそりとして、どこか鋭さを宿す無表情で青白い顔には、あるかなきかの薄い化粧を施している。扁桃《へんとう》の種の形をした眼は翳《かげ》りを帯び、色の薄い小さな唇が印象的で、頭頂部には二つの髷《まげ》を作って余りは肩に垂らしている。「大袖《たいしゅう》」と呼ばれる上着は紺色で、穿《は》いている裙《くん》は黒に近い灰色の組み合わせ、帯は大袖よりも少し濃い紺色のもの。宝飾は首にかけた小さな銀の鎖と蒼玉《そうぎょく》の耳飾り、帯に双魚をかたどった玉をさげているくらいで、他には見当たらない。

だが鈴玉をはっとさせたのは、その地味なはずの衣裳が彼女によく似合っていたことに加え、ひとの体温をほとんど感じさせない、超然とした彼女の雰囲気だった。

――あの方、側室でもなさそうだから公主さまかしら？　でも、公主さまだとしても、今までお見かけした記憶もないけど……。

鈴玉は首を傾げて遠ざかる貴人の行列を見送ったが、そのまま裏手にある女官たちの控室に行った。彼女が「柳《りゅう》女官さま」と声をかけて戸口から顔を覗《のぞ》かせると、頭髪を半ば白くした初老の女官が振り返った。柳蓉《よう》は王妃が実家から連れて来た腹心の女官で、厳格な性格でもって鴛鴦殿の女官たちの取りまとめをしている。

「おお、鈴玉か。香菱からあの知らせを聞いたのか？　そんなに嬉しそうな顔をして。めでたさのあまり私もいてもたってもいられず、菓子などこしらえてしまってのう」

鈴玉は柳女官の満面の笑みに驚いた。平素は気難しげな柳女官が、今日は顔中の皺《しわ》が伸びるかという喜びようである。

「はい。世子冊封はこれ以上ない吉報にございます。ただどうせなら、皆より遅れて聞くのではなく……」

非番だった自分は、鴛鴦殿で一番先に知ることができなかった。悔しそうな表情の鈴玉に柳女官は首を横に振ってみせ、団子が入った青磁の碗《わん》を置いた。

「ぐっすり寝ているそなたをたたき起こせば良かったかの？　さあ、まずこれを食べてから、王妃さまに賀詞を言上しなさい」

「あ、ありがとうございます」

――柳女官さまがお菓子を作るだなんて！　よほど嬉しくていらっしゃるのね。

鈴玉は訝《いぶか》りながらも、黒蜜《くろみつ》のかかった団子を匙《さじ》で掬《すく》って口に入れ、「美味《おい》しいです」と感想を述べたが、三つ食べたところで何かを思い出したらしい。

「そうだ。先ほど、宝座の間からご身分の高そうな方が出ていらっしゃいましたが、どなたでしょうか？　いずれかの公主さまと思われますが、それにしてもお顔を拝見したことがないような……」

柳女官は眉《まゆ》を上げた。

「そなたは知らなんだか、まあ無理もないが。あの方は明安《めいあん》公主さまと仰《おっしゃ》って、主上の末の妹君にあらせられる」

柳蓉の話によれば、明安公主は先王の側室である史《し》氏の所生であり、主上の異母妹に当たる。彼女は実母を亡くした後、子の務めとして足かけ三年の喪に服し、自分の殿舎である碧水殿《へきすいでん》に引きこもって過ごしてきたが、先日ついに喪が明けたので、王妃に挨拶《あいさつ》しに来たという。

「ただ一人後宮に残っておられる妹君なので主上も眼をかけておいでだし、太妃さまの格別の鐘愛《しょうあい》を受け、側室の皆さまがたにも重んじられている」

「太妃」とは先王の王妃の趙《ちょう》氏を指し、側室腹の現王の嫡母でもある。

鈴玉は改めて、暗い色調で装いをまとめた公主の姿を思い出した。主上は威厳のなかにも親しみやすさを見せるが、その妹である明安公主は近寄りがたい雰囲気を醸し出していた。それは長く喪に服していたためか、あるいは生来の気質ゆえか、着ている衣裳のせいなのか、一度見かけただけの鈴玉には判断がつきかねた。

「さあさあ、明安公主さまのことはおいて、早く食べて行きなさい」

鈴玉は「はい」と頷《うなず》くと、つるつると団子を飲み込んだ。

三

「きゃー」

鈴玉が鴛鴦殿の脇の間まで来ると、中から子どもの高い声が聞こえた。彼女は忍び笑いを漏らすと、「鄭鈴玉が参りました」と声をかけて中に入った。

卓の前では、穏やかな表情の女性が読みさしの書物を脇に置き、乳母に抱かれた男児の服を直してやっているところだった。彼女は優しい手つきで上着の袷《あわせ》の紐《ひも》を結びなおし、くしゃくしゃになった髪を女官の差し出す櫛《くし》でそっと整える。それから男児を乳母から抱き取って立ち上がり、鈴玉を一瞥《いちべつ》してにこりとした。

「鄭女官、今からそなたの勤務か。ご苦労です。いつにもまして輝くような顔をしているが、この孝恵のことが耳に入ったのでしょう、違いますか？」

「はい！　お使者が天朝を発《た》ったとの由。まことにおめでとうございます！」

鈴玉は花束を抱えたまま、自分の主君である小柄な女性に拝跪《はいき》した。乳児は彼女の勢いに驚いたのか、眼を丸くして鈴玉を見つめている。

「ありがとう、鈴玉。何もかも、そなたを含め鴛鴦殿の皆の盛り立てがあってのこと。主上も私も厚く感謝している」

王妃林氏は微笑みを浮かべたまま、抱かれてきゃっきゃと喜ぶ我が子に頬を寄せた。

今日の王妃はごく薄い緑色の衣の上に、芍薬《しゃくやく》を刺繡《ししゅう》した翡翠《ひすい》色の大袖を重ね、裾濃《すそご》となった紫色の裙を穿いている。裙の色に映えるのは、向かい合う鳳凰《ほうおう》を象《かたど》ったまろやかな乳白色の佩玉《はいぎょく》。髪には小手毬《こでまり》の白い花。これらの装いは、いつものように鈴玉と香菱が相談して決めたものだった。

「もったいないお言葉にございます、王妃さま」

鈴玉は頰を紅潮させながら立ち上がり、宦官《かんがん》が持ってきた染付《そめつけ》の大きな花瓶に菖蒲《しょうぶ》を生けた。

「端午節も近いことですし、いにしえより菖蒲は邪気を払う力を持つと申します」

「ふふふ。鈴玉がこの鴛鴦殿にいる以上、邪気のほうが鈴玉を避けて通るだろうから、魔除《まよ》け要らずだとは思うが」

「まあ、王妃さま。お戯れを仰って」

鈴玉は苦笑したが、ふと王妃の書物に視線を移して物問いたげな顔をした。

「鈴玉は読んだことがあるかしら？　これは文英《ぶんえい》王后さまの伝記よ」

「文英」を諡号《しごう》に持つ姜氏《きょうし》は、涼国初代の太祖の王妃である。

「いいえ。私は未読ですが……面白いのですか？」

「ええ。私にとっては尊敬すべきお方よ。でも鈴玉にはどうかしらね？」

「と仰いますと？」

「文英王后さまは賢妃として名高い方なだけあって、太祖さまがこの国を開かれた後も民のためを思って質素な生活を心掛けられ、たとえばご自身の衣服も木綿のみを幾度も繕い直しながらお召しになっていたとか。まこと国母の範とすべきお方と仰ぎ見るわ」

「はあ、……そうですか」

鈴玉がもじもじするのを、林氏はからかうように見つめた。

「鈴玉は、私が文英王后さまのようにごく質素な生活を営んだら、絹の衣裳《いしょう》も宝玉の簪《かんざし》も、自分の仕事も全てなくなってしまうと心配しているのね、きっと」

「あ、いいえ！　そんなことはございませんが……」

図星を指された鈴玉が慌てて取り繕うのを見て、主君はくすくす笑った。

「もちろん質素倹約は大切よ。でも上質な絹織物は我が国の特産品であり、こうして宮中御用や天朝への貢物に使われるほどでしょう？　彩州《さいしゅう》や英州《えいしゅう》などは絹織物業がますます盛んで、豊かになっている。確か、彩州はそなたの先祖の出身地では？　鈴玉」

「はい。私自身は訪れたことがありませんが、そのように聞いております」

「そう、良き土地柄ね。ともかく、宮中で絹織物を女性たちが身につければいずれ市井でも流行になって浸透するし、いっそう盛んに織物を生産できるようになれば、ほかの産業とともに国力を強めることにもなる」

「ええ……ええ、そうですよね！」

　王妃の諭しに鈴玉は力強く頷いたが、そこで先ほどの高貴な女性を思い出した。

「先ほど、明安公主さまのお姿を拝しました。私は今まで存じ上げなかったのですが、主上の妹君に当たられるとか」

「そう。鈴玉も彼女に会ったのですね」

　林氏は頷くと、孝恵を抱き直した。

「明安さまは十八歳だから、そなたより一つ下かしら。実母の史氏は貴人の位にあった方で、生前史氏と親しくしておられた太妃さまも、明安さまを大切に思われている。彼女の喪が明けたからには、主上が太妃さまとご相談のうえ、いよいよご降嫁先をお決めになるでしょう。孝恵の冊封に明安さまのご降嫁と後宮も忙しくなるゆえ、そなた達にも手伝ってもらうことになる」

　鈴玉は首肯しながら、明安公主の青白い顔を思い出した。

　――そうね。お年頃の公主さまともなれば、主上から賜婚があって当然だわ。

　同じ年頃でやはり母親を亡くしたという共通点があるためか、一度すれ違っただけなのに、鈴玉は明安公主が妙に気になった。

　――服装はとても地味にしていらっしゃるけど、あの方には似合っていらした。超然としていて近寄りがたいような、後宮の他の女性方にはない不思議な雰囲気の方。じきにご降嫁されるのだったら私には縁《ゆかり》のない方だけど、結婚のお支度では婚儀にお召しのご衣裳も用意されるわね。礼装だからやはり頭には「花釵《かさ》」の飾りをおつけになって、衣は雉《きじ》の模様がついた青地に赤の縁取りの「翟衣《てきい》」かしら、それとも……。

華やかな衣裳が幾通りも鈴玉の頭に浮かんで、ついつい顔がほころんでしまう。だが、彼女の考えごとは、殿内に入ってきた宦官《かんがん》の一声で断ち切られた。

「王妃さま。主上の臨御にございます！」

「まあ、主上が？」

王妃は再び乳母に孝恵公子を任せると宝座の間に行き、女官や宦官たちの前に立って待つ。ほどなく、この涼国を治める君主が姿を現した。

紺色の袍《ほう》を身にまとった二十代後半の若き王は、いつものように颯爽《さっそう》とした身ごなしで宝座の前に至ると、居並ぶ者たちを前に穏やかな笑みを浮かべた。それが合図のように、王妃以下が主上に向かって拝跪する。

「主上におかれましてはご機嫌うるわしく拝し、慶賀にたえませぬ」

林氏の言上に主上は「うむ」と答え、腕を差し伸べて乳母から孝恵を抱き取った。赤子の紅葉《もみじ》のような手が、父親の頬を撫《な》でる。

「政務がやっと終わったので、孝恵の顔でも見ようかと思ってな。天朝の使者のこと、すでに話は聞いているだろう？」

「はい、すでにお使者がこちらに向けてお発ちとの由」

「そうだ、良かった。いよいよ冊封のお許しが出るゆえ、王妃も後宮もみな協力して孝恵を盛り立ててほしい」

林氏は「かしこまりました」と答え、一同揃って頭を下げる。主上も満足げに頷いた。

「そういえば、明安公主がこちらにも来たとか」

「はい、私も会うのは久方ぶりとなりました」

「ふむ。我が建寧殿《けんねいでん》だけでなく、太妃さまの霊仙殿《れいせんでん》にも挨拶に伺ったと聞いた。私は異母兄《あに》として彼女の降嫁のことを考える必要があり、まず太妃さまに相談するつもりだ。そなたにも知恵を借りるやもしれぬ。降嫁の時期は、やはり世子の冊封の後が望ましいだろうな。落ち着いて送り出してやれるから」

「明安さまに関しては主上や太妃さまがよくご存じなのですから、私はあまりお役に立てぬと思いますが、ご降嫁の時期については仰せの通りかと」

控えめに答える妻に、夫たる主上は一笑した。

「いや、そなたを頼りにしている。……おお、孝恵、どうした。おねむなのか？　瞼《まぶた》が今にも閉じそうだ」

主上は我が子の頭を愛《いと》おしげに撫でてやった。

「それにしても、親への服喪は足かけ三年――実質上は二年と少しだが、若い者には二年の歳月は大きいな。妹ながら明安を見て驚いた。以前と雰囲気が変わったように感じたが」

「主上もそのようにお考えですか？　以前は多少なりとも明るい色のご衣裳をお召しでしたが、今日は黒っぽいご衣裳なので、それで印象が違うのかと思っておりました。やはり、母君を亡くされたことが大きいのでは……」

「そうかもしれぬ。それに、明安はますます亡き兄上と似てきた。ということは、先王《ちちうえ》に似てきたということでもあるのだが」

主上の「亡き兄上」とは、太妃所生の早世した世子のことだ。

「私は亡くなられた世子さまも先王さまもご生前にはお会いできず、肖像画で拝するのみでした。でも、太妃さまが明安さまを特に可愛がっていらっしゃるのも、一つは世子さまに面影が似ておられる、というのが理由かもしれませんね」

主上は妻の言葉に「ああ、確かに」と頷《うなず》いて、寝息を立て始めた孝恵をそっと乳母に託し、脇の間に足を向けた。

林氏の言いつけに従い、柳蓉が茶菓子、鈴玉が茶碗《ちゃわん》の載った盆をそれぞれ捧《ささ》げて脇の間に入ると、夫婦が向い合せに紫檀《したん》の円卓にかけ、話し込んでいるところだった。

「……そういう訳で、我が涼国も国庫に余力ができたことだし、政治も比較的安定している今のうちに、かねて温めていた善本の蒐集《しゅうしゅう》事業に着手しようと思っている。ゆえに、今日の朝議にかけたのだ。国内外から広く善本を蒐集して整理し、先賢の教えをいっそう深く学ぶ助けにしたい。学問を手厚く保護すれば国の発展にも繋《つな》がる——こんな具合に、臣僚たちには事業の目的を説明した」

——まあ。茶飲み話の内容としては、お珍しいこと。

平素、主上が後宮で政治の場である外朝の話題を出すことは滅多にない。それは、後宮の外朝への介入を防ぐためであり、たとえ寵愛《ちょうあい》の深い林氏に対しても例外ではなかった。王妃もまた、自分から夫やお付きの者に政治の話をすることはほとんどない。

だが、いま王妃を相手に主上が話しているのは、まさに外朝の問題であった。

盗み聞きするわけではないが、鈴玉は湯気の立つ茶碗を卓に置きながら話の内容に首を傾げ、そのまま退出しようとした。だが、主上が眼で制したので、鈴玉はますます不思議に思いながらも壁際で柳女官とともに侍立した。

「……それで、主上の仰せに対し、皆はどのように申しました？」

林氏の問いに、主上は肩を軽くすくめた。

「諸手を挙げて賛成するという雰囲気ではなかったな。懸念を示す者たちの根拠はこうだ。善本の蒐集と整理では、書物の中で削除されたり散逸した部分を復元したり、逆に不要な部分を削除することになろうが、天朝があえて削除や追加をした部分に検討を加えることになりはしないか、ひいてはそれが天朝を刺激することに繋がるのではないか、というものだ。これはまあ、案ずるのもわからなくはない。だが、彼らが懸念しているもう一つのことも読み取れた。それは、彼らの家門の興廃に直結する問題だ」

「つまり、主上が善本蒐集にとどまらず、その先に行こうとされているのではないかと？」

王妃の表情はどことなく硬い。傍にいるのが信頼する柳蓉や鈴玉たちだけとはいっても、林氏にしては踏み込んだ質問である。

「さすが我が妃、後宮にあっても政治を良く理解している」

主上は満足げな笑みを浮かべた。

「そう。端的に言うと、いずれ私が経書《けいしょ》をもとにした官僚の登用試験を導入するのではないかという疑念だ。権門にしてみれば、門閥をもって代々高官を占めてきた自分たちが、今まで得てきた特権を失うことになるのではないかと」

「彼らのその恐れは正しいと?」

主上は温顔を保ったまま、首を横に振った。

「いや。孝恵が世子になり将来は玉座に座るのであれば、有為の人材を周囲に置いて欲しい。その準備の一環としての善本の蒐集であって、それ以上でも以下でもない。第一、官僚の登用試験自体は天朝でも定着せず、我が国でも先々代の王――徳宗《とくそう》さまが導入を試みて失敗したからな。おいそれと手はつけられぬ」

「畏《おそ》れ多いことながら、彼らが果たして主上のご説明に納得するでしょうか?」

王妃の問いに、主上はそれまでの笑みを引っ込めて真顔になり、茶碗に口をつけた。

「まあ、納得してもらわねばならぬだろう」

ふっと息をついた林氏も茶碗に手を伸ばす。

「私は主上を信じておりますゆえ……。ですが、どうか万事お気をつけ遊ばして」

涼国は以前より、権門の臣僚たちと王権の間での緊張状態が悪化と緩和を繰り返しており、王といえども立場が盤石というわけではなく、先王も主上も、常に権門との距離を注意深くはかりながら政治を行ってきた事情がある。

「わかっている。敬嬪の件ひとつとっても、私の処分を厳しすぎると怒る権門もいれば、逆に生ぬるいと不満を持つ者もいる。なかなか皆が満足するというようにはいかない。それが現実だが、現実にただ呑《の》まれて流されるわけにもいかないのでな」

主上は自分に言い聞かせるように深く頷き、ついで指先で卓を叩《たた》いた。

「そういえば明安の結婚で思い出したが、羽林中郎将《うりんちゅうろうじょう》の劉星衛《りゅうせいえい》にも縁談が降って湧いたそうだ」

主上の口からあの「かさばっている武官」の名が飛び出して来たので、侍立していた鈴玉は胸をどきりとさせた。

劉星衛は主上が信頼を寄せる武官であり、「この国一番の剣の遣い手」とも称される。彼と鈴玉はひょんなことから知り合いとなり、のちには特別に里帰りを許された鈴玉の身辺警護をもつとめ、それが縁で彼と鄭家との繋がりもできた。

「劉中郎将ですか？　彼は確か主上への忠義のためと称して独身を通してきたのでは？」

深刻な話題からそれて、王妃の顔もようやく明るくなった。

「ふふふ。確かに王妃の申す通りなのだが、彼も名門の嫡子でしかも歳《よわい》三十だ、家族もやきもきしていただろう。縁談の相手は、兵曹《へいそう》の次官の三女らしい。これは本人からではなく、次官から聞いた話なのだ。それにしてもけしからんな。あの星衛が、私にこんな重大事を黙っていたとは」

――あの劉中郎将に縁談ですって！

鈴玉にとっては青天の霹靂《へきれき》で、波立つ心を鎮めるため、裙《くん》のなかで右足の親指を左足の親指で踏んづけた。

王妃は背後の女官の動揺などつゆ知らず、一笑して主上に干菓子をすすめた。

「彼もことさらに黙っていたのではなく、縁談がまとまってから主上にご報告申し上げるつもりだったのでは？　何にせよ、そのお話が上手《うま》く行くとよろしゅうございます」

「うむ、そうだな」

主上はしばらくの時間よもやま話を楽しんでいたが、去り際、振り返って鈴玉と目を合わせた。

「鄭女官を通天門《つうてんもん》まで借りるが、良いか？」

――主上が私を？

不審に思った鈴玉だが、彼女に頷いてみせる林氏に一礼し、主上の背後に従った。

四

王は後宮の自分の居殿である建寧殿に戻るのかと思いきや、お付きの者たちや鈴玉を連れて朱天大路《しゅてんだいろ》に入った。ここは嘉靖宮の外朝の通天門と後宮の朱鳳門《しゅほうもん》をつなぐ通路で、外朝でも後宮でもない特別な空間である。

——あら？

短く幅広の通路を東西に遮る形でごく小さな水路が引かれ、三本の小さな橋がかけられているが、左側の橋の向こう側に背の高い、一人の武官が立っているのが見えた。

主上はその橋を渡り切ると、「鄭女官、こちらへ」と声をかけた。

「彼がそなたに用があるそうだが、後宮の女官と外朝の武官では会う機会も滅多にないからな。私の所用で鄭女官を呼んだことにすれば機会も作りやすい。まあ、言ってみれば私はそなたたちの『おまけ』というわけだ」

「おまけなどとは畏れ多うございます、主上」

低い声が武官の口から発せられる。思わせぶりな笑みを浮かべる王に、劉星衛は厳《いか》めしい顔もそのままに一揖《いちゆう》すると、鈴玉を見据えた。主上はお付きの者たちに合図して遠ざけ、自身も少し離れたところに退く。

——相変わらず、かさばっている武官だこと。

「久しぶりね、劉中郎将」

鈴玉は軽く頭を下げた。

「そうだな、鄭女官。息災か」

「ええ、おかげさまで。ありがとう」

ぎこちない挨拶《あいさつ》の応酬をしている間、鈴玉の眼は星衛の額をとらえていた。そこには包帯が巻かれて血もにじんでいたからだ。

「あなたもお変わりなく？……でもないかしら。額の包帯は？　何か怪我でも？」

鈴玉の矢継ぎ早の質問に、星衛は凜々《りり》しい眉《まゆ》をぴくりとさせたが、「大事ない、職務中に少しかすっただけだ」とだけ答えた。

「そう、ならいいけど。で、今日は私に何の御用？　まさか、私の父に何か？」

鈴玉は、文武両道を重んじる劉星衛が父の鄭駿《しゅん》を新たな学問の師と仰ぎ、時おり講義を受けるため訪問していることを知っていた。

「いや、香村《こうそん》先生に異変が起きたわけではないが、実は一つそなたに相談があって……」

「相談？」

星衛は頷《うなず》き、ようやく表情を崩して苦笑いをした。

「実はここ数か月、先生が講義の謝礼を受け取ってくださらない。もとから清貧を旨とする先生のこと、『自分は謝礼を戴《いただ》くようなことはしていない』と仰るのみなのだ。お心がけはまこと素晴らしいのだが、仙人もかくやというご気質ゆえ、このままだと失礼ながらまた窮乏生活に逆戻りということになりかねん。そなたもお父上のことが気がかりだろうと思ってな。近況を知らせ、併せてそなたの意見を聞かせてもらおうかと」

鄭家の窮状を察している星衛を前に、鈴玉も苦笑を浮かべた。

「そんなことが……いかにもお父さまらしいお振る舞いだけれども、困ったわね。私が里帰りした時に置いてきた俸禄《ほうろく》も尽きかけているでしょうに」

「そうなのだ。謝礼を私から直接お渡しするのは礼を失するため、いつも家の使いの者に持たせているのだが、断られてそのまま持って帰ってきてしまうことが続いている。だが、そなたに尋ねれば良い方法が得られるかと思ってな」

「そうねえ」

鈴玉は首を傾げて考えこんだが、やがて何かを思いついたらしく手を打った。

「ひょっとして、その謝礼を納めるお使いの者は父よりも年下？」

「そうだ」

「それじゃ、今度は父よりもうんと年上か、でなければ子どもを選んでくれる？」

「ずっと年上か子どもを？　それだけで上手くいくのか」

星衛は怪訝な面持ちとなった。

「ええ。そのお使いには『謝礼を受け取っていただけずに帰るなら、主君にこっぴどく怒られてしまう』と言わせるの。長幼の序を重んじ、しかも心優しい父のことだから、たとえ召使いでも自分のことで年上の人間が強く叱責されることには我慢できず、また、子ども相手に断り通すこともできないはず。あ、私に相談したことは伏せておくのが肝心ね。こういうことは、娘に知られたくないだろうから」

「そうか、なるほど。教えてくれて感謝する。私が父上の懐事情を案ずるのも出過ぎた振る舞いだが、実は気になることがあって……」

星衛が珍しく言葉を濁したので、鈴玉は不審に思った。

「先日、私は書林《ほんや》でたまたま古書を見つけたのだ。店主が稀《まれ》に見る善本だというのでそれなりの高値がついていたのだが、蔵書印からして鄭家の旧蔵品らしい」

「父が金銭に困って蔵書を売ったと？　それは事実だけれども最近の話ではないのよ」

鈴玉は寂しげに笑った。

「そう、五年ほど前になるかしら？　家にお金がなくなって、父がどうしても必要なものを除いて先祖伝来の蔵書を手放したの。学者として書物を手放すことは身を切られるように辛《つら》かったはずだけど……」

「なるほど、最近お売りになったわけではないのだな。私が買い戻して差し上げても良いのだが、お父上がかえってお気になさると考えたし、そなたの気質からいっても素直に承諾すまいと思って、そのままにして帰って来てしまった」

「あら、あなたは父だけではなく私のこともお見通しなのね」

彼女はつんとして見せたが、すぐに笑み崩れる。

「いいの、お心遣いありがとう。もし買い戻すなら、鄭家の私が買い戻すのが筋だから。まだ売れていなかったのなら、早くしなきゃ」

「だがそれなりに高かったぞ。そなたの俸禄ではとうてい間に合うまい」

「どうせ高位の武官のあなたと違って、私は安い俸禄しかもらえない、位階の低い女官ですよう」

星衛に対しては、出会った当初の悪印象はすでに拭《ぬぐ》い去られ、密《ひそ》かに信頼を置く人物の一人になっているのだが、気を緩めるとつい憎まれ口が出てしまう。星衛は怒るかわりに、頬の筋肉を少し動かした。

「まあ、先立つものがなければ仕方がないわね。とにかく、父への気遣いに感謝します」

鈴玉はぴょこりと頭を下げた。実家で一人暮らしをしている父のことは気がかりだったので、劉星衛からこうして近況を聞かせてもらい安堵《あんど》したが、同時に何やらもやもやした気持ちが湧いてくる。

——劉中郎将の縁談話、どこまで進んでいるのかしら？

とはいえ、まさかこの場で本人に聞くわけにもいかない。星衛が主上の方を振り向いたので鈴玉もつられて見ると、主上は何やら楽しそうに二人を眺めていた。

「話は終わりました、主上。臣《わたくし》へのご高配に謝したてまつります」

星衛が鈴玉とともに拝跪《はいき》した途端、主上はこらえきれなくなったようにふき出した。

「……何か？」

「いや、星衛。そなた達を見ていると何だか面白いな。それに、考えついたこともあって。いずれ時期が来たら、二人ともよろしく頼む」

——考えついたこと？　よろしく頼む？

謎めいた主上の言葉に、思わず星衛と鈴玉は顔を見合わせた。

「まあ、そのうち私から話すから」

そこへ、通天門から年少の宦官《かんがん》が馳《は》せてきて、主上に一礼するとその耳元に口を寄せて何やら囁《ささや》いた。それまでののんびりした表情を保っていた主上が、ほんのわずかに顔色を変えたのを鈴玉は見逃さなかった。

——何か起こったのかしら？

だが、主上はすぐに端整な面《おもて》から緊張を消し去ってみせた。

「さあ行くぞ、星衛。では鄭女官、引き続き王妃と孝恵公子を頼む」

最後にいつもの朗らかな口調で鈴玉に命じ、主上は袍《ほう》の袖《そで》を翻して背を向けた。

五

数日後。

鈴玉はちょうど休沐《きゅうか》日に当たっていたので、朝から女官部屋の外に持ち出した小卓に、とりどりの色に染まった布切れや何枚かの紙を並べて座り込んでいた。あれこれ布を組み合わせてはまた離し、眉を寄せて考え込んだかと思うとぱっと目を見開き、何かを思いついたのか手元の紙に書き込んでいく。脇には本が二冊ほど置かれていた。

「鈴玉、まだやっているの？　食事もとっていないんでしょ」

籠《かご》を提げた香菱が、鈴玉の肩越しに卓をのぞき込む。紙には、次のように書きつけられていた。

葉黒旋《しょうこくせん》――二十歳

文官　黒もしくは紺、灰色を基調とする衣裳《いしょう》
帯は暗い赤　月香《げっこう》から贈られた青の香袋と銀の首飾り
二頭の獅子《しし》が向い合せになった佩玉《はいぎょく》　黒の長靴《ちょうか》

温《おん》月香――十八歳

宰相の令嬢　薄黄色の襦《じゅ》で襟は若草色　桃色の帯　若草色の裙《くん》
珊瑚《さんご》と銀の釵《かんざし》に揃いの腕輪

夏紅蘭《かこうらん》――十九歳

寒門の令嬢　臙脂色《えんじいろ》の襦に山吹色の裙　ごく薄い黄色の披帛《ひはく》
菊花の釵と揃いの腕輪

また別の紙には、こう書いてある。

黒旋が月香と詩を贈り合う場面――西水潭《せいすいたん》

嘉靖宮の西方　ひょうたん形に近い
柳や梅などが植わっている

燕娘《えんじょう》が客に肘鉄《ひじてつ》を食らわせる場面――百華楼《ひゃっかろう》

西市《せいし》の付近　三階建　中庭に池あり
玄関には鳥籠と玉象嵌《ぞうがん》の屏風《びょうぶ》

黒旋が月香と清明節《せいめいせつ》に出かける場面——香山《こうざん》
都の北　行楽の好地
清明節や中秋節《ちゅうしゅうせつ》には都人で混雑する
桃花や藤の季節も良し
中腹に「華光廟《かこうびょう》」なる道観あり

「香菱。もう仕事から戻ってきたの？」

「もうじゃないわよ、とっくに昼を過ぎたってば。朝餉《あさげ》もそっちのけでその作業を始めたでしょ。何か食べないと身体に毒よ」

「そういえば、朝から何も食べていなかった」

我に返った鈴玉は、腹の虫が盛大に鳴いているのに気が付いた。

「ほら、そう思って点心を融通してもらってきたの」

香菱が籠を持ち上げてにんまりすると、鈴玉もぱっと顔が明るくなる。

「わあ、ありがとう！　持つべきものは、香菱のように気の利く同輩ね」

「鈴玉はそういう時だけ私を褒めてくれるのよね。それにしても何をしているの？　わざわざ卓まで外に持ち出して」

鈴玉は得意げに、手元の紙を香菱に示す。

「秋烟《しゅうえん》と朗朗《ろうろう》の手伝いよ。彼らがまた新しい恋愛小説を書いていて、その登場人物たちの衣裳の見立てや、出てくる場所の考証を頼まれているの。布地の見本は、室内よりも外で見たほうが色がわかりやすいから……」

「新しい恋愛小説って……まさか、また艶本《えんぽん》じゃないでしょうね？」

湯《とう》秋烟と謝《しゃ》朗朗は後苑《こうえん》づきの宦官で、二人が書いたご禁制の艶本が鈴玉をも巻き込んで後宮の大騒動になったが、その艶本が巡り巡って鈴玉と王妃を救うことにもなった。ただし、全てが終わったあとも、主上は未完のままの艶本の結末をいわば自ら預かる形で、続きを書くことは差し止めたのだった。

同輩の疑惑に満ちた眼に気がついた鈴玉は、くすくす笑った。

「まさか。いま彼らが書いているのは艶本ではなくて、純愛ものの小説。『月香伝』といって、貴族の子女たちの三角関係を描いているの」

そうして、秋烟と朗朗は続きものの小説を毎月一回の頻度で刊行している。回覧用に作られた四部ほどの写本は、それぞれ後宮を東西南北に分け、希望する宦官や女官たちに回し読みされているのだった。

「衣裳と風景の描写にもっと凝りたいって朗朗が言ったから、私が衣裳の組み合わせを補佐しているのよ。草稿を読ませてもらいながら、作中の人物がどんな人物でどんな衣裳を着ているのかを考えてね。あと、小説の舞台は都だけど、彼らは都の出身じゃないでしょう？　だから都の名所旧跡とか舞台となる場所の考証も私が担当しているの」

「なるほど。それにしてもあなたはいつも、気が向いた時には勉強の虫みたいになるのね。普段はさっぱりだけど」

「ねえ、最後の一言は余計じゃない？」

鈴玉はぷっと頬を膨らませた。

「ふふ、河豚《ふぐ》女官の面目躍如ってところね。それにしてもこちらはどうして出している の？　小説とは関係ないでしょ、しまっておかないとうっかり失《な》くすわよ」

香菱が指さしたのはやはり卓上に置かれた桃色の巾着袋《きんちゃく》で、中からは数枚の銅銭や小さな銀塊が姿を見せている。

「ああ、これ……」

鈴玉はとたんに浮かない顔つきになり、巾着袋の紐《ひも》を縛って懐に入れ、卓上を片付ける。香菱は「さあ、中で食べましょ」と言って点心の籠を鈴玉に預けると、ひょいと小卓を持ち上げ女官部屋に運び入れた。

鈴玉は棚から碗《わん》を出したり匙《さじ》を小卓に置いたりしていたが、香菱を上目遣いに見た。

「……ねえ。香菱のお家はたしか都でも有数の富商よね。生活に困っていないのに、どうして後宮の女官になったの？　跡を継ぐ人って、もう決まっているの？」

鈴玉が常とは違うどこか思いつめた様子なので、香菱は眼をぱちくりさせた。

「何よ、いきなり。巾着のお金とその話が関係でもあるの？　そういえば、この間もお金を出してため息ついていたわね、あなた」

「……別に、何でもないのよ。ただ聞いてみただけ」

言葉が少なくなった鈴玉を前に、香菱は眼を細めた。

「何だか変ね。まあ、隠すことじゃないから話すけど、うちは茶商なの。私の父はここ十年で店を大きくした、言ってみれば成り上がりよね。昔は私も家業を手伝って、茶の入った重い袋を馬から降ろしたり、茶壺を運んだりしたのよ」

「それで香菱は力持ちなのね」

重くて鈴玉が戸外に持ち出すのに苦労した小卓を、香菱は軽々と室内に戻してみせた。

「ともかく、家は異母弟が継ぐことになっているの。私の母は父にとって最初の妻で、私が十歳のとき亡くなったから後妻を迎えたわけ。父と後妻の間に生まれたのがその弟」

――ああ、そういえば聞いたことがある。

以前、香菱が同輩の薛明月《せつめいげつ》と互いの家の事情を話しているのを、鈴玉は耳にしたことがあった。実父の再婚後、異母弟が生まれたことで香菱と父や後妻の間がしっくり行かなくなり、それが入宮の理由だと。

「でもそれがどうかした？　鈴玉の家のことが問題なの？　あなたは貴族の出身でしょ」

「そう、家のことが気になってね。孝恵公子さまが世子になられる――つまり、王統を継がれることになったわけよね。それに劉星衛に父親の近況も聞けたので、私も改めて家のことを考えてみたの」

鈴玉は翡翠《ひすい》色の蒸し物を箸《はし》でつまんだ。

「香菱も知っての通り、うちは確かに貴族だけれど貧乏もいいところでしょ。私が特別の里帰りを許されたときには、俸禄《ほうろく》を持って行ったから一時的に生活のゆとりもできたけど、根本的な家門再興というわけではないのよ」

「ああ、家を継ぐ——つまり祖先の祭祀《さいし》を誰が継ぐかという問題ね、あなたが言いたいのは」

「ご明察の通り。香菱は『異姓不養、同姓不婚』って言葉は知っているでしょ？」

「もちろん」

「異姓不養、同姓不婚」とは、「異姓の者は養子に取らない。同姓の者とは結婚しない」という意味で、家の継承の原則を表す言葉である。祖先祭祀の継承は男子が行うものとされ、鄭家は一人娘の鈴玉が祭祀を継承できない以上、彼女と同じ輩分《せだい》の同族、たとえば従兄弟《いとこ》や再従兄弟《はとこ》などから男子を養子に迎え、祖先の祭祀を継がせる必要がある。

「でも我が家の場合、これだけ貧乏じゃ養子の来手も見つからないと思って。養子が継ぐというのは祭祀だけじゃなく、財産も絡むのが現実よ。私の俸禄があと何十年分必要かしら？」

「だから、鈴玉はお金を前にして、あんなに浮かない顔をしていたのね」

鈴玉はふーっと大きなため息をついた。

「入宮したときは、家門再興をもっと気楽に、単純に考えていたの。とにかく女官として出世すれば何とかなるだろうと。ああ、女性でも家の祭祀を継ぐことができればいいのに。なぜ男性でなければいけないのかしら？」

鄭鈴玉が父に代わって没落した家門を建て直すと決意し、後宮に飛び込んでから二年

朗朗がとがめて相棒の肩に手を置き、鈴玉のほうに向き直った。

「いや、朗朗。僕が欲をかいているだなんて思わないで欲しいんだ。読んでくれるだけでありがたい、その気持ちに変わりはないよ。でもね、一度大きな盛り上がりを経験すると、やはりどうしても比較しちゃうんだよね」

「……そうね」

鈴玉も二人の言いたいことは分かった。

「新鮮な設定や展開を提供したほうがいいのかな。俺自身は宦官同士の純愛とかいいと思うんだけど、秋烟が反対するし……」

秋烟は返事をせず、ただ頬をわずかに染めて俯《うつむ》いた。

鈴玉は、内心その宦官同士の話を読みたくてたまらなかったが、朗朗に対する秋烟の秘めた想いを知っていたので、慎重に言葉を選んだ。

「人気が出るからって、好きでもないものを無理に書くことはないでしょ。お金を取っているわけでも、誰かに強制されているわけでもないんだから。私はあなた方の小説が好きだから協力したいし、最後まで読者でいるわ。いっそ一度すっぱり書くのをやめてみる手もあるけど、私としてはこのまま書き続けて欲しいかな。今の『月香伝』の新しい読者も現れるかもしれないし」

「ははは、確かに」

朗朗は白い歯をみせて笑い声を上げ、愁眉《しゅうび》を開いた秋烟も「そうだ」と言って、懐から封書を出した。

「あれこれ言っちゃったけどさ、感想を書いてくれる熱心な読者が一人いるんだよ。鈴玉も半ば作者みたいなものだから、見せてあげる」

鈴玉は顔を輝かせ、封書を受け取って開いた。ふわっと良い香りが鼻腔《びこう》を掠《かす》める。

「ねえ驚いた？　女主人公が作中で焚《た》き染《し》めている沈香《じんこう》を使っているんだよ。おまけに、小説の中身もすごく読み込んでくれていてね、僕も朗朗もびっくりしたんだ」

書面には折り目正しく、美しい字でびっしりと感想が綴《つづ》られている。

「ええと……『月香と紅蘭、そして黒旋の三人の心理の移ろい、その描写の細かさに引き込まれながら読んでいます。月香の健気《けなげ》さ、紅蘭の情熱的な一途さ、どちらも愛すべきものです。黒旋が月香を一度はあきらめ、薄情を装って彼女を捨てると見せかけ、つれない詩とともに翡翠の簪《かんざし》を贈る場面は涙なくしては読めませんでした。月香が詩を読んで嘆くも簪を手に取って彼の真意を知り、邸《やしき》を抜け出して黒旋のもとに駆け付けようとする場面は秀逸で、それを阻止する婚約者の顔鉆《がんこ》も憎々しさはあっても、単なる勧善懲悪にとどまらないところが物語をさらに面白くしています。どの人物も好きですが、特に黒旋が文武両道かつ度量が広く、最も憧《あこが》れる人物です。密《ひそ》かに都の悪を退治するため剣を帯び、黒衣をまとった彼の佇まいが目に浮かぶようです』」

既に手紙の内容を知っているはずの宦官たちも、嬉《うれ》しげに鈴玉の朗読に耳を傾けている。

「その続きに、鈴玉が手伝ってくれたところについても書いてあるよ」

「そうなの？『加えて、人物たちが着ている衣裳《いしょう》がそれぞれ性格や立場を表していて、とても素敵です。特に、月香が黒旋に想いを告げる場面で着ていた、薄紫色の背子《はいし》と水色の裙《くん》の取り合わせが清楚《せいそ》で好きです。それに、彼女が顔鮎をはねつける場面の、深紅の大袖《たいしゅう》に黄金と水晶の首飾りの取り合わせは、彼女の怒りを表しているように思いました。何より、黒旋の紺や黒の渋い衣裳は、地味ながらもその人物造形にぴたりと合っています。舞台背景の描写も細やかで、後宮のあちらこちらから借りて描写されている部分は元の場所を思い出しながら楽しめますし、私が知らない都の情景も、実際に見たようにありありと目に浮かびます。……一日千秋の思いで物語の続きを待ちわびておりますゆえ、どうかお身体にお気をつけて執筆してくださいますよう』」

　読み終えると、鈴玉は宦官たちににっこりした。

「いいじゃない。女官か誰かが書いてよこしたの？　字もとても上手だし、何より熱心に読んでくれているのがわかる。ここまでの感想、滅多にお目にかかれない。作者冥利《みょうり》に尽きるわね」

「そうだろう？　首を長くして待ってくれる読者がいるんだなとわかって嬉しいよ」

「これで人気が下がったなんて言ったら、罰が当たるわよ」

　鈴玉に肘《ひじ》で軽く押されて、朗朗たちも笑い声を上げた。

「でも惜しいことに、この手紙の差出人は不明なんだ。いままで三回ほど同じ読者から書簡をもらったけど、どれも師父の小屋の扉の下に差し込まれていた」

「僕は一度だけそれらしき人影を見たんだけど、女官であること以外はわからなかった。夜明け前で薄暗かったしね」

「そうなの。でも、誰にせよ嬉しいわね。張り合いがあるじゃない？　私も頑張って衣裳や出て来る場所のことを考えるわ」

秋烟と朗朗はそれを聞いて、一層嬉しそうになった。鈴玉は、この友人たちが楽しげにしている姿を見ると、心の底からほっとするのだった。

「ありがとう、助かるよ」

「……ちょっと何よ、三人で随分楽しそうね？」

躑躅《つつじ》の植え込みの向こうから出し抜けに高い声がしたかと思うと、一人の細面《ほそおもて》の宦官《かんがん》が姿を現した。

年の頃は三十前後、薬箱を左手に提げ、右手をひらひらさせながら近づいてくる。婦人のようにしなやかな肢体に、火熨斗《ひのし》がきちんと当てられた宦官の服をまとう。爪は切り揃えて綺麗《きれい》に磨きあげ、肌も手入れをしているのだろう、つやつやとしている。身なりに一分の隙もなく、暢気《のんき》そうな顔をしたその宦官は、しゃなりしゃなりと優雅に歩を進め、鈴玉達の前で足をとめた。

「魏《ぎ》内官さま……ご機嫌よう」

三人が揃って一礼すると、魏内官と呼ばれた宦官はふっと笑みを浮かべた。

魏蘭山《ぎらんざん》は南方の山間部に分布する少数民族の出身で、涼王への貢物として嘉靖宮に入った過去を持つ。所属は薬を司《つかさど》る部署の御薬院《ぎょやくいん》で、まだ若いのに医薬の知識や技量は群を抜き、王を診察する御医《ぎょい》も一目置くほどだった。ゆえに、「薬神宦官《やくしん》」、または医薬に関する神になぞらえ「神農宦官《しんのう》」というあだ名を奉られている。

「あなた達、仲がいいのは結構だけど、こんなところでくっちゃべってないで、さっさと持ち場に戻ったら？」

「魏内官さまこそ、後苑《こうえん》にご用がおありで？」

本来穏やかな性格の秋烟の目には、珍しく険があった。

「ふふん。あたくしの可愛い謝内官の顔を見に来たのよ」

魏内官は鼻で秋烟をあしらうと、朗朗にしなだれかかるようにした。朗朗は「はあ……ありがとうございます」と口ごもるだけだが、秋烟の全身は、毛を逆立てる猫のような殺気を帯び始めた。

魏内官はますます面白がっている素振りで、鈴玉は彼の挑発に眉《まゆ》をひそめた。だが、彼はかつて拷問で鈴玉が負った傷の治療について、掌薬《しょうやく》の女官を通じて的確な指示を出してくれた恩人であり、むやみに反論したり、逆らったりすることは控えた。

「あらあら、秋烟は怖いわね。朗朗を取られると思っているのね。ふふふ、妬《や》いちゃって可愛いわ」

秋烟は柳眉《りゅうび》を逆立てる美人のごとき面相になったが、朗朗はよくわからず、ぽかんとしている。魏内官はそんな朗朗の頬をごく軽くはたいた後、表情をきりりとさせた。

「本当は後苑の薬草園に行ったのよ。それに、あなた達の師匠がこのところ体調を崩していたから経過観察も兼ねて。まあ、お歳の割にはお元気だから安心なさいな」

そう言われてしまっては秋烟も矛を納めざるを得ず、口の中で「ご診察に感謝します」ともごもご言った。その謝意を楽しそうに受けた魏内官は、ついで鈴玉を見据えた。

「鄭鈴玉、王妃さまのお加減は大丈夫でしょうね？」

実は、林氏は孝恵公子のお産が非常な難産だったので、床を払うまで時間がかかり、以来体調を崩しがちになっていた。

「はい、お健やかにお過ごしです。魏内官さまの調薬のおかげかと存じます」

鈴玉が一礼すると、魏内官はにんまりした。

「それは良かった。でも周囲の者は気をつけて差し上げなさい、特にあなたは。大切なのはまず、王妃さまの心身にご負担をおかけしないことよ」

――そら来た。だから私は魏内官が苦手なのよ。嫌味な言い方をして。

「私がご負担をおかけしているとでも？　王妃さまにお抱えいただいた時は確かにご迷惑をおかけしましたが、この頃はご心痛の種にはなっていないと思います」

「そう。あなたの言葉通りならいいけど。失礼したわね」

魏内官は鈴玉をも軽くあしらい、「じゃあね」と手を上げるとゆらゆら身体を揺らしながら去って行った。

七

端午節も過ぎた昼下がり、鈴玉はかすかな鼻歌を唄《うた》いながら林氏の宝飾類を布で磨いていた。

「鈴玉、尚服《しょうふく》局に修理に出していた王妃さまの背子は？　まだ取りに行っていないんじゃないの？」

「あっ、いけない！　忘れていたわ」

香菱のため息と小言を背に鈴玉は鴛鴦殿を飛び出し、後宮の南西にある尚服局へと急いだ。

「尚服局」とは衣料を司る部署で、鈴玉も衣裳係という職掌柄何かと通う機会が多く、先日も「背子」と呼ばれる、長袖で丈長《たけなが》の上着を修理に出したところだった。薄緑色に蝶《ちょう》を刺繍《ししゅう》したその一枚は王妃の気に入りであったが、手あぶりの火が飛んで襟もとに小さな焼けこげを作ってしまっていたのだ。

「すみません、鴛鴦殿の女官ですが……」

鈴玉が尚服局の戸口から声をかけると、二十四、五歳ほどに見える小柄な女官が応対に出てきた。

「何のご用？」

わずかに赤味を帯びた髪に、柳の葉の形をした眼と細い顎《あご》を持つ女官は、値踏みするように鈴玉を眺め回してくる。鈴玉は不躾《ぶしつけ》な視線にむっとしながらも、改めて所属を名乗って一礼する。

「王妃さまの背子の修繕をお願いしておりましたので、引き取りに伺いました。あの、緑色に蝶の刺繍の……」

「ああ、あれ？」

尚服局の女官は鼻から息を吐き出した。

「私が担当したのよ」

「そうでしたか、ありがとうござい……」

「礼はいいから、今後はこちらに修理に出すときは、余計な事をしないでよ」

つっけんどんなその物言いに、鈴玉も思わず「はっ？」と返事をしてしまった。

「どういうことですか？」

眉間《みけん》に皺《しわ》を寄せた鈴玉を前に、尚服局の女官も鼻を鳴らす。

「あの背子の襟、今回頼まれた箇所に近いところにも修繕の跡があったけど、あれは鴛鴦殿でしたものでしょ？　尚服局《うち》での仕事じゃないわよね」

「ええ、私がしました。それが何か？」

焼けこげができる前に、襟の一部が取れかかっていたのを鈴玉が縫い直したのだった。

「やっぱりね。あんな下手くそな縫い方をする女官、うちにはいないはずだから」

「下手くそですって？　いくら何でもその言い方はあんまりじゃないですか！　黙って聞いていれば……」

食ってかかる鈴玉に、尚服局の女官は「ふん」と鼻で笑った。

「『選《え》りすぐり』のはずの鴛鴦殿の女官にも、あなたみたいなのがいるのね。珍しいから、お名前くらい聞いておこうかしら？」

――鴛鴦殿の女官という立場さえなければ、このいけ好かない女官に平手くらい食らわせてやるのに！

怒りと悔しさで鈴玉はめまいすら覚えたが、拳《こぶし》を握って息をついた。

「鄭鈴玉です。どうかお見知りおきを」

それを聞き、相手は薄い唇の両端をわずかに上げた。

「ああ、鄭鈴玉はあなたなの。『あの政変』で名前は聞いたわ。貴族の出で、王妃さまのご衣裳《いしょう》係だそうね」

王妃への忠節を守り通した自分の名は後宮に知られているらしい。一目くらい置いてくれるかと思ったが、相手の女官はにやりとする。

「鄭鈴玉……鈴玉……。ふふ、貴族の割には俗な名前ね」

「ちょっと！」

とうとう鈴玉は相手に飛び掛からんばかりの姿勢になった。

「許せない。私を侮辱するのはともかく、親からもらった名前を侮辱するなんて！」

「あなたより位階も歳も上に見える私に摑《つか》みかかろうとするなんて、鴛鴦殿の女官の躾《しつけ》は一体どうなっているのかしら？　そもそも、王妃さまの大切なご衣裳を取りに来たんでしょう？　喧嘩《けんか》しに来たのではなく」

鈴玉は怒りをこらえ、低い声を出した。

「……ええ、そうです。王妃さまのご衣裳を拝受つかまつります。ついでにと申しては何ですが、あなたのお名前を伺っても？　今後もまたご縁があるかもしれませんから」

尚服局の女官は眉を上げた。

「王紫琪《おうしき》よ。位階は正八品」

それだけを言い捨てると奥に引っ込み、灰色の絹の包みを持って出てきた。

「次からはもっと早く取りに来て。あと、あちらの詰め所で現物の確認と受領の署名をしてから帰って」

王女官は建物の東側を指さすと鈴玉にはもう目もくれず、さっさと奥に姿を消した。

──一体、何さまのつもりよ！

鈴玉はむかむかしながら詰め所に赴いた。だが、そこで現物を確認するため包みを開いて息を吞《の》み、しばらく背子を凝視していた。

「何か間違いでも？」

係の女官に問われた鈴玉は急いで「何でもありません」と答え、受領の署名も上の空で済ませて鴛鴦殿に帰ってきた。

そして、御衣庫《ぎょいこ》にしまう前に改めて包みを開き、今度はゆっくり背子の修繕箇所を検分する。

——ああ、やっぱり。

鈴玉が繕った箇所がより細かく、目立たないよう直されている。加えて、今回の焼けこげも襟の模様に合わせて精緻《せいち》な刺繡がされており、ぱっと見にはどこを修繕したのか全くわからない。

——あの女官。王何とかと言ったっけ。確かに見事すぎるほどに見事な腕だわ。

鈴玉は相手への腹立ちも忘れ、修繕箇所に見入っていた。

八

五月も下旬に入ったその日、朝餉《あさげ》を終えた林氏は、鴛鴦殿の宝座の前に机を幾つも並べさせた。「織造《しょくぞう》」と呼ばれる織物の製造部署から送られてきた絹織物を、王妃が自ら検分することになっているからである。これらの絹織物は宮中御用となるほか、一部は朝貢品として天朝にも献上される。

「王妃さま。織造監督の李士雁《りしがん》の妻である永泉《えいせん》郡夫人が、ご挨拶《あいさつ》に参上しております」

柳蓉の言上に対し、宦官《かんがん》や女官たちを周囲に侍《はべ》らせた王妃が鷹揚《おうよう》に頷《うなず》くと、補服を身にまとった外命婦《がいめいふ》が入って来て、宝座の前で拝跪した。

「外命婦」とは夫が五位以上の官位を持つ婦人を指し、後宮の最高位の女官や側室など自身で五位以上の官位を持つ「内命婦《ないめいふ》」とは対になる言葉である。また、外命婦は夫の品階に対応する称号を持つが、涼国において「郡夫人」の称号は一、二品の官僚の夫人に与えられていた。

これらの外命婦や内命婦は、王妃へのご機嫌伺いなどで毎日誰かしら鴛鴦殿を訪れるが、眼前の貴婦人は鈴玉の記憶にない。

郡夫人の後からは、尚服局の女官たちが絹織物を並べた函《はこ》を捧《ささ》げて従う。そのなかに王紫琪がいるのを見て鈴玉はしかめ面になり、向こうもこちらに気が付いたらしく、「ふん」とばかりに顔を背けた。

「私、李士雁の妻である趙雪麗《せつれい》が王妃さまにご挨拶申し上げます。ご尊顔を拝して慶賀にたえません。また、孝恵公子さまの世子冊封が確実となったこと、まことにおめでたく、王室の一層のご繁栄を願いあげたてまつります」

なめらかに口上を述べて立ち上がったその貴婦人に、鈴玉は眼が釘付《くぎづ》けになった。

小づくりな顔に秀でた額、両眼は星を宿したかのように輝きを帯び、薄い唇の左側にある黒子《ほくろ》がわずかな愛嬌《あいきょう》を添える。艶《つや》やかな黒髪をまとめた頭上には「鈿釵花冠《でんさかかん》」と呼ばれる冠が載せられ、粒真珠を連ねた飾りが垂れる。深紅の大袖《たいしゅう》を身にまとい、赤い裙《くん》を穿《は》いて、耳には「薬玉《やくぎょく》」と呼ばれる玻璃《はり》の耳飾りを垂らしている。命婦の格式に則《のっと》る決まり切った装いのなかにも、彼女の美貌《びぼう》と気品は覆い隠しようがなかった。

──まあ、初めてお目にかかるけど、お綺麗《きれい》でしかも上品な雰囲気のお方ね。王妃さまが気高い白百合《しらゆり》ならば、この郡夫人さまは華やかな芍薬《しゃくやく》のよう。

雪麗の丁重な挨拶を受け、王妃はにこやかに答えた。

「郡夫人の賀詞言上、痛み入る。太妃さまの姪御《めいご》で天朝とも縁が深い趙家出身のそなたが、織造の夫を立てて裏で何かと働いていると聞きましたよ。士雁もそなたを頼りにしているとか。まさしく内助の功と言うべきですね」

「お言葉、恐れ入りましてございます。私自身は決して夫の前に出るつもりなどありませんが、やはり織造の絹織物は宮中御用や天朝への朝貢品となりますゆえ、私がおりますと物事が早く進むのでございます」

王妃は深く頷いた。

「さもあろう。太妃さまの直々のお声がかりでそなたが織造に嫁いだこと、まこと太妃さまの慧眼《けいがん》であった。後で太妃さまの霊仙殿にも伺うのでしょう？」

「はい、そのつもりです。幸い、今回の絹織物も総じて出来が大変によろしく、これならば涼国の絹織物の盛名は一層高まるかと存じます」

王妃の御覧に供される布地は納入品の中からさらに選りすぐったもので、尚服局の女官たちが函に入った絹織物を机の上に広げていく。宝座の傍らに侍立している鈴玉は、胸を躍らせながらその様子を見守った。

雲龍紋《うんりゅうもん》を配した青色の錦《にしき》や、唐草紋様が施された深緑の錦。鮮やかな緋色《ひいろ》に牡丹《ぼたん》紋を浮かせた綾《あやぎぬ》、翅《はね》のように薄く織り上げた薄黄色の羅……。

――素敵！　やはり新しい布地はわくわくするわね。どれもこれも美しいこと。王妃さまの御料になるのはどれかしら。早く仕立ててお召しになっていただきたいものね。

「王妃さまのお気に召したものがあれば、ぜひお取り上げを」

雪麗が優雅に一礼すると、王妃は顔をほころばせた。

「そなたも既に知っていようが、実は太妃さまがお世話なさっていた明安公主さまの喪が明けたので、ご降嫁の話が出ている。私よりもまず、明安さまの婚礼支度のご衣裳となる布地を用意するのが懸案ゆえ、心づもりをしておいてほしい」

「承りました。今のうちに準備を進めておきます」

「ありがとう。そなたに任せておけば安心です」

――容貌《ようぼう》や雰囲気だけではなく、しっかりしたお方ね。王妃さまもご信頼なさっているようだし。

鈴玉は、趙雪麗の温雅な態度とそつのない受け答えにすっかり感心してしまったが、はっと我に返って小さく首を横に振った。

――いえ、いえ。もちろん王妃さまが私にとって「第一の方」には変わりないのだけれど！　でも、この雪麗さまもまた素敵で……。

雪麗は「では、これで失礼いたします」と拝跪《はいき》しかけたが、突然びくりとして後ろを振り返った。栗色の髪を持つ乳児が床に這《は》い、いつのまにか裾《すそ》越しに雪麗のかかとを触っていたのである。

「まあ、孝恵……いつの間に」

乳母が慌てて駆け寄り、林氏も立ち上がって雪麗の背後に回ると孝恵を抱き上げた。

「申し訳ございません。王妃さま、郡夫人さま」

倉皇として拝跪する乳母に、雪麗は「お気になさらないで、驚いただけですから」と答え、我が子を抱いてあやす林氏をしばらく見守っていたが、やがて嫣然《えんぜん》と微笑んだ。

「国母という尊い位に上られ、主上の寵愛《ちょうあい》をお受けになり、王統をお継ぎになる公子さまにも恵まれたこと、まこと王妃さまのご仁徳のなせる業でございましょう。私など遠く及ばぬ、福禄《ふくろく》をお受けになるにふさわしい御方と心得ます」

郡夫人と尚服局の女官たちが退出したあと、王妃も脇の間に行ってしまい、鈴玉は香菱や宦官たちとともに机上の絹織物を片付けた。

「……ねえ。鈴玉は知っている？」

人が少なくなったのを見澄ました香菱が、鈴玉の耳に口を近づけささやきかける。

「何を？」

香菱の真剣過ぎるほど真剣な表情に、鈴玉は重大事を予想した。

「あのね、世子冊封の詔を携えたお使者が先月出発したでしょう？　そのお使者が涼国に入ったの、あと十日ほどで麟徳府《みやこ》に到着するって。でもね……」

香菱が一層声をひそめた。

「何でも、そのお使者が宦官なんですって」

どんな秘密を打ち明けられるのかと身構えていた鈴玉は、正直言って拍子抜けした。

「それがどうかした？　お使者が宦官というのが問題になるの？」

「なるわよ」

香菱はやれやれという態《てい》で、首を横に振った。

「いい？　今まで涼国は何百人という天朝からのお使者をお迎えしたけれども、みな正使は三品、副使は四品の品階を持つ普通の男性の官僚だったそうよ。それが、なぜか今回は宦官が遣わされるという異例の事態で、外朝がざわついているんですって」

「たまたま今回が違うだけでしょう、何でそんなに騒ぐの？」

「前例と少しでも違うというのは往々にして予測もつかぬことが起こっているからだし、いろいろ憶測を呼ぶものなのよ」

「……その『異例の話』っていつ分かったの？」

「先月の末頃みたいよ」

鈴玉は、主上が宦官から耳打ちされて顔色を変えたことを思い出した。まさか——。

急に黙り込んだ彼女を見て、香菱は「まあ、あなたが理解したのならいいわ」と言って、その場を離れていった。

次の日、王妃は朝餉《あさげ》を終えると柳蓉や鈴玉たちを従えて、後宮の西にある「慶古楼《けいころう》」

に足を向けた。ここには「御容《ぎょよう》」と呼ばれる王や王妃の肖像画が収められており、後宮の女性たちや主上が日常の礼拝に赴く場所だった。

林氏たちが慶古楼に到ると、階《きざはし》の前には朱塗りの輿《こし》が止まっており、六名ほどの宦官や女官たちが整列して待っていた。

「おや、先客がいらっしゃる」

王妃が呟《つぶや》き、階を上がって中に入る。楼閣の正面奥には、涼国初代の王である太祖と妻の文英王后の御容が掲げられており、祭壇からは香火が立ち上る。その前では、数名を従えた女性が額《ぬか》ずいていた。

「……太妃さま」

先客が礼拝を終えるのを見計らって林氏が声をかけると、相手が振り返る。先王の王妃で雪麗の伯母《おば》の太妃趙氏だった。彼女の左隣には黒衣姿の明安公主が侍《はべ》る。

趙氏は齢《よわい》五十を超えた貴婦人で、白髪交じりの髪には鳳凰《ほうおう》をあしらった金と珊瑚《さんご》の細い釵《かんざし》を挿す。ほとんど白に近い灰色の衣には青みを帯びた濃い灰色の裙を配し、さらに臙脂《えんじ》の襟で縁どられた薄い銀色の大袖を重ね、白玉と真珠を連ねた首飾りと上質な翡翠《ひすい》の佩玉《はいぎょく》を身に付けている。いかにも太妃らしい気品に満ちた装いであったが、ただ身体の動きは緩慢で、立ち上がるのにも、古参の蘇《そ》女官と明安公主の手を借りていた。

「おお、そなたでしたか。王妃」

太妃が笑顔を見せると、林氏は恭しく一礼した。

「はい。本日もご機嫌麗しきと拝しまして……明安公主さまも、ご機嫌よう」

「ふふふ、この歳になればもうお迎えを待つばかりですよ」

王妃は蘇女官に代わって太妃に付き添い、先王と彼女の早世した世子の御容の礼拝を行った。

「王妃となって国母と呼ばれ、今は主上の嫡母としてかしずかれてはいるが……我が子に先立たれるのは身を切られるように辛《つら》いもの。この悲しみだけは、どれほど時が流れても癒《い》えることがない」

もの言わぬ我が子の絵姿を仰ぎ見た太妃は、声を詰まらせた。

「太妃さま……」

「ああ、すまぬ。むろん去る者もいれば来る者もいる。主上やそなたがおり、明安や孝恵たちが健やかに育っているのを見る楽しみもある」

礼拝の後、林氏は慶古楼の北に位置する太妃の霊仙殿で、明安公主とともに茶と菓子の供応に与《あずか》ることになった。随従の鈴玉たちは、王妃の背後に侍立する。

「私も病を得て幾久しくなるが、今日のように調子が良いときもある。おまけに、孫の世子冊封もこの目で見届けることができるとは。これで王統も盤石なものとなり、まことにめでたいことよの」

螺鈿《らでん》細工の円卓に座した太妃は、茶碗《ちゃわん》を手に微笑む。

「恐れ入りましてございます。先日はこちらの明安さまが鴛鴦殿にお見えで、喪明けのご挨拶《あいさつ》をいただきました。明安さまは太妃さまがお世話くださったその甲斐《かい》あって、いかにも公主らしい、高貴さと貫禄《かんろく》が備わってきたように存じます」

林氏に褒められた公主は無表情と無言を保ったまま、ただ一礼する。

「公主の母の史氏と私は実家が隣同士で親しくしており、史氏が亡くなる際には、私の手を取って公主のことをくれぐれもと頼んでいった。おまけに、この殿の者たちは彼女の面影が先王さまや我が息子によく似ていると申すので、余計に気にかかるのじゃ」

「明安さまにご降嫁のお話が出ておりますこと、既に主上からお聞き及びかと存じますが」

王妃の問いに太妃は頷き、愛情に満ちた視線を公主に向けた。

「ありがたいことに、この子の降嫁先から婚礼支度に至るまで最高のものを用意すると、主上は私にお約束くだされた」

茶碗を置いた林氏は、考え深げな表情をした。

「ともかくも、ご降嫁については、もし太妃さまに意中の方やご推薦のご家門があれば仰せ下されますように」

「ご配慮かたじけない。明安も感謝するでありましょう」

自分の頭越しに交わされている婚儀の話をどう思っているのか、明安公主の伏目がちの顔からは何も窺《うかが》えない。

「本当に、明安には良き縁に恵まれ幸せになって欲しいもの……」

太妃はよほど明安公主が気に入っているのだろう、にっこりして茶菓子の皿を公主のほうに寄せた。

九

果たして天朝の正使と副使はいずれも宦官《かんがん》で、入境してからきっちり九日後には麟徳《りんとく》府《ふ》に到着して、迎賓の館に腰を落ち着けた。そして、六月 朔《ついたち》には早くも嘉靖宮の外朝で主上に対面し、天子さまからの詔を伝えたが、それを承った主上は二人の使者を伴って後宮の鴛鴦殿に来た。

既に側室たちや明安公主、宦官長や女官長などの各部署の統轄者たちにもれなく招集がかかっており、鴛鴦殿の宝座の間は、常になく人々が密集している状態だった。

赤い官服をまとった正使の孫三海《そんさんかい》は、副使とともに宝座の前に南面して立つ。最前列の主上と林氏に続き一同が拝跪したのち、皆のほうを向いた主上は声を発した。

「孫太監さまは、天子さまからのかたじけない二つの勅命を寡人《わたくし》にお伝えくださった。一つは、王妃の所生である孝恵公子に対し世子冊封をさし許すと」

「太監」とは宦官の呼称である。主上の言葉に応《こた》え、林氏が拝跪したまま謝辞を述べる。

「まこと、天よりも高く海よりも深い天子さまの聖恩に対したてまつり、恐悦至極に存じ上げます」

一同は「恐悦至極に存じ上げます」と復唱し、立ち上がる。鈴玉は胸にこみあげる喜びを抑えるのに苦労する一方、首をかしげざるを得なかった。

――でも、一つの御用が世子冊封なのはいいとして、ほかに何の御用があるのかしら？

だが、彼女の疑問はすぐに解決された。主上が意外な命令を発したからである。

「明安公主は前に出《い》でよ」

殿内の空気が無言の疑問で満たされるなか、今日も紺色の目立たない服を身にまとった明安公主は、最前列のさらに前に進み出て拝跪した。彼女は紅を刷《は》かぬ唇にも薄茶色の瞳《ひとみ》にも感情を浮かべることがなく、油気のない髪をまとめ上げて金と翡翠の小さな釵《かんざし》を挿している。

孫太監は糸のような細い眼で公主を見やり、宦官特有の甲高い声を発した。

「天朝の畏《かしこ》き辺りのご沙汰《さた》を賜り、改めて以下の詔を伝える！　涼国の先王、すなわち成宗《せいそう》の第五公主である明安公主を天朝の内命婦の一たる淑儀《しゅくぎ》に封じ、後宮に納めることとする！　明安公主は謹んで鴻恩《こうおん》を受けよ！」

第二章　鈴玉、難題に奮闘す

一

鴛鴦殿内に激震が走った。

——明安公主さまが天朝に輿入《こしい》れをする勅命が！

王妃は頭を上げて自分の手前にいる夫を見据え、側室やお付きの者たちも互いに顔を見合わせる。鈴玉も事態が呑《の》み込めず、きょろきょろして隣の香菱に肘《ひじ》で小突かれた。

鈴玉からは立ち尽くしている林氏の背中が見えたが、やがて彼女がすっと身体を低くしたので、潮が引くように一同も拝跪《はいき》した。

「……明安公主さまの天朝へのお輿入れ、天子さまの鴻恩に深く謝したてまつり、その御代に万歳のご繁栄がありますとともに、いと高き位に上られます明安公主さまに千歳の福禄《ふくろく》がありますことを。まことにおめでとうございます」

王妃の言上に合わせて、一同が「おめでとうございます」と復唱する。

殿内の動揺を面白がるかのように、孫太監は大笑いした。

「ははは、涼国にとって世子冊封はともかく、明安公主の入輿《にゅうよ》は青天《せいてん》の霹靂《へきれき》であったか？　『涼国の明安公主は才知と容貌がともに優れている』と天朝にまで評判が及んだがゆえの取り計らい、畏き辺りからは、『人違いなどせぬよう、公主を直々に検分して参れ』とのご沙汰が下ったため、宦官の私がこうして遠路はるばる来た次第だ。男の使者では後宮に入れぬからのう。天朝への輿入れはこの上なき栄誉、涼王と明安公主は一層天朝に忠節を尽くすように。それこそ、天子さまのみ心に適《かな》うことであろう」

孫太監の傲岸不遜《ごうがんふそん》な態度は、さすがに鈴玉もむっとするほどの不快さだったが、世界の中心として君臨する天子さまの代理ともあれば、むべなるかなといった体である。

「いや、悪く思うな。私はもともと涼の出身だが、ここの後宮から貢物として天朝に捧《ささ》げられたゆえ、やはり故国のことは気になるのだ。たとえば、昨年の『敬嬪の変』……」

主上はそれを聞いて、わずかに眉《まゆ》を上げた。

「外朝と後宮を揺るがす騒動になったと聞くが、無事に収まって何よりだ。何でも、王妃の衣裳《いしょう》係が忠義者で、身体を張って王妃の冤罪《えんざい》を晴らしたと聞くが、ここにおるのか？」

――ちょっと、何で天朝からのお使者が、たかが一女官の私を知っているの？

鈴玉は、いきなり自分のことに言及されたので目をみはった。殿内の者たちの視線も自分に集中しているように感じる。

「はい、この場におりましてございます。鄭鈴玉は前へ」

王妃が後方を振り返って命じたので、鈴玉はつんのめりそうになりながら最前列まで進み出て、深々と拝跪する。

「ほう、彼女がそうか。忠勤、大義である」

鈴玉は伏し目を保ったが、孫太監の自分への不躾《ぶしつけ》な視線は感じ取れた。

「お言葉ありがたく頂戴《ちょうだい》いたします」

主上が鈴玉の代わりに答え、彼女を再び下がらせると微笑を浮かべた。

「我が国の不穏な出来事が孫太監さまのお耳に入ったということは、すでに天聴《てんちょう》にも達していると拝察し、汗顔の至りでございます。今はすっかり外朝も後宮も落ち着きましたので、ご心配くださらぬよう」

主上は淡々と孫太監に言上する。

「すっかり、か。それは本当かの？　まあ良い。ともあれ、涼国は直ちに半年後の十一月末を期限とし、公主入輿の支度を終えるように。私は支度の経過を点検し、お輿入れに付き添うお役を承っておる。天子さまのご不興を買うことなどなきようお支度は入念に、懈怠《けだい》なくつとめるがいい」

呵々《かか》大笑した孫太監は、副使と主上を伴って鴛鴦殿を後にした。

殿内に残った者たちは大嵐が過ぎ去ったかのような心地で、世子の冊封決定よりもむしろ明安公主の輿入れに注意を取られ呆然《ぼうぜん》としていたが、王妃は大きく息をつくと宝座に腰かけた。すかさず、現在の側室筆頭である恭嬪王氏《きょうひんおうし》が拝跪する。

「王妃さま。改めまして、孝恵公子さまの世子冊封と明安公主さまの天朝への入輿、二つながらの慶事を伏してお祝い申し上げます！」

一同がそれに倣った。王妃は笑みを浮かべて賀詞を受けたが、どこか表情が硬かった。二つの慶事が同時に来るとは予想外だったからだろうか。

王妃は明安公主に視線を向け、安心させるように頷いた。

「明安さま、お聞きになりましたね？　思ってもみない成り行きですが、天朝の後宮に上がるというのは大変名誉なこと。主上も私も誠意を込めてお支度を整えますので、どうかご心配なさらぬよう」

「はい、王妃さま。我が身に過ぎる務めを賜り、恐悦至極に存じますとともに、主上と王妃さまのお心遣いに深く感謝申し上げます。輿入れ後も涼国の公主として恥ずかしからぬ振る舞いを心掛け、天子さまに誠心誠意お仕えいたす所存です」

渦中の明安公主はまるで他人事《ひとごと》のようにさしたる反応を見せず、淡々と礼を述べて拝跪し、女官たちを従えて去った。

公主に続き、側室や他の者たちも暇《いとま》を告げたので、あれほど人で一杯だった宝座の間はがらんとして、夕暮れの光が差し込んでもの寂しくすらあった。

しばらくして、外朝まで使者を送った主上が鴛鴦殿に戻ってきた。

「驚いただろう？　私も外朝で最初に孫太監から聞かされたときは耳を疑った」

主上は脇の間の卓に座るなり、向いの王妃に切り出した。香菱と並んで侍立する鈴玉は、なぜ主上夫妻が喜びよりも懸念の表情を浮かべているのか、見当もつかなかった。

「ええ。つい先日、公主さまのご結婚の話を主上と致したばかりですのに。このようなことになろうとは……」

「孫太監は宦官《かんがん》が来た理由を述べていたが、今回だけ異例というのが私には引っかかる」

「天朝はなぜ明安公主さまのお輿入れを求めるのでしょう？　公主さまが評判となったというのは表向きの理由で、裏には何かあるのではないかと」

林氏が眉根《まゆね》を寄せて主上に問うと、主上は目をすっと細めた。

「……私にも、思い当たることはあるが。ともかく、孝恵の世子冊封よりも明安の輿入れを優先させねばならないだろう。外朝にも諮って、先の予定を全て立て直さねば」

二人は頷《うなず》き合っているが、鈴玉には、会話の意味が一向に分からない。

「もちろん、太妃さまにもこのことをお話しせねばなりませんね？　明安公主さまを掌中の珠として可愛がっておられるゆえ、さぞ驚かれるでありましょう」

太妃は療養中のため、先ほどの使者の伝達時には居合わせなかったのだ。

「うむ。この後、霊仙殿に赴き私から太妃さまにはお伝えするが……」

主上がいつになく重い口調で答える。そこへ、戸外に控える宦官から声がかかった。

「太妃さまがこちらにお渡りでございます！」

主上は林氏と顔を見合わせた。

「早速に誰かが太妃さまに告げたか。それにしても、ご病中の身でわざわざのお越しとは」

主上は宦官に対し、太妃には宝座の間の榻《ながいす》にお座りいただくよう命じると、王妃を促してともに席を立った。彼らに付き従った鈴玉は、外の階《きざはし》の下に輿《こし》が止められているのを見た。

太妃は体調の悪さを押して来たらしく、肩が上下し、呼吸もわずかに雑音が混じっている。傍らには今日も蘇女官が付き添い、主人の身体を支えていた。

「太妃さまにおかれましてはご療養のところご降臨を賜り、恐縮に存じます。ちょうど霊仙殿に伺おうと思っていたところでしたが……」

太妃は主上に皆まで言わせなかった。厳しい眼を血の繋《つな》がらぬ息子に向けている。

「答礼は抜きで、私から用件だけ申しましょう。主上、明安公主の天朝への輿入れとは一体どういうことですか？　よもや、こちらから天朝に何か働きかけがあって実現したことではありますまいな？」

太妃の切込みにも主上は動じず、相手を見据えた。

「太妃さま……いえ、母上。明安の件は決して涼国からの働きかけではなく、突然に伝達されたことゆえ、外朝も後宮も大変驚いているところなのです。今まで後宮でひっそりと暮らしていた公主のことが、どうして天聴に達したのか……」

穏やかな表情を崩さない主上を前に、太妃は眦《まなじり》をぴくりとさせた。

「その答えを、主上は既にご存じなのではありませんか？　お答えになりたくないのであれば私から言ってみせましょうか」

「太妃さま」

嫡母を呼ぶ主上の口調には、わずかに抵抗するかのような響きがあった。

「私はこれまで、政治向きのことは口にせぬようつとめて参りましたが、事ここに至ってはやむを得ず、嫡母として主上に申し上げます。外朝では、あなたがなさろうとしている善本の蒐集《しゅうしゅう》事業は、官僚登用試験の導入の伏線ではないかともっぱら噂されています。これが貴族たちを刺激し、天朝にも警戒されたと考えるのが自然では？　主上、私の家門のことはよくご存じでしょう」

「もちろんでございます。太妃さまの家祖は天朝出身であり、伯母《おば》君も先々代の天子さまの後宮に上がって側室となられました」

「その通り。であれば、私の言いたいことはわかりますね？　可哀想に……殿舎に引きこもっているあの子が、天子さまの寵愛《ちょうあい》を競うような真似が出来るとでも？　太后の地位にのぼるか、次代の天子さまの実母になれるとでも？——ああ、明安はまだ若いのに、人質として捧げられたあげく、人生を埋められてしまうことになるでしょう」

激する太妃の発言に、その場の者たちは凍り付く。鈴玉もぎょっとして反射的に王妃を見やると、彼女もまた青ざめている。宦官や女官たちも沈黙のうちに動揺を隠し、ただ一人、主上のみが平静を保っていた。

「太妃さま。明安の『人生が埋められる』と決まったわけではないと私は考えております。それに、私の施政とこの度のことが繋《つな》がっているのか否か、確たる根拠があるわけでもありません。どうかお心を安んじ、『息子』の私をお信じくださいませ。私は、親不孝は決してせぬつもりですから」

「お考えはよく分かりました。もとより私は、主上のなさることに口を挟むつもりはありません。ただ私が恐れるのは、主上の大業に名分と民心が失われることです」

語気強く言い放った太妃は立ち上がろうとしたが、すぐにまた榻に座り込んだ。

「御薬院の魏内官を直ちにこれへ！」

林氏の張りつめた一声が飛び、蘇女官がふくよかな身体に見合わぬ敏捷《びんしょう》さで駆け出す。

王妃に命じられた鈴玉たちが、湯の入った盥《たらい》など診察に必要なものを手に戻ってくると、魏蘭山が榻ごと脇の間に運ばれた太妃を診察しているところだった。

平素の軟体動物のような立ち居を引っ込めてきびきびと動く彼は、厳しい表情で太妃の脈を取って舌を観察し、盥に手を浸した。ついで懐から手巾《しゅきん》を取り出したところ、別の手巾がはらりと鈴玉の足元に落ちた。冠の天辺《てっぺん》から爪の先まで一分の隙もなく整えている彼にしては珍しく、その手巾は少々古ぼけて見えた。何気なく、ひょいと拾い上げた鈴玉は眼を疑った。

――え？

その古い手巾に刺繍《ししゅう》されていたのは、鈴蘭《すずらん》。鈴玉はとっさに、自分の懐にしまってある手巾を服越しに押さえた。自分が大切に持っている手巾にも、全く同じ意匠の鈴蘭の紋様がある。彼女の入宮当初、親切に教導してくれた沈貞淑《しんていしゅく》のものだった。沈女官の突然の追放は鈴玉の心に大きな傷を残したのだが――。

――なぜ彼の手巾に……沈女官さまのものと同じ刺繡が？

見てはならないものを見てしまったような気持ちで、鈴玉は魏内官の手巾を反射的に握りしめた。彼は鈴玉の動揺にも手巾を落としたことにも気が付かず、太妃に向き直って一礼する。

「少し頭に血が上られたのでしょう。大事ありませんが、薬を後ほど霊仙殿にお届けいたします。しばらくこちらで休息なさってから、お帰りになられるのがよろしいかと」

頷いた太妃は榻の上でしばし横になった後、頃合いを見て起き上がり、主上夫妻の見送りを受けながら輿に乗った。

殿内に戻った主上はふっと息をつき、王妃に向かって微笑みかけた。

「こちらから伺う手間が省けたな」

「主上……」

心配顔の王妃の左頰に、主上はそっと右手を添わせる。

「そなたの笑みはいつも素晴らしいのに、今日はこのような表情ばかりさせて、夫として面目ないな」

王妃は小さく首を横に振り、自らの華奢《きゃしゃ》な手を主上の右手に重ねた。

「いいえ、私は主上を信じます。それよりも、明安公主さまのご婚礼のお支度を急がねばなりません。都に孫太監がとどまり、支度を検分することになっておりますから」

「そうだ。そなたには孝恵の世子冊封と併せ、負担をかけることになるが……」

「王妃としての務めにございます、主上。どうか後宮のことは私にお任せくださいませ」

夕方になって、霊仙殿の蘇女官が安堵《あんど》の表情で鴛鴦殿にやってきて、太妃が快復して夕餉《ゆうげ》も少々摂《と》ったと報告した。

「太妃さまより、王妃さまのお心遣いに対しお礼を申し伝えるようにと」

蘇女官は丸みを帯びた身体を屈《かが》めて拝跪《はいき》する。林氏はにこやかに頷いた。

「それは何よりです。そなたは我が柳蓉と同じく、太妃さまがご実家から連れていらした腹心の女官。太妃さまのことをよく知るそなたがいるので、私も安心です」

「恐れ入ります。これからも忠心を尽くして太妃さまにお仕えいたす所存です」

蘇女官が退出するのを見送ってほっと息をつく王妃は、傍らの女官たちに下がるよう命じた。鈴玉も緊張の一日が終わって解放感に満たされたが、はっとして自分の腰に手をやると、魏内官の手巾を帯に挟んだままだった。

――いけない。後でお返ししなくちゃ。それにしても、魏内官さまは沈女官さまと何か関係があったのかしら？

鈴玉の目には、鈴蘭の花が何かを打ち明けたがっているように見えた。

二

翌朝、主上は明安公主入輿《にゅうよ》のため、外朝から高位の官僚二人を選んで監督に当たらせ、また後宮にも二人の宦官を監督に置いた。それを受け、王妃は監督の宦官ならびに後宮の各部署の担当者を集め、支度に取りかかるよう命じた。過去に涼国から天朝に輿入《こしい》れした者は三人、すなわち公主二人と太妃趙氏の伯母しかおらず、それらの先例を調べ、衣裳《いしょう》から身辺の道具に至るまで持参品を新たに作ることになったのだ。

通常の業務に加えて、公主の輿入れの準備で外朝も後宮もぐっと忙しさが増し、ほうぼうから悲鳴が上がったが、鈴玉自身は今のところ自分の仕事にさしたる変化もなく、いわば傍観者であった。

――私に関係ないとはいえ、ご婚儀や天朝での日常にお召しになるご衣裳はちょっと気になるわね。尚服局が作るんでしょうけど。

尚服局つながりで不意にあの王紫琪を思い出した鈴玉は、腕利きの彼女もきっと公主のご衣裳作りに関わるに違いないと思い妬《ねた》ましくなったが、もやもやした気分を振り払うように首を振ると、後苑《こうえん》の花畑へ行った。

この畑は鈴玉と香菱が管理しており、王妃の髪飾りに用いる花々を栽培している。また、「敬嬪の変」で亡くなった友人の張鸚哥《ちょういんこ》の腕輪もここに埋められていた。

鈴玉は腕輪の盛り土に向かって一礼し、芍薬《しゃくやく》の花を切るため園芸用の鋏《はさみ》を握ったが、遠くから秋烟と朗朗が手を振りつつ近づいてくるのが見えた。時間が空いたので、畑を手伝いに来てくれたという。彼らは鈴玉とともに髪飾り用の花を選びつつ、畑の手入れを始めた。

「また来たんだよ、鈴玉」

秋烟がにこにこしながら、手紙を鈴玉に見せて読むように促す。

「例によって小屋の扉の下にあったわけ？」

鈴玉が書簡を開くと、前とは異なる香りが立ち上ってきた。

「最近の回で月香が焚《た》き染《し》めていた香と同じものなんだ。よほど『月香伝』を気に入ってくれているんだなと、こっちも嬉《うれ》しくなるよ」

「ええ、かなり高価な香みたいね。ひょっとしてこの手紙の書き手は高位の女官なのでは？　下位の女官ではこんな香は手に入れられないもの。一体、誰なのかしらね？」

「誰なのか知りたいような、知りたくないような……」

三人は顔を見合わせて、ふふふと笑った。鈴玉はふと、後宮の事情通の二人にあることを聞いてみようと思った。

「ねえ、明安公主さまの天朝への輿入れって慶事のはずなのに、主上も王妃さまもどこか浮かない顔をなさっているように思うの」

「まあ、そうだろうね」

「なぜ？　朗朗」

「輿入れのお支度には巨額の費用が掛かるだろう？　世子さまの冊封とも合わせれば、かなりのお金が国庫から出ていくことになる。それに、主上がなさりたい善本蒐集《しゅうしゅう》と整理の事業も相当の額を必要とするよね。ただ、主上のご性格上、これを租税の形で庶民に転嫁することは望まれないだろうから、善本蒐集の件は保留になるかもしれない」

「なるほど」

鈴玉は頷《うなず》いてみたものの、疑問がそれですっかり氷解したわけではなかった。主上と王妃が見せた公主の婚儀へのためらいは、単に費用の問題だけだろうか？

「それはともかく、太妃さまが主上に詰問なさったこと、後宮中で噂になっているよ」

秋烟が土を篩《ふるい》にかけながら、鈴玉に言った。

「何でもかんでもすぐに噂になるのよね、後宮——特に、鴛鴦殿で起こることは」

「そりゃ、そうさ。太妃さまはお気の毒に、ご自分の世子を即位前に亡くされたけれども、そのあと世子に立てられた側室腹の主上との関係は悪くなかった。互いに尊重されていてね。でも、政治に介入してこなかった太妃さまでも、今回はよほどこたえたのだろうね。ご病気なのに鴛鴦殿にまで乗り込まれるだなんて。主上と太妃さまの関係が悪化すれば、また外朝を巻き込んで厄介なことになるよ」

「太妃さまのご実家は天朝ともご縁が深いそうだけど、やはり明安公主さまのお輿入れをお喜びになっていないのよね。なぜかしら？」

「趙家は天朝に側室を差し上げているし、姪《めい》の永泉郡夫人は天朝とつながりの深い織造の李家に嫁いでいる。何か詳しい事情をご存じなんだろう」

　鈴玉は、話に趙雪麗が出てきたので胸がどきりとした。

「永泉郡夫人は鴛鴦殿でお見かけしたけど、お美しいばかりかお優しそうで。いかにも賢夫人といった感じで、素敵な方だったわ」

「おや、気難し屋の鈴玉がそんなに激賞してうっとりするなんて、珍しいね。明日《あした》辺り、雨が降るかな？」

　朗朗が頭上に広がる蒼穹《そうきゅう》を指して茶化したので、鈴玉は頬を膨らませた。

「私だって王妃さま以外の人を褒めることはあるのよ。郡夫人さまは、それこそ妃嬪《ひひん》になられてもおかしくない方だと思う」

　秋烟は首を傾げた。

「あれ、本当はそれが実現するはずじゃなかったかな？　確か主上が即位される前後に、郡夫人が後宮に入るという噂があったよ。美貌《びぼう》だけでなく、秀でた詩才で有名なお方だからね。でもその後、後宮入りの話は立ち消えになったけど……ねえ、朗朗？」

「うん、確か王妃候補のお一人だったはず。でも太妃さまの計らいで、織造の家に嫁がれたんだよな。俺は、後宮に入ったほうが郡夫人にとっては良かったと思うけど……」

「どうして？」

「郡夫人の婚儀については、まるで駿馬《しゅんめ》を駑馬《どば》に配するようなものだとさんざん陰口が叩《たた》かれたんだよ。郡夫人の優秀さに比べて、夫の李士雁と来たら……」

朗朗の話では、李士雁は酒好き、博打《ばくち》好きであるだけではなく妾《めかけ》を何人も囲って、職造の任務もそっちのけで遊び暮らしているという。たまに朝議に出てきたと思えば、主上に楯《たて》突いたり党争を煽《あお》り立てたりする始末で、評判が悪い。

「そんな男に姪御《めいご》を嫁がせた太妃さまはどうかと思うけど、李家は四大権門の一つだし、天朝との繋《つな》がりが深い家同士ということでの縁組だろうね」

「そう……」

鈴玉は胸が痛んだ。雪麗のたおやかな挙措と艶《つや》やかな微笑みの陰には、そうした事情があったなんて。

——ご苦労がおありでしょうに、それを毛筋ほども見せず振舞っておいでだったわ。なんてお強く、素敵な方なんでしょう。

鈴玉の心のなかで、雪麗はますます気になる人物になっていくのだった。

数日後、鴛鴦殿では尚服局の女官たちを前に王妃が思案顔をしていた。王妃は冊子や紙の束を手にし、脇の卓には絹織物が整然と積み上げられている。

尚服局を束ねる女官である尚服は、困惑した表情で事情を告げる。

「お輿入れにご持参のご衣裳に関し、既に孫太監さまからは涼国の服と天朝の服どちらも作るようご指示を賜りましてございます。また、私たちで公主さまが普段お召しのものを参照し布地を選び、過去の記録に従って図案を作り、布地とともに太監さまにお見せしました。ですが、太監さまは『これでは駄目だ』と突き返しておしまいになり……」

「なるほど。この絹織物は明安公主がお選びになったものではないのですね？」

王妃が指し示した絹織物は、どれも地味で落ち着いた色合いである。

「はい。公主さまは万事控えめなお方で、今回の輿入れのお支度もお好みや希望をおっしゃることはありませんでしたので、私たちで布地を選びました。布地が悪いのか図案が良くないのか、あるいは両方か。ともかく太監さまはお気に召さないご様子で……」

「どこがよろしくないのか、孫太監は仰《おっしゃ》ったのか？」

王妃が手元の冊子をめくりながら呟《つぶや》く。それには、尚服局の女官たちが図案を描いて孫三海に見せたものが綴《と》じられていた。

「孫太監さまによれば、天子さまは何事も華麗なもの、美しいもの、流行《はや》りのものを好まれるとか。ご寵愛《ちょうあい》を得るために、そのお好みに沿うようなものを仕立てよ、と。ただ、具体的に何をどうせよなど肝心な事は一切仰せにならず、尋ねてもはぐらかされて、教えていただけないのです」

――ああ、あの絹織物は確かに公主さまがお選びになりそうな色だけれど、これが孫太監さまのお気に召さないのかしら？　となると、公主さまのお好みに関係なく、天子さまや太監さまに気に入られるためだけの衣裳を作れと？

「尚服……たとえ現状の案でも、孫太監には私から強く言えば彼も拒否し続けることはないでしょうが、彼の意図がわからぬ以上、拙速にその手段を使うことは避けたい。彼は明安公主さまの輿入《こしい》れに付き添うだけではなく、天朝の後宮ではそのまま公主さま付きになることが決まっているゆえ」

「しかも、それだけではないのです。王妃さま……」

尚服は言いにくそうだったが、林氏が続きを眼で促した。

「孫太監さまは、『鴛鴦殿に鄭鈴玉という衣裳《いしょう》係がいるだろう、自分が詳しく教えずとも彼女が何とかしてくれる』と仰ったのです」

「鄭鈴玉？　孫太監さまがそのようなことを？」

王妃はさすがに驚きの表情を隠せず、沈着冷静な香菱も思わず声を漏らした。もちろん鈴玉本人にとっても予想外のことで、彼女は眼を丸くした。なぜ孫太監が一度ならず二度までも自分に言及するのか、見当もつかない。

林氏はしばし考えこんでいたが、やがて顔を上げてちらりと鈴玉を見た。

「分かりました。明日、明安公主さまをここに呼びましょう、あと側室たちとその衣裳係も。側室たちが公主さまに祝いの品を贈りたいと申していたので、ちょうど良い。それから尚服、そなたも部局から優秀な女官を六名選んで来るように」

「は、はあ……」

——各殿舎の衣裳係？　孫太監のお考えもそうだけど、王妃さまも一体何を……？

鈴玉だけではなく、その場の誰もが王妃の考えをはかりかねているようだった。

女官たちが退出した後も宝座で黙考する王妃に、柳蓉が一礼する。

「恐れながら、孫太監はこれにかこつけて賄賂《わいろ》を要求しているのでは？　私は彼が朝貢の宦官《かんがん》として涼国から天朝に上がる前、つまりこの後宮にいた頃を存じておりますが、有能さを評価される一方、貪官《たんかん》であると陰口も叩かれておりました」

「……彼は宿泊している迎賓の館でも、無理難題を申しているそうですね」

「贅沢《ぜいたく》な食事や衣料を要求しているとの噂でございます。それにしても孫太監は、我が涼国に仇《あだ》なすつもりか、何と恩知らずで薄情な」

怒りが高まってきた柳蓉に、王妃は手を差し伸べてやんわりと制す。

「そなたの申す通り先方が賄賂目当てだとしても、主上がそれを贈るのをお許しになるかどうか。ひとまず改訂案を作って孫太監に見せ、反応を窺《うかが》うのがいいでしょう」


翌日、鴛鴦殿に招集された明安公主、側室たち五人とその衣裳係、ならびに監督の宦官や尚服局の女官たちを前にして、王妃はにこやかに切り出した。

「集まってもらったのは他でもない。明安公主さまの輿入れのお支度に後宮が力を尽くしてくれている様子、私からも厚く礼を申す。さて、明安さまが天朝で日常お召しになる予定のご衣裳のことだが……」

林氏は側室たちをぐるりと見回し、頷いてみせた。

「側室一同からも公主に祝いの品を贈りたいと申していることだし、衣裳もただ作るのではなく、後宮の各殿舎と尚服局との競作にしようと思う。各殿舎の衣裳係の女官と尚服局の女官が組を作り、明安公主と打ち合わせて衣裳を作るのです。また側室は、服に合わせる宝飾を贈り物として用意すること。費用については、全て公用金から出す。完成の暁には後宮の皆に披露して、特に優秀な殿舎には私から下賜を致すゆえ、腕を振って製作してほしい。まずは衣裳と組み合わせを考えて図案を作成する。それを孫太監さまに見ていただき、お許しが出れば実際の製作となる」

「王妃さま……？」

王妃の思いもかけぬ提案で殿内がざわついたが、いつものように無表情な明安公主が拝跪《はいき》したので、みな口をつぐんで後にならった。

「私、明安は全て王妃さまの仰せに従います。この度の私の婚儀に関しては後宮の皆さまにお手数をおかけしております。どうぞよろしくお取り計らいください」

感情を失ったかのようなその声に、王妃は頷《うなず》いた。

「ありがとう、明安さまにもご協力をお願いしたい。衣裳作りの六つの組は籤《くじ》で決め、一度ずつ明安公主との打ち合わせの機会を与える。それを参考にして各組は服を仕立て、宝飾を取り合わせるように」

「しかし王妃さま、孫太監は後宮での競作ということをご承知くださいますか？」

尚服が心配そうな表情をした。

「安心するがよい。すでに私から婚礼支度の監督の宦官を通じてこう申し上げた。『ご衣裳のこと、ご提案の通り鴛鴦殿の鄭鈴玉をも作業に加わらせ、必ずや孫太監のご納得いただくよう用意する、私が一切の責任を持つ』と」

——孫太監さまと王妃さまの直々のお声がかりで、もし私が失敗したらどうなるの。

さすがの鈴玉もいつもの強気はどこかに消えうせたが、まさか「できません」と言うわけにもいかない。ただ拝跪して、「王妃さまのご命令に従います」と答えるので精一杯だった。王妃は、不安げな顔をしている側室たちを見回してゆったりと微笑む。

「いま申したように全ての責任は私にあるゆえ、各殿舎は萎縮《いしゅく》せずに、ただ明安さまのことだけを考えて彼女の服を仕立てて欲しいのです。後宮が一致して明安さまを盛り立てれば、太妃さまもきっとお喜びになる」

林氏は最後の一節に力を込めた。

側室たちの中でもものぐさで知られた貴人の安《あん》氏などは、それまで「面倒ごとに巻き込まれるのはごめんだ」という表情をあからさまにしていたが、「太妃」の一語を耳にして仏頂面を引っ込めた。ここで服作りに協力せねば太妃に睨《にら》まれかねず、それは得策でないと判断したらしい。

「よいですね？　では、衣裳係と尚服局の女官の組み合わせを籤で決める」

王妃の言葉に応《こた》え、柳蓉が象牙《ぞうげ》の籤を入れた青銅の壺《つぼ》を持ってきた。

三

それから、鈴玉は毎日尚服局に通うことになった。衣裳を担当する六つの組は、天朝の服と涼国の服を二揃いずつ製作するのである。また、王妃の計らいで、尚服局に所蔵されている資料も自由に閲覧できるのだが――。

「やれやれ、あなたと組むなんて思いもしなかったわ。私って籤運が悪いのよね」

尚服局の一室で、王紫琪は渋面を作った。相対する鈴玉も、眉間《みけん》の皺《しわ》を深くする。

「籤運の悪さに関しては、私もまったく異論の余地はありません。王女官」

尚服局の女官と各殿舎の衣裳係の組を作る籤引きで、鈴玉はよりにもよって苦手な王紫琪と組むことになってしまった。

――ああ、本当についていないったら。天帝さまも意地悪ね！

「足手まといになりそうなあなたと組んでは、仕事にならないわ」

「王女官、そりゃ裁縫はあなたほど出来ませんが、布地の取り合わせや宝飾のことはわかります」

食って掛かる鈴玉だったが、紫琪は平然としていた。

「おやまあ、入宮して二年そこそこの女官がいっぱしに口答え？　鄭女官。後宮にいる以上、長幼の序や位階の上下は厳守されるべきよね。あと、私のことは『王女官さま』

と呼んで。それが礼儀でしょ？」

「……はい、『王女官さま』」

鈴玉はなすすべもなく、ただ拳《こぶし》を握った。

「王妃さまの手前もあるから表向きはあなたと組んでいることにするけど、布地だけ選んでもらい、後は一切触らせないから。いいわね？」

「私を除《の》け者にすることは、王妃さまや孫太監さまのご意思に反すると思いますけど？」

鈴玉の反論に、紫琪はふんと鼻を鳴らした。

「そう？　私のこと、王妃さまに告げ口できるものならしてみたらいいわよ？」

鈴玉は怒りで頭がくらくらしたが、同時に、なぜ紫琪が自分に対してそんなに敵意を見せるのか解せなかった。

――ここで引き下がりたくはないけれど、でも……。

香菱も、鈴玉の仕事の負担を減らすため、王妃の衣裳や花畑の世話をかなりの部分引き受けてくれた。それに、この難題を失敗すれば王妃の面目も失われかねない。頑《かたく》なな紫琪の態度を性急に溶かす策も見当たらないが、ここで争うことは間違っている。

鈴玉は心の乱れを落ち着かせるため、大きく息を吸って、また吐いた。

「あなたが私をどうお思いなのかは、よくわかりました。布地だけでも選ばせてくださり、ありがとうございます。その作業が終わったら、布地にも糸にも一切触りません。ただ、三日後の明安さまとのお打ち合わせには同行してもよろしいでしょうね？　王女官さま」

「ええ、いいわよ。ただし、私が公主さまとお話しするからあなたは黙っていてね」

その後も、やはり王女官は鈴玉をずっと無視して相談相手にもなってくれない。涼国の服はともかく天朝の服は馴染《なじ》みがないので、資料の巻物や冊子を見て、また尚服局にわずかに残されている現物を見せてもらって、学習する必要があった。

ただ、鈴玉に対する紫琪の態度は尚服局にも知られているらしく、貸し出しを担当する女官は紫琪の味方なのか、あるはずの資料も「ない」と答えてきたりする。

——何なのよ、もう。

鈴玉はぷりぷりしながら資料を卓上に広げ、ため息をついた。好きな衣裳《いしょう》について学ぶのは楽しかったが、組む相手とうまく意思の疎通ができないのが、何とも歯がゆくて不安である。それに、天朝の服に関しては資料も古いので、現在の天朝の後宮とは形式や流行が違っているのではないか、との懸念もあった。

——今の天朝の後宮の服って、本当のところどうなのかしら？

天朝の後宮に仕える孫太監ならば知ってもいるだろうが、尚服局の案にも駄目だししたあげくに提案も何もしてくれないと聞いているので、尋ねるだけ無駄だろうし、そもそも鈴玉には尋ねる伝手《つて》もなく、八方塞《ふさ》がりの焦りだけが心の中で膨らんでいった。

鈴玉は不安な気持ちを抱えたまま、明安公主を訪ねる日を迎えた。

後宮の東側には、水上の宮殿のような趣を持つ碧水殿がある。瀟洒《しょうしゃ》さが際立つ殿舎の周囲には水路を巡らせ、後方には小規模な竹林が植えてあった。いかにも、若い公主の住まいにふさわしい夢幻的な佇《たたず》まいを見せている。

鈴玉と紫琪が書斎に通されると、明安公主が紫檀《したん》の机の前に端然と座していた。今日の彼女は、初めて会った時と同じく紺の大袖《たいしゅう》に黒に近い灰色の裙《くん》を身にまとい、濃紺の帯を合わせている。ただし地味なだけではなく細い銀細工の首飾りが服に映え、帯に回した飾り紐《ひも》も白色や水色の玉を連ね、邪悪を避ける動物である貔貅《ひきゅう》を象《かたど》った佩玉《はいぎょく》ともども、なかなか凝ったものである。

——えっ、このご衣裳は？

鈴玉は公主の装いに何か引っかかるものを感じたが、その正体まではわからなかった。

明安公主は手習いをしていたのだろう、書きかけの紙や手本となる法帖《ほうじょう》、筆などが卓上に置かれている。繊細な筆跡で書かれた紙の下にはやはり彼女の手によるものか、園林や建物を俯瞰《ふかん》の角度で描いた水墨画が覗《のぞ》いている。同じく卓には、青緑色の石に研磨した貝を嵌《は》めこんだ硯《すずり》、白玉にすっきりとした彫刻を施した硯屏《けんびょう》と筆置き。春空の色をした青磁の香炉からは煙がゆっくりと立ちのぼり、壁際の書棚には経書や史書、文集類がきちんと収められている。

全体的に飾り気はないが上品な家具や文房具でまとめられており、女性の部屋というよりもむしろ貴族の男性が好む設《しつら》えだった。鈴玉は学者の父親の書斎を思い出して、懐かしい気持ちになるとともに、抑えた色味の服を身に着けた公主が、書斎と一体となって溶け込んでいるように見えた。

「明安公主さま、尚服局の王紫琪と鴛鴦殿の鄭鈴玉がご挨拶《あいさつ》をいたします。本日は、お輿《こし》入れに持参するご衣裳につき、公主さまのご意見やお好みを伺いたく存じます」

紫琪が口上を述べ鈴玉とともに拝跪《はいき》すると、明安はわずかに頷《うなず》いて応えた。

「役目ご苦労、そなた達が三組めだ。服作りに資することがあれば各組に教えるよう王妃さまのご下命ゆえ、何なりと私に質問するがいい」

紫琪が「恐れ入ります」と一礼して、懐から小さな紙切れを出して広げる。事前に質問したいことを考えてきたらしい。

「まず、公主さまのお好みになる色や、飾り物についてご教示を賜りたく」

「別にない。私が着ているものは紺色や灰色、黒色のものが多いが、好きというより、自分に合うと思うので着ているだけだ」

淡々と、無駄な修辞なども使わず答えが返ってくる。紫琪は「ない」という答えは想定外だったようで、一瞬眼が泳いだ。

「宝飾品は……」

「それも特にない。服に合いそうなものを身に付けているだけだ」

また話が途切れる。鈴玉は、打ち合わせでは黙っていろと命じた紫琪に逆らい、思い切った質問をすることにした。

「公主さまは、この度の輿入れに対してどのようにお考えですか？」

紫琪は、「約束が違うじゃない」と言わんばかりに鈴玉を睨みつける。

鈴玉の目には、公主の全身から豊かな感情があふれ出しそうに映ったが、瞬きする間にいつもの無表情に戻った。

「別に何も。婚姻の意義とは、経書に『婚礼は二姓の間に親しい関係を作り、それによって上は宗廟《そうびょう》の祭を絶やさず、下は家筋を後世に伝えようとするものである』とある通りだし、私は公主として、定められた時期に嫁ぐか、もしくは独身を通すかの二つの運命しか持ち合わさない。今回、相手がたまたま天朝だったまでのこと」

公主はそれきり口を閉ざし、沈黙が三人の上に落ちた。やがて、紫琪が口を開く。

「ご多用のところ不躾《ぶしつけ》な質問を致しまして、まことに申し訳ございませんでした」

彼女は頭を下げ、鈴玉も慌ててそれに倣った。

公主との対面の成果が得られたとは言い難いが、紫琪はこれ以上話す必要がないと見たのだろう。公主の好みとは関係なく、天子さまや孫太監の好みを推しはかり、とにかく華やかに見える衣裳を仕立てれば一応の役目は果たせるのだ。

「何も謝ることはない。他の組はもっと色々聞いてきたが、そなた達はもう終わりにするのか？　よほど自信があるのか——面白いな」

「面白い」と口にする割には、公主は無表情のままである。

「では、興味もなかろうがそなた達だけに一つ教えて遣わそうか。そなた達が作る服はどのみち――」

公主は机に両手をつき、ゆらりと立ち上がる。

「死に装束になるのだ。私からの話は以上だ」

鈴玉も紫琪も、公主の思いがけない言葉に呆然とした。

「し、死に装束って……公主さま、それは一体どういうことですか？」

「鄭女官！　明安さまに対して無礼は……」

詰め寄らんばかりの鈴玉を紫琪が止め、明安は冷ややかな視線を二人に注いだ。

「それ以上は一女官が知る必要はない」

「必要は、あります！　疑問をきまぐれに与えて解く手段も与えてくださらないのは不当です。その人のことを詳しく知らなければ、真に似合う衣裳を作ることはできません」

「鄭鈴玉！　お黙り！」

紫琪は頭に血がのぼった鈴玉の口を塞《ふさ》ごうとしたが、失敗に終わった。

「不当、……不当か」

公主は眼前の女官の無礼に怒りもせず、遠くに視線を泳がせたかと思うと、再び二人を見据えた。

「その人を詳しく知る……私のことを詳しく知れば、あるいはそなた達が命の危険にさらされるかもしれぬ」

「お願いします！　危険よりも、仕事をきちんとやり遂げるほうが私には大切なんです」

勢い込んで答える鈴玉に紫琪は呆《あき》れた目を向けたが、もう止めることはしなかった。公主は立ち上がって紙窓《しそう》を開けた。さあっと風が流れ込み、殿内を満たす。

「鄭鈴玉。『敬嬪の変』に貢献したとはいえ、一女官に過ぎないそなたのことをなぜ天朝の孫太監が知っており名を出したか？　そなたも不思議に思うであろう。それは、天朝が涼国の事情を些細《ささい》なことでも熟知しているとの表明で、無言の牽制《けんせい》でもある」

「無言の牽制……ですか？」

鈴玉の問いに、公主は振り返って頷いた。

「まず一つは、主上のお考えの善本蒐集《しゅうしゅう》とその整理についてだ。特に経書を集めて異同を調べ、誤りがあれば正して注釈をつけ直すことが中心となるだろうが、天朝は意図せぬ整理がなされることを警戒している。かつて天朝も学問のため同じような事業をしてきたが、冊封国に過ぎない涼が大々的にそれを行って天朝の学問に異を唱え、ひいては天朝の正統性に疑問を抱かせるようなことを仕出かすのではないかと疑われているのだ」

鈴玉は分かったような、分からないような顔をした。

「もう一つは――主上がこの事業を梃《てこ》とし、その整理された経書を用いて官僚の登用試験を導入し、貴族に代わる新たな人材を得ようとお考えなのではないかという噂だ。先々代の徳宗さまが導入に失敗なさったので、主上も慎重に導入の時期を図っておられるのだろうし、貴族たちをないがしろになさるつもりはないと思うが」

「主上のそのご計画自体はわかります、でもそれがなぜ天朝の牽制に繋《つな》がるのですか？」

「涼国は長く王権と権門の綱引きが続き、主上も権門との関係には苦心されたが、『敬嬪の変』も乗り切って、ここしばらくは安定した政治をなさっている。だが、涼がある程度内紛していて、強くなり過ぎないほうが天朝にとっては好都合なのだ。もし登用試験の導入が上手《うま》く行けば有為な人材が王権を支え、涼はより強国となるかもしれない。天朝は、冊封国同士の均衡が崩れるようなことはお認めになりたがらないから」

「そんな先の、あやふやなことまで天朝はお考えなのですか？　登用試験の導入も上手く行くとは限らないのでは？」

「『そんな先の、あやふやなこと』まで考えるのが天朝というものだ」

鈴玉には、はるか遠いはずの天朝が何やら不気味なものに思えてきた。

それまで黙って二人の話を聞いていた紫琪が、口を挟んだ。

「私は貴族出身の鄭鈴玉とは違って無学者なので、今のお話は正直に申して、よく理解できないところがあります」

――こんな時にまで、この人は私に当てこすりを言うの？

鈴玉はむっとしたが、紫琪は素知らぬ態《てい》で話を続ける。

「でも、私が気になるのは、公主さまが先ほど仰った『死に装束』のことです。これと、公主さまのお話はどうつながるのですか？」

鈴玉も紫琪に反発しつつも、持つ疑問は同じだった。明安公主は再び紙窓の外に顔を向け、低い声を出した。

「――天朝の後宮では天子さまの晏駕《あんが》、つまりご崩御の際には殉死の習わしがある。後宮の女性たちはほとんどが天子さまの後を追って自裁し、天子さまの陵に陪葬されることになっている。涼国では随分前に廃止された慣習なのだが」

「えっ……」

険悪な仲のはずの女官二人は、寒気を感じて身を寄せ合うようにした。

「でも、天子さまが万歳のご長寿を保てば、公主さまは……」

「いや、鄭女官。今の天子さまはご病弱というもっぱらの噂だ。私より二十歳ばかりもお歳上であられるし。太妃さまの伯母《おば》君も天朝の後宮に入られたが、やはり殉葬されたと聞く。だから太妃さまは、私の天朝への輿入れに神経を尖《とが》らせておいでなのだ」

自分たちに背を向けたまま、淡々と残酷な事実を告げる明安公主に対し、鈴玉は胸がつぶれる心地がした。

――そんな。では、このお若い公主さまに約束された未来は、死ぬことだけなの？　公主さまは全てご承知で「死に装束」と仰《おっしゃ》ったの？

だが、何もかも腑《ふ》に落ちた。公主の輿入れの知らせになぜ主上や王妃が浮かぬ顔をし、太妃が「あの子の人生が埋められてしまう」と言っていたのか――。

――ただの比喩《ひゆ》じゃなかったのね、太妃さまのお言葉は。

明安公主の瞳《ひとみ》が、わずかな揺らめきを見せた。

「何もこれが初めてではない。天朝は昔から周辺諸国との関係を調整し、ある時は介入し、ある時は手なずけ、ある時は滅ぼしながら五百年の命脈を保ってきた。今度も天朝にとっての大事になる前に、涼に牽制を加えようとしている。先方は隙あらば主上と権門の対立を煽《あお》るだろう。私自身は主上の大業のために命を差し出すつもりであるが……」

明安公主は最後に、皮肉っぽい笑みを浮かべた。鈴玉の初めて見る、公主の感情らしい感情がそれだった。

四

鈴玉と紫琪は碧水殿を出ると同時に「ふーっ」と大きなため息をつき、我に返って互いを睨《にら》んだ。ふと前方を見れば、貴人安氏の衣裳《いしょう》係である田《でん》女官と、尚服局の丁《てい》女官が近づいてくる。

「どうだった？　明安公主さまとのお話は」

「まあ、分かったような、分からないような方よ。とりあえず、公主さまから得た印象で服を仕立ててみるけど」

同輩の丁女官に問われた紫琪は、当たり障りなく答えた。

「とにかく頑張って孫太監さまや王妃さまのお気に召すような良い服を仕立てないと、たっぷりご褒美がいただけないわ」

鼻息荒く、安氏づきの田女官が話に割り込んでくる。紫琪は田女官が気に入らないのか無視しているが、彼女はお構いなしだった。

「ねえ、あなたがた、せっかくだから手を組まない？　どちらかの組が勝てば報奨の品は山分けってことで。鄭女官と王女官という腕利きならば報奨を獲得できるかもしれないけど、確実じゃないでしょ。あたしたちと組めば勝率が上がるわよ、どう？」

「お断りします」

「お断りだわ」

鈴玉も紫琪も同時にぴしゃりと言ってのけてから、顔を見合わせた。すると田女官の態度は一変し、肥《ふと》り肉《じし》の身体を揺らしながら、狭い額に青筋を立ててわめき始めた。

「けち臭いわね、何も不正なことを頼んでいるわけじゃなし！」

「ちょっと、田女官……」

丁女官が聞きとがめたが、毒づく田女官は止まらなかった。

「ふん、どうせ側室の皆さまは王妃さまにおべっかを使って、鴛鴦殿組のご衣裳が一番と褒めそやすに決まっている。馬鹿馬鹿しい……」

わめいたりなだめたりする二人の女官を置き去りにして、鈴玉たちはさっさと歩きだした。

鈴玉は尚服局に戻っては来たものの、明安公主から輿入《こしい》れにまつわる衝撃的な事実を聞かされ、どうにも仕事をする気になれない。美しい布地を目にすればやる気も湧くかと思ったが効果は表れず、図案を描きかけた紙を前にして、しきりにため息をついている。そんな彼女に紫琪は苛立《いらだ》った声をかけた。

「ちょっと、ひとの部署で堂々と怠業しないでよ。ため息をつけば作業が進むとでも？」

鈴玉は眉間《みけん》に皺《しわ》を寄せた。

「じゃあ、王女官さまは明安公主さまのことを聞いても何も思わないのですか？」

「はあ？ 思うも思わないも、仕事は仕事でしょ。入宮して二年以上も経つのに、そんなこともわからないの？」

紫琪の声がますます尖るが、鈴玉は動こうとせず、ぽろぽろと涙を流した。

「……と思っていたのに」

「え？」

さすがの紫琪も相手の思ってもみない反応にひるんだ。鈴玉は顔をぐしゃぐしゃにしてしゃくりあげる。

「今まで……人を楽しませるためにっ……喜ぶ顔が見たくて……衣裳係のしご……してきたのに……、今回は喜びとは無縁なのかと……思っ……」

初めて王妃の衣裳を着つけて、百日紅《さるすべり》の花を王妃の髪に挿したとき。あの林氏のふんわりした微笑みを思い出して、鈴玉はたまらなくなった。

降って湧いた衣裳の難題、孫太監に指名されてしまった責任感、紫琪との上手く行かない関係、死の影とともに歩むことを運命づけられた明安公主——鈴玉はとうとう感情の器があふれてしまったのだ。

「…………」

二人きりの部屋は、鈴玉のすすり泣きの声が響くだけだった。紫琪は無表情で相手を見守っていたが、やがて抑えた声を漏らした。

「その着せる喜びとやらは、あなたの自己満足かもしれないでしょ。死に装束だろうと婚礼衣裳だろうと、仕事を期限通りにやり遂げることが私達の義務で、それ以上でもそれ以下でもない」

「そんなっ……」

紫琪の言葉は鈴玉の胸をぐっさり刺した。「自己満足」と言われたことに反論したいが、なぜかできない。彼女は乱暴に手の甲で涙を拭《ぬぐ》い、図案の紙を摑《つか》んで立ち上がると尚服局を飛び出した。

鈴玉はしばらく走ると速度を落とし、しまいにはとぼとぼと歩いた。鴛鴦殿に帰るでもなく尚服局に戻るでもなく、惨めな気分になって後宮をさまよう。

——こんなことで泣くなんて。でも、王女官の言う通りかもしれない。今までの仕事が、ただの自己満足で善意の押し付けだとしたら？

よりによって、王紫琪に自分の泣き顔を見せてしまった、弱さをさらけ出してしまった。鈴玉は洟《はな》をすすって、涙を拭うため手巾《しゅきん》を懐から出したが、ふと顔を上げて、遠くの人影にぎょっとした。

その方角には「恵音閣《けいおんかく》」という、今は使われていない古い三層建ての舞台が建っている。観劇に用いる「閲楽楼《えつがくろう》」と合わせ、かつて芝居を愛した寵妃《ちょうひ》のために何代目かの国君が作らせたものだという。ただ、宮中の戯班《いちざ》の上演で華やぎを見せていたのも昔のこと、ここ二十年余りは使用されず荒廃する一方で、最近では昼間でも女の鬼神《ゆうれい》が出るとの噂が立ち、寄り付く人も稀《まれ》である。

そうした、曰《いわ》くつきの場所に女性がいる。しかも、恵音閣を見上げて微動だにしない。

――怖いこわい、鬼神だったら大変だわ。三か月前も、見回りの宦官《かんがん》がここの近くで鬼神を見て腰を抜かしたっていうじゃない。

鈴玉はおののき、怪しい人影を見なかったことにして足早に遠ざかろうとする。だが、何とその女性が自分に声をかけてきた。やむなく鈴玉は目をこらし、相手が誰なのかを知って驚きの声を上げた。

「あっ……」

その女性は趙雪麗で、微笑みを浮かべて手招きをしている。だが、鈴玉は逡巡《しゅんじゅん》した。

――今の私、絶対ひどい顔をしているわ。

眼は腫《は》れあがっているだろうし、しゃっくりも止まらない。泣いていたことがきっと雪麗に悟られてしまうだろう。とはいえ断ることもできず、やむなく鈴玉は足早に近づいたが、今度は石につまずいて転んでしまった。服の図案を描いた紙が辺りに散らばる。

「いった……」

雪麗がすかさず手を差し伸べ、鈴玉を扶《たす》け起こしてくれた。

「郡夫人さま、ありがとうございます。私は……」

「鴛鴦殿の女官ね。その紙の図案から考えるに、あなたは衣裳係じゃなくて？　となると鄭女官。どう？」

鈴玉は、自分のことを名乗る前に相手が当ててみせたので驚いた。

「ふふふ、私は一度でも会ったり、見たりした人のことは覚えているの。それに、私の立場は衣裳係と縁が深いし、まして『敬嬪の変』の鄭女官ともなればなおさらよ」

「はあ……」

鈴玉は紙を拾い集めながら赤面した。あの事件が解決した後、王妃さまに仕えながらひっそりと後宮の片隅で暮らしていくはずだったのに、孫太監といい趙雪麗といい、なぜ人は自分の名前をことさらに取り上げるのだろう。

「でも、嬉《うれ》しいわ。今日はこれから太妃さまのご機嫌伺いに行くのだけれど、思いもかけずあなたと会えて。一度、あなたとは話してみたかったの」

雪麗はくすりと笑って恵音閣を見上げ、鈴玉はますます顔を赤くした。

――そんな。これほどの方が、私とお話ししたいなんて。

つうっと、二羽の燕《つばめ》が舞台の屋根を掠《かす》めて飛ぶ。見れば、軒下には巣が作られていた。

そろそろ巣立ちの時期だろう。

燕は斜陽を掠め　両両《りょうりょう》と飛び
落花は擾乱《じょうらん》と　羅衣《らい》を撲《う》つ
洞房《どうぼう》昨夜　春恨を傷む
草は緑の江南《こうなん》　人は未《いま》だ帰らず

自作の詩だろうか、ゆったりと雪麗は口ずさむと、鈴玉に優しい視線を向けた。

「それにしても、浮かない顔をしていたけど何か心配事でも？」

相手が泣き顔なのは一目瞭然《いちもくりょうぜん》なのに、雪麗はそれについては触れない。鈴玉は彼女の気遣いに感謝するとともに、不意に、織造の関係者で天朝にも縁がある雪麗に、衣裳《いしょう》作りの悩みを打ち明けてみようという気になった。

雪麗は「ここで立ち話もなんだから……」と袖《そで》を振って彼方《かなた》の芙蓉亭《ふようてい》を指す。そこは太妃専用の亭だったので鈴玉は遠慮したが、雪麗は華やかな笑みを浮かべた。

「大丈夫。私は太妃さまの特別なお許しを得ているの」

鈴玉は雪麗に誘われて亭に入り、備え付けられた椅子に対面で腰を下ろした。

「あなたの心配ごとに関して、私でお役に立てるならば喜んで。おそらく明安公主さまのご衣裳の件でしょう？　王妃さまのご提案で、各殿舎と尚服局の女官を組ませて作らせることになったのよね。孫太監があなたの名前を出したことも知っているわよ」

「何でもご存じなのですね、郡夫人さまは」

鈴玉は舌を巻いた。

「孫太監は輿《こし》入れ後も公主さまにお仕えになる予定だから、公主さまが行き届かないお支度の結果で恥をかいたりなさるのは、ご自身の進退にも関わること。なのに、孫太監がなぜ改良案をお出しにならないかは、私にも分からない。後宮に不和の種を蒔《ま》こうとしているか、賄賂《わいろ》を搾り取ろうと難癖をつけてきているのかもしれない」

雪麗の説明に、鈴玉は頷《うなず》きながら真剣に耳を傾ける。

「ともかく、王妃さまご自身が乗り出されたのは、孫太監に後宮を掻《か》き回されては困るとお思いになってのことでしょう。それに、後宮が一致して事に当たっており外部からの介入の余地がないことを見せるため、そして孫太監に指名されたあなただけが困った立場に置かれないようにするため。私は王妃さまのご心中をそう察している」

「私の立場を王妃さまがお考えになってのことだと？」

「ええ、そうよ。孫太監が王妃さまに何も言ってこないのであれば、ひとまず引き下がったということ。そちらはいいとして、肝心のご衣裳……特に天朝の衣裳の製作が難しいわよね。できれば、天朝の後宮でいま流行《はや》りの衣裳と同じように作りたい。古い流行のご衣裳をお輿入れに持参したら、明安公主さまは侮りを受けるかもしれない」

鈴玉は、あの超然とした明安公主は、人からの侮りを意に介さないだろうと思った。

だが、鈴玉の考えを察したのだろう、雪麗は笑んで首を横に振る。

「明安公主さまご自身は何事にも動じない方で、お立場上、我慢強くいらしてご不満を口にされることもない。でも、天朝《あちら》の後宮でほんのわずかなことでも侮りを受ければ、それを種にして公主さまや涼国を陥れる輩《やから》が現れるかもしれない。だから、あなた達が命じられた仕事は大切なのよ。たかが衣裳、とは言い切れない」

鈴玉は大きく首を縦に振った。

「なるほど、郡夫人さまのお諭しの通りです。私は一人の衣裳係に過ぎませんが、どのような小さな仕事でも後宮や国の全体に関わらぬものはないのですね。お話を伺って改めて、しっかりと公主さまのご衣裳を仕上げなければと思いました」

雪麗は賛意を表す眼差しで応え、鈴玉の手を取った。

「その通りよ。こうしてあなたと話していると、仕事に対する向上心や熱心さがうかがえて私も嬉しくなるわ。王妃さまもきっとあなたを大切に思われているのでしょう」

鈴玉は手を取られたまま、はにかんだ。

「王妃さまには返しきれないほどのご恩を頂きました。没落貴族の身で入宮して、成績の良くない私をお抱えくださって、さまざまなことを教えてくださって……」

雪麗はわずかに驚いた様子だったが、すぐに穏やかな顔つきに戻った。

「あなたは私と同じ貴族の出身なのね」

「いいえ。郡夫人さまのようなご家門とは違い、食事にも困るほどの貧家でしたが……」

「貴族の身で女官となり人に仕えるのは、辛《つら》いことも多かったでしょう？」

鈴玉は過去のあれこれを思い出したが、首を振って晴れやかな笑みを浮かべた。

「色々ありましたが、入宮は自分の意思で決めたことですし、父も理解してくれました」

「父上に愛されて育ったのね。私の父もあなたの父上と同じような人だった。早く亡くなってしまったけれど……」

雪麗は遠い眼となり、鈴玉は照れ臭くなって下を向いた。

「はい、実家にいるときは分からなかったのですが、離れて暮らしてみて、父が私を思いやってくれていたことが分かって感謝しております。ただ、家門再興はなかなか難しくて、私の身では出来ることにも限りがあって……」

語尾が小さくなったが、雪麗は力強く頷いた。

「貴族が女官となって生きる……自分の意思があり、理解者や協力者に恵まれて何よりだわ。それはあなた自身が努力で引き寄せて獲得したもの、素晴らしいことね」

「いえ、そんな……郡夫人さまこそ織造のお仕事に携わっていらして、ご活躍で」

憧《あこが》れの貴婦人から褒められて、鈴玉は恥ずかしくなってもじもじした。

「でも、それも夫の職位と太妃さまの後ろ盾があってのことゆえ、誇るまでもないのよ。妻が夫の仕事に関わることについては、眉《まゆ》をひそめる者も多いし」

雪麗は考え深げに頰に右の掌《てのひら》を当てたが、その拍子に袖口《そでぐち》がめくれ、手首近くの皮膚が変色しているのが露《あら》わとなった。

——古い火傷《やけど》かしら？

磁器を思わせる白い肌だけに、それが古い傷でも目立っていた。鈴玉は不躾《ぶしつけ》にもじっと見てしまい、雪麗は鈴玉の視線に気が付いたのかにっこりして袖を整えた。鈴玉は目をそらし、「申し訳ありません」と呟《つぶや》いた。

「いいのよ。そうだわ、この衣裳の件では裏からあなたを助けることができる。現状の手詰まりを私が打開してあげられると思うの。どう？」

「えっ……よろしいのですか？」

思ってもみない助け舟に鈴玉は目をみはった。雪麗は瞳《ひとみ》をきらめかせる。

「ええ。初めは出過ぎたことになるから申し出るつもりはなかったけど、仕事を大切にし、能力を磨こうとするあなたを助けずにはいられなくなったわ。私は天朝との繋《つな》がりがあるから、天朝の後宮で流行している衣裳や皆さまがたのお好みについて教えてあげられる。それを取り入れて天朝と涼の服を仕立てれば、きっと上手《うま》くいくはずよ」

「あ、ありがとうございます！　郡夫人さま……」

このうえなく頼もしい助力が得られることになり、鈴玉は暗雲が吹き払われ日光が差し込んでくるような心地がした。

雪麗は鈴玉の背後に目をやった。鈴玉も振り返ると、四十絡みのふくよかな女官が近づいて来るのが見えた。

「ああ、遅くなったのを太妃さまが心配されたかしら、蘇女官が迎えに来たわ」

「お引き止めしまして……」

恐縮する鈴玉を雪麗は制し、「いいえ、引き止めたのは私よ」と微笑んだ。蘇女官も、その人の好《よ》さげな顔をほころばせる。

「まあ、郡夫人さまは鄭女官とお話しなさっていたのですね。遠目からでもお二人が楽しそうなのが分かりましたよ」

「そうよ。なかなか見どころがあるのよ、鄭女官は。太妃さまのお抱えでないのが悔しいくらい」

蘇女官は趙家からついてきた女官だけあって、雪麗には礼儀をわきまえつつも親しげな口をきいている。人前で褒められてぽうっと頰を染める鈴玉に、雪麗は頷いた。

「では、また。近日中に参内するから、その時あなたに会って色々教えるわね」

「ありがとうございます！　郡夫人さま」

鈴玉は一礼して、二人が遠ざかっていくのを見送った。

五

翌日の午後、鈴玉は主上によって朱天大路に召し出された。

「鄭女官、明安公主の衣裳の仕事ははかどっているか？」

雪麗のおかげで光明は見えてきたものの、依然として順調とは言い難かったが、鈴玉は目を伏せて「進んでおりますので、ご心配なさいませぬよう」と答える。

「そうか？　何だか顔色が優れないように見受けられるのだがな。実は、孫太監がそなたの名前を出したので、過度の責任感にとらわれているのではないかと案じていた」

――主上が一女官のことをお気にかけてくださるなんて。相変わらずお優しい方ね。

こみあげる嬉《うれ》しさをこらえて深々と一礼する鈴玉に、主上は苦笑した。

「それはともかく、王妃にそなたの召喚を頼んだところ、『女官が王の女人であるとはいえ、鄭女官は鴛鴦殿づきなのだから、あまり気安くお使い立てなさらぬよう』と釘《くぎ》を刺された」

「恐れ入りましてございます」

鈴玉は、王妃が自分を送り出すときに心配そうな視線を向けていたことを思い出した。

「まあ、王妃の懸念はもっともなことで、そなたには敬嬪の変の時に辛い目に遭わせてしまったからな。だが、そなたを見込んで頼みがあるのだ……」

主上が背後を振り返ると、宦官《かんがん》長の劉健《けん》が近寄って包みを差し出した。

「そなた、これからこの服を着て北の玄武門《げんぶもん》で人と待ち合わせるのだ。その者と二人で嘉靖宮の外にちょっとお使いに行ってもらう。そなたにとっては初めてのお使いというか、今後のお使いの練習だな。良き気晴らしにもなるだろう」

「『ちょっとお使いに』と主上は仰《おつしや》ったけど、本当に目と鼻の先ね」

鈴玉は、嘉靖宮の西側にある西水潭を見渡していた。彼女は女官の制服ではなく、細身で筒袖《つつそで》の衣に水色の背子《はいし》を重ね、白い長褌《ちょうこ》を穿《は》いている。隣に立つのは、やはり紺色の私服を身にまとった劉星衛である。

「男性が女性の服を着る、また女性が男性の恰好《かっこう》をするのは礼教の乱れに他ならないが……主上は本当にその服装で使いに出るようお命じになったのか？」

眉をひそめる星衛をよそに、男装姿の鈴玉はご満悦である。

「ええ。男物の衣裳《いしょう》なんて初めてだから、嬉しいわ」

ここ西水潭は麟徳府の東西に流れる運河の出発点であり、運河や川を辿《たど》っていけば外港に出ることもできる、都でも指折りの活気に満ちた界隈《かいわい》である。すでに時刻は夕方近かったが、橙色《だいだいいろ》の陽光に照らされた水面《みなも》を揺らしながら大小さまざまな船が行きかい、船着き場で荷を下ろし、岸辺の荷車はつぎつぎと荷物で一杯となる。

「本官一人で済む用事だが、なぜ主上はそなたも同行させたのか……」

「私だって、お使いの練習としか伺っていないわよ」

星衛は納得いかない様子だったが、それは鈴玉も同じだった。彼女は、せっかく嘉靖宮の外に出るのであれば行先は見知らぬ土地がいいと願っていたのだが、蓋《ふた》を開けてみれば近場も近場だったので、拍子抜けしたのだった。しかも、主上の言いつけた用事というのが――。

「で、私たちはどの荷物を数えればいいの？」

星衛は、東側の船着き場に停《と》まっている大型の船を指さす。

「あの三隻の船だ、神鳥の紋章が付いた五色の旗が掲げられているだろう？　舳先《へさき》に人が立っている。荷は甲板に出ているものだけを数えれば良い。先方にはあまり気づかれたくないから、静かにな」

鈴玉は声には出さず口の中で数を言いながら、三隻の船に積まれた荷を数えた。

――荷を数えるだけならば劉中郎将ひとりでも済むはずなのに、なぜ私も？　まさか数えるのに「かさばっている武官」の両手両足の指だけでは足りないから、私も駆り出されたんじゃないでしょうね？

「全部で四十五、かしら」

「私も同じ数だ」

二人は人混みに紛れていたのだが、じっと船を注視していたのが不自然に見えたのか、船首の人間には気づかれてしまったようである。その者はこちらを向いて大きく手を振った。鈴玉と星衛はお互い横目で見る。

「ああ、気づかれてしまった。鄭女官が目立つように手を動かして数えていたからではないか？」

「あなたこそ、かさばっているから人目を惹《ひ》くのよ」

星衛が「行くぞ」と言って、船に向かって大股《おおまた》で歩き出した。

「いいの？」

「見られてしまったし、彼ならば……」

　そこで、鈴玉も小走りになりながら星衛の後をついて行った。

「劉中郎将、お久しぶりですな。過日は魏国《ぎこく》との小競り合いに出陣されたそうですが、ご無事で何よりです」

　船首の人物はすでに岸に上がり、鈴玉たちを待ち受けていた。歳は五十半ばだろうか、日に焼けた肌と銀髪を持つ痩身《そうしん》の男性で、髷《まげ》には鼈甲《べっこう》の簪《かんざし》を挿していた。痩身に涼国の服ではなく薄物の上着をまとって幅広の朱の帯を締め、甲のごく浅い沓《くつ》を履く。腰には実用とも思えぬ細身の剣を下げ、訛《なま》りの強い涼語を話した。

「お言葉痛み入ります、僥倖《ぎょうこう》にもほんのかすり傷程度で済みました。朱理《しゅり》どのこそ、さすがに情報がお早くていらっしゃる」

　星衛が拱手《きょうしゅ》したので、鈴玉も慌ててそれに倣った。朱理と呼ばれた異国人と星衛は、以前より面識があるらしい。

　鈴玉がちらりと星衛の額に目を走らせると、以前包帯で巻かれていた部分にうっすら傷が残っている。

　――ひょっとしたら、その小競り合いで負った怪我だったのかしら？

「ここしばらく、貴国と魏は関係が落ち着いていたはずですが、突然の出来事に我が楚《そ》国《こく》も警戒をしております。私自身は貴官と二度と戦場で見《まみ》えるなどないよう願っておりますが……」

「いや、全くです。あなたは手強《てごわ》い軍師ゆえ。ところで、天朝への朝貢はつつがなくお済みですか？」

「あなたが数えた荷の通りですよ」

朱理は苦笑して頭を横に振った。

「前回よりも回賜が少なくなり、副使の私も頭が痛いところです。ただ、いつものように、回賜の一部は麟徳府の取引場で貴国の特産品と交換してから、国へ帰ります」

鈴玉は半ば星衛の背中に隠れながら、二人の会話を聞いていた。

――ああ、南の楚国の方なのね。朝貢で天朝に行った帰り、涼国に立ち寄って、天子さまから頂いた回賜の品の一部を交換し、涼の特産品を手に入れるってわけ。それにしても、楚国の衣裳も素敵ね、上着にお使いの薄物がとても好みだわ！　淡い青色の下に、薄桃色の衣を重ねて。左衽《ひだりえり》になっているところは我が国と違うのね。

鈴玉が興味津々といった態《てい》で相手を凝視していたので、朱理もこの線の細い若者に気が付いたようだった。

「おや、『彼女』は……？」

星衛は振り返って、赤面する鈴玉を見た。

「私の連れです。彼女の不調法の段はお許しのほどを」

鈴玉は朱理に頭を下げた。

「あの、不躾《ぶしつけ》な振る舞いをして申し訳ありませんでした。お国のご衣裳があまりに素敵なので、つい見入ってしまって。私、衣裳係なんです」

朱理は、南風を思わせる温かな笑みを浮かべた。

「なるほど、それでご興味をお持ちなのですね。この服もなかなかに良いものでしょう？」

鈴玉は「はい」とにこやかに答え、星衛も拱手した。

「ご多忙のところ、お邪魔いたしした。朱理どのも、遠路の道中どうかお気をつけて」

朱理も一揖《いちゆう》して踵《きびす》を返すと、年齢を感じさせぬ身軽さで船に飛び移り、再び舳先に立った。夏の夕風に薄物の袖《そで》が翻り、鈴玉の眼には異国の神が舞い降りたかのように見えた。

――あの方のように、明安公主さまにも楽しげに天朝や涼の服を着こなしていただけたら……。

鈴玉は珍しい衣裳とそれを着る人を目にすることができ、雪麗から得た手助けとともに、仕事の手がかりをもう一つ摑《つか》めたように思った。

――主上の仰った『良き気晴らし』以上の収穫ね、お使いの甲斐《かい》があったというもの。もしかしたら、このことを見越してお使いに出してくださったのかしら？

「さあ、宮城に戻るぞ。主上に荷の数をご報告しなければ」

星衛について歩きながら、いい気分になった鈴玉は朱理の真似をして、西水潭にかかる三星橋《さんせいきょう》の欄干にひょいと飛び乗った。

「ねえ、劉中郎将。本当に男物の衣裳《いしょう》っていいわね！　長褲も裙《くん》と違って動きやすくて」

両腕を広げて平衡を保ちながら、踊るような足取りで鈴玉は欄干を伝い歩く。

「おい、ここは見かけより水が深いから危ないぞ。喫水の深い船でも通れるようになっているし、淵《ふち》もあるから……」

星衛が注意する側から、「きゃああっ」と体の均衡を崩した鈴玉が足を踏み外す。

「危ないっ！」

そのまま橋の外側に落ちそうになった彼女の腕を、星衛がとっさに摑んで引き寄せた。

「いったぁ……」

星衛に抱きとめられる形で倒れた鈴玉は、図らずも彼の首筋に顔を埋《うず》める形になってしまい、「ごめんなさい」と叫びざま慌てて自分の身を引きはがした。その途端、ずきっと左の足首に痛みが走る。気が付けば、橋の上の人々が足を止めてこちらを見ている。

「大丈夫か？」

起き直った星衛は、衆目も気にせず鈴玉に手を貸して立ち上がらせる。鈴玉は痛みに顔をしかめながらも、星衛におじぎをした。

「……助けてくれてありがとう」

「全く無茶をする」

星衛は呆《あき》れ顔だったが、鈴玉の前で背を向けて跪《ひざまず》いた。

「乗れ。そなたを背負って帰る」

「いいわよ、だって……そんな」

鈴玉は赤面して首を横に振ったが、星衛がその姿勢を崩さず待っているので、おずおずと背中に乗り、相手の首に両腕を回した。彼は立ち上がって、ゆっくりと歩き出す。

「重いでしょう、私」

「そうだな、見かけより重い。意外であった」

「女子に向かって酷《ひど》いじゃない……でなくて、ええと、あなたには感謝しているし率直さも美徳かもしれないけど、でもやっぱり酷いと思うの」

鈴玉の抗議に星衛はくすりと笑い、彼女をひと揺すりして背負い直すと、玄武門を目指して歩いて行った。


鈴玉は足を引きずりながら女官部屋に戻り、自分の制服に着替えると、借りた私服の包みを持って朱天大路に行った。そこには、再び主上が星衛とともに待っていた。

足首が痛くて拝跪《はいき》ができない鈴玉に、主上は「免礼」のしぐさをした。

「初めてのお使いは上手《うま》く行ったようだな。気晴らしにもなっただろう？　足の怪我は困ったおまけだが、後で人をやって診させよう」

「主上のかたじけないお心遣い、恐縮の極みに存じます」

鈴玉が差し出した包みを劉健に受け取らせ、主上は背後で手を組んだ。

「それにしても、思った通りだ。やはり楚国でも我が国と同じく、天朝からの回賜は減っているのだな」

そのまま主上は考え込む様子だったが、畏《かしこ》まったままの二人を見て表情をゆるめた。

「お使いご苦労、また何かあったらそなた達に頼むとしよう」

そのまま解散となるはずが、劉星衛が「主上……」と遠慮がちに声をかけた。主上は頷《うなず》き、会話が聞こえない距離まで離れる。星衛は鈴玉の正面に立ち、咳払《せきばら》いをした。

「主上の任務が完了してから告げようと思っていた。実は、香村先生のことだが……」

「どうしたの？　お父さまがまた謝礼を受け取ってくれないの？」

星衛は首を横に振り、鈴玉は何だか嫌な予感がした。

「いや、謝礼の件はそなたの提案通りにしたら解決した。ただ、近頃そなたの家に変な男が居候していたので、念のため知らせておこうと思ったのだ」

「変な男？」

「うむ。香村先生のご親族と称する者で、先生の従弟《いとこ》の息子というから、そなたから見ると再従兄弟《はとこ》だな。歳はそなたと同じくらいだと思う。ある日突然、ふらりとご自宅に現れてそのまま居ついてしまったようで、私も訪問した折に何度か見かけた。日がな一日中庭で寝ていたかと思うと、道端で子どもを集めて何やら教えたり、手相見や人相見などをやってみたり。鄭録《ろく》という名前らしいが、聞き覚えは？」

鈴玉は眉間《みけん》に皺《しわ》を寄せる。

「私、そんな再従兄弟がいるなんて聞いたこともないわ。まあ、親族たちも大なり小なり没落していて、あまり行き来もないけど」

「そうか」

　星衛は息を吐き出した。

「本官も怪しいと睨《にら》んで先生に伺ってみたところ、確かにご親族だと仰《おつしや》るが、そもそも録なる人物とは彼の幼少期に一度お会いになっただけだそうで、当てにはならん。他家のことゆえ立ち入った真似も出来かねるが、そなたには注意を促しておこうと思ってな」

「困ったわねえ。あの通りお父さまはお人好《よ》しだから、その録とやらに騙《だま》されているんじゃないかしら。といっても、私が後宮にいたままではどうにも……」

　鈴玉は歯がゆい思いだったが、星衛は彼女の心中を察したのか、それまでの渋面を和らげた。

「いや、最近は居候の姿を見かけていない。何でも『経書の勉強会に出る』とか言って、姿を消してそれっきりだとか。そのまま二度と現れなくなるかもしれぬが、私も引き続き注意して、また何かあったら朱天大路でそなたに知らせよう」

「助かるわ、我が家を心配してくれてありがとう。劉中郎将」

　鈴玉が一礼すると、星衛も拱手《きょうしゅ》して身を翻した。

六

「あら、遅かったじゃない？　どこにいたの？　尚服局まで迎えに行ったのにいないし。

嫌だ、怪我までしているの？」

鈴玉が足を引きずり、やっとのことで女官部屋に戻ると香菱が待ち構えていた。だが、いくら友人でも、主上の秘密の任務については言えない。

「それに、明日《あした》の王妃さまのご衣裳《いしょう》を二人で考えるはずだったのに、あなたが来ないから一人で取り合わせを考えたわ。明日の朝、自分でも確認してよ。あなた、この頃はすっかり公主さまのご衣裳係になっているけど、王妃さまのご衣裳の仕事もできるだけ続けたいって言い張ったでしょ」

「ごめん、ごめん」

ぷりぷりする香菱に対し、鈴玉は平謝りに謝った。明安公主の衣裳作りをなおざりにしないためにも、王妃の衣裳は香菱に全て任せても良いのだが、鈴玉は少しでも関わりたかった。

「尚服局の王女官は、あなたの居場所は知らないとけんもほろろだったわよ。おまけに『早く布地を決めろと泣き虫で怠け者の鄭女官に伝えて。こっちは後の段どりを考えなきゃいけないんだから』って。感じ悪いったら。というか、あなた泣いたの？」

鈴玉が唇を引き結んだので香菱も察するところがあったのだろう、それ以上は訊《き》かずに夕餉《ゆうげ》のための箸《はし》や茶碗《ちゃわん》を並べ、「ほら、あなたの好物でしょ」と揚げた川魚の皿を卓の中央に置いた。鈴玉は嬉《うれ》しげに箸を取る。

「心配かけちゃったわね。でも実は、郡夫人の趙雪麗さまに天朝の衣裳について教えていただけたの。彼女は織造の夫人だし、助かった。布地を決めるまであと一息よ」

「それは良かった。今回の明安公主さまの件では、孫太監さまが二度もあなたの名前を出したでしょう？　だから気になっていて」

「香菱もそう思う？　変な話よね」

「ええ。政変絡みのこととはいえ、一女官のことを天朝の宦官《かんがん》がそんなに気に掛けるなんて妙だわ」

席についた香菱は、鈴玉にぐっと顔を近づける。

「後宮に天朝への内通者がいるのかもよ？」

「内通者？　脅かさないでよ」

「脅しじゃなくて可能性を考えているの。それにもし、太妃さまが仰るように天朝が涼を警戒なさっているならば、後宮という堤防の蟻の一穴となりそうなもの、つまり小さな弱点でも捜し回るでしょう？」

「それが私？　私が後宮の弱点だってこと？　そりゃ以前は問題児だったけど……」

眉根《まゆね》を寄せて反論する鈴玉に、何がおかしいのか香菱はぷっとふき出して、鈴玉の口元についた葱《ねぎ》の切れ端を取ってやった。

「何よ、何がおかしいのよ」

「おやまあ、あなたも問題児だっていう自覚があったのね。でも、敬嬪の変で鈴玉はよくも悪くも目立ってしまったのは事実で、隙があればあなたを罠《わな》にかけたり『売ったり』する人間もいるかもしれない。だから、用心するに越したことはないわよ」

「わかっている」

鈴玉はしかめ顔で香菱に頷いてみせた。


夕食が済み、鈴玉が寝台に腰かけて寝衣のほつれを繕っていると、食器を洗うために出て行った香菱が戸外で誰かと話す声が聞こえてきた。しばらくして、薬箱を提げた魏蘭山が部屋に入ってくる。

「主上のご命令で来たわよ。全く、このあたくしに診ろだなんて、あなたに対して破格の扱いね。湿布と固定をしてあげるから、ほら、足首をお出しなさいよ」

鈴玉は腰かけたまま「お願いいたします」と頭を下げ、おとなしく左の足首を出した。魏内官はかがみ込み、寝台の足台に鈴玉の足首を載せると、薬箱から湿布を取り出して貼り、器用な手つきで包帯を巻いた。

「ひんやりするでしょ、湿布が温まったら新しいのと取り換えて」

「はい、ありがとうございます」

「まあまあ軽症だけど、油断は禁物よ。やたらに動かさずに安静にしてなさい。主上の仰せでは、王宮の外で転んだんですって？」

主上も、魏内官には秘密の「お使い」のことを話したらしい。

「はい。涼に立ち寄った楚国の朝貢副使にお会いしたんです。異国の人を見るのは初めてで、衣裳なんかも珍しくて、つい浮き浮きしてしまって……」

途中まで興奮気味に話していた鈴玉だが、口をつぐんだ。目の前の人物が山岳民族の出身で、朝貢物の扱いで入宮して宦官になったことを思い出したからだった。

魏内官は沈黙の理由を察したのだろう、もじもじする鈴玉を見上げた。

「魏内官さまは涼の言葉も滑らかに話されるし、薬のことなら何でも知っている。周りが涼の人間ばかりで、言葉や知識を身につけるのは大変だったのではありませんか？」

魏内官はうっすら笑った。

「あら、あなたも気遣いってものができるのね。こっちは山の中から出てきた、後宮でただ一人の異民族だし、そりゃまあ『色々あった』けど、一人で何もかもやったわけではないのよ。ほんの僅《わず》かだけど、あたくしを助けてくれる人たちもいたの」

それを聞いた鈴玉は驚いた。魏内官は孤高を決め込むばかりか、何事も斜に構えている人間だと思っていたので、そのように自分を助けてくれた人間のことを、しかも専らからかいの対象でしかない鈴玉に語るとは予想外だったのだ。

鈴玉は、懐から鈴蘭《すずらん》の手巾《しゅきん》を取り出して魏内官に差し出した。

「この手巾は、あなたのものですよね？　霊仙殿で私が拾って持っていたものですが、渡しそびれていて……すぐにお返しできなくて、ごめんなさい」

鈴玉はあれから何度か御薬院を訪れたのだが、運悪く魏内官に会うことができないでいた。誰かにことづけても良かったのだが、この手巾について魏内官に聞きたいことがあり、ずっと持っていたのだった。

魏内官は眉を上げ、「あら、ありがとう。失《な》くしたかと思っていたわ」と言って受け取った。そのまますぐにしまうかと思いきや、彼はじっと手巾を見つめている。

――彼を助けてくれた人たちの中に、あの方も入っていたのでは？

鈴玉は、ずっと気になっていたことを聞くのは今しかないと思った。もう一度懐に手を入れ、今度は沈貞淑の手巾を取り出す。

「実は、私も同じ手巾を持っているんです。借りたものですが」

魏内官は鈴玉の手もとを見やり、すっと表情を消した。

「女官見習いの時にお世話になった、沈貞淑さまのものです」

「なぜあなたがそれを……？」

鈴玉の目には必死さが浮かんでいた。

「沈女官さまは、ある日突然いなくなってしまわれました。敬嬪の嫉妬《しっと》をかって後宮から追放され、そのことについて触れるのすら禁忌だとも教えられました。でも、本当にそうなんですか？　魏内官さまは何か事情をご存じなのでは？」

「知ってどうするのよ？　知っても今さら何も出来やしないのよ」

鈴玉はぐっと詰まったが、なおも言いつのった。

「生きてご無事でおられるなら、この手巾をお返ししたいのです。それが無理なら、せめて事情だけでも。もし何かご存じならば教えてください」

魏内官は口を引き結んでいたが、やがてぽつりと漏らした。

「あの子のことは忘れていたかったのに、あなたに思い出させられるなんてね」

——でも、本当に忘れていたかったのならば手巾を処分したでしょうに、こうして大事にしまっていたということは……。

「悪いけど、彼女がどうなったかについてはあたくしも言えない」

きっぱりとした拒否の口調に、鈴玉は落胆した。「でも……」と魏内官は言葉を継ぐ。

「沈女官があなたにそれを貸したということは、よほどあなたを気に入っていたのね。あの子はその手巾を大切にしていたから。鈴蘭の刺繡《ししゅう》は、彼女がしたものよ」

鈴玉は掌《てのひら》のなかの手巾に視線を落とした。

「沈女官さまだけではなく……魏内官さまも大切になさっているんですよね？」

魏内官はふっとため息をつき、遠い目をした。

「大切にというか、何というか……。彼女もあたくしを助けてくれた一人だったの。志を高く持っている女官でね、あたくしも後宮で何とか身を立てようと必死だったから、気が合ったのね。若い時の、無邪気で怖いもの知らずの青さだったのかもしれないけど」

鈴玉は「志を持つのは良いこと」と褒めてくれた、沈女官の眼差《まなざ》しを思い出した。

魏内官は我に返ったのか、「つまらないことを喋《しゃべ》ってしまったわね」と自嘲《じちょう》気味に漏らした。

「すみません」

「ふふ、鄭女官の顔を見るとついぺらぺらとね。あなた、司刑寺《しけいじ》の取り調べ官に向いているわよ」

最後に彼は鈴玉の背中の古傷にさわるようなことを言い捨てると、裾《すそ》をさっと払って立ち上がった。

夜も更けて、香菱は早々に布団に潜り込んでしまい、鈴玉は明かりのもとで紙を広げた。公主の衣裳《いしょう》の案を考えようと思ったが、全体の構想を完成させる最後の輪がどうしても見つからない。

しばらく逡巡《しゅんじゅん》していたが諦《あきら》め、気分転換にと朗朗たちの小説に手を伸ばした。すでに最新話の第八回まで読んでしまったのだが、あと五日ほど経たないと新しい原稿を見せてもらえない。寝台に転がって第八回の冊子を手に取り、ぱらりと広げる。ちょうど三人の男女の三角関係が拗《こじ》れているくだりで、魏内官に対する秋烟の苛立《いらだ》ちが反映されているに違いない、と鈴玉は苦笑しながら読み進めた。

〈黒旋は紺の単衣《ひとえ》に黒に近い灰色の上着を身にまとい、水晶の首飾りをかけ、黒い帯には双魚の白玉や雲龍《うんりゅう》を象《かたど》った水色の玉をさげています。彼は書斎で、月香からの書簡を広げて読んでおりましたが、愛する人が自分をなじっている文面なので、次第に顔の憂いが濃くなりまさっていくのでした。その傍らには、青緑色の石に貝を嵌《は》め込んだ珍しい硯《すずり》。白玉の硯屏《けんびょう》と筆置き。壁際の書棚は経書や史書で埋まり、飾り気はないが上品な家具や文房具で統一されています。官窯で焼成された青磁の香炉からは沈香《じんこう》の煙がゆっくりとのぼり、部屋の主人の趣味の高さを無言のうちに語っているのでした。〉

このくだりを読んだ鈴玉ははっとして、別の回の冊子を取り出す。

〈覆面をした黒旋のいでたちはというと、紺色の上着に穿《は》いている長褲《ちょうこ》は黒に近い灰色で、帯は濃い紺色のものを締め、宝飾は月香が魔除《まよ》けにと贈った小さな銀の鎖を身に付け、帯には貔貅《ひきゅう》を象《かたど》った玉をさげています。彼は月香を陥れた悪党の呂源《りょげん》を懲らしめようと、月明りに向かってすらりと剣を抜き放ち、復讐《ふくしゅう》を果たすと誓いを立てました。〉

——ああ！　今までなぜ気が付かなかったのかしら！

鈴玉は思わず声に出して呻《うめ》いた。

作中の黒旋の衣裳や宝飾と同じようなものを身に付けている人物がこの後宮に一人いる。その人物の筆跡。机に広げられていた園林や建物の絵。あの部屋に入ったとき、鈴玉が懐かしい気持ちになったのも道理。それは——。

「……何よ、せっかく寝ているのに声を出さないで」

香菱がむにゃむにゃ言って寝返りを打ったが、鈴玉はかまわず床の上で小躍りした。

「わかったのよ！　香菱。最後の輪が見つかったの！」

翌朝、鈴玉はいつものごとく衣裳を王妃に着つけていた。香菱の案を修正して、萌黄《もえぎ》の裙《くん》はそのままに、大袖《たいしゅう》を深緑から濃い萌黄に変更し、薄紫の帯に合わせる飾り紐《ひも》は濃い紫。鵲《かささぎ》を象った簪《かんざし》には琥《こ》珀《はく》が嵌《は》め込まれ、髪に飾った小ぶりの白い木槿《むくげ》の花とともに高雅さを醸し出す。

「鈴玉、明安公主さまのご衣裳の支度は進んでいて？」

林氏が、いつもの優しさと気遣いをにじませた口調で下問すると、銅鏡を手に持つ鈴玉がにっこりした。

「ええ。王妃さまにはご心配をおかけして恐縮ですが、どうすればいいのか見えてきました。実は、永泉郡夫人さまのご教示にも与《あず》かりまして」

「まあ、彼女の？　それは心強いことでしょう」

「仰せの通りでございます。それで……」

鈴玉は上目遣いになって王妃を見た。

「答えにたどり着く足がかりとして、私から王妃さまに三つのお願いがございます」

「三つも？　ふふふ、鈴玉は欲張りだこと」

「はい。私は確かに後宮で一番の、いえ、涼国で一番の欲張りでございます」

鈴玉は照れたが、すぐに表情を引き締めた。

「一つめは、明安公主さまにもう一度お目にかかってお話を伺いたいのです」

「そなたが？」

林氏がすっと目を細めたので、鈴玉は慌てて付け加えた。

「公主さまのご負担を増やさぬよう、お話は一組につき一回に限られていました。ですが、もう一度だけお話をして確かめたいことがあるのです。得られた事柄は自分たちの組で独り占めにせず、全ての組と共有することを約束いたします。二つめは、王妃さまのご衣裳をお貸しください。決してご衣裳を汚したり、傷つけたりは致しません」

「それで三つめは？」

「白い絹織物を二反頂きたいのです」

王妃は最後の答えに目をみはったが、鈴玉の真剣さに何か感ずるところがあったのだろう。自分の女官を真正面から見据えて、口を開いた。

「公主との面会、私の衣裳、白い布。もし、それらが公主を傷つけたりせず、問題を最終的に解決するものであれば許しましょう。面会は即日か、それとも……」

鈴玉の顔がぱっと輝いた。

「準備がありますゆえ、明日に」

「わかりました。その旨、尚服局と碧水殿に使いを出しましょう」

「ありがとうございます……！」

鈴玉は足首のことを忘れて勢いよく拝跪《はいき》してしまい、「痛い！」と王妃の前で声を上げてしまった。

「ごきげんよう、王女官さま」

胸を張って尚服局の敷居をまたいだ鈴玉は、紫琪を見つけると近づいて一礼した。

「先日は勝手にここを飛び出したりしてごめんなさい。でも、あれからいろいろ進展があって、明安さまのご衣裳の件も新しい段階に入れると思うんです」

紫琪は胡散臭《うさんくさ》げに鈴玉を眺め回した。

「あっ、そう。ならばいいけど。で、鄭女官は具体的にどうなさるの？」

紫琪の皮肉っぽい口調も、鈴玉にはもはや通用しなかった。

「私たちは明日、もう一度碧水殿に行くことになりましたので、王女官さまもそのおつもりで」

鈴玉は尚服局の女官に王妃の割符を見せて、絹の白い反物を受領した。それから鴛鴦殿に帰り、まず衣裳を数点出して包んでおいた。次に女官の控室で裁縫道具を取り出して白い反物を裁ち、縫い合わせ始めた。夜には女官部屋に縫いかけのものを持って帰り、一心不乱に縫い続ける。香菱が覗《のぞ》き込んで目を丸くした。

「何を縫っているの？　鈴玉」

「人を死なせて、また生かすものを」

鈴玉の間髪を容《い》れぬ答えに対し、香菱は耳のそばで指をぐるぐる回した。

「訳の分からないことを言っているわね。悩みすぎてどうにかなっちゃったの？」

だが、相手の気迫に飲まれたのか、香菱は黙って明かりをもう一つ持って来て、鈴玉の前に置いた。

七

翌日、絹布の包みを二つ抱えた徹夜明けの鈴玉は、ぶつぶつ文句をいう紫琪を引っ張って碧水殿に行った。

「鄭女官、私は何もしゃべりませんからね。言い出しっぺのあなたが全部やってよ」

「もちろんです。王女官さまにご面倒はおかけしませんから」

碧水殿の階《きざはし》を上がり、鈴玉は取次の女官に話しかける。

「一つ聞かせてくださいません？　明安公主さまは、以前から書斎をあのようになさっていましたか？　教養高い公主さまのお好みを反映なさっているのか、とても素敵な設《しつら》えですけれども。それとも亡くなられたお母上のお好みですか？」

取次の、顔にそばかすの浮いた若い女官は、自分の主君を褒められた嬉《うれ》しさ半分、またその主君への同情半分といった、複雑な表情を見せた。

「いいえ、昔からではありません。喪明けからです。今でこそご衣裳もああした色のごく落ち着いたものをお召しですが、以前はもう少し色目に幅がありましたし、書斎も女性の部屋らしい設えでございました」

「教えてくださってありがとうございます」

――やっぱり！

鈴玉は紫琪を振り返ってにんまりした。

「さあ、王女官さま。いよいよ答え合わせをしましょう」

二人が書斎に招じ入れられると、明安公主は今回も紙を広げて何かを書いていたが、それを遠くに押しやり、二人に向き直った。本日の彼女の衣裳《いしょう》は、紺の大袖に暗い赤の帯を締め、二頭の獅子《しし》が向い合せになった青白色の佩玉《はいぎょく》をさげている。髷《まげ》には、水晶と金でできた繊細な細工の簪。

「そなた達がもう一度私に会いたがっていると、鴛鴦殿から使いが来たが」

紫琪とともに拝跪した鈴玉は、口を開いた。

「明安公主さま、再びお時間を頂き恐縮にございます。まずこれをご覧くださいませ。私の拝しましたところ、明安公主さまはお二人いらっしゃいますので、どちらの公主さまにもご衣裳をご用意したいと考えております」

「鄭女官、あなた何を言っているの？　馬鹿も休み休み言いなさい！」

公主の面前であることも忘れ、紫琪が鈴玉を叱り飛ばしたが、公主は手を振って紫琪を止め、話の続きを促した。鈴玉は頷《うなず》き、まず二つの包みのうち一つを広げる。

「これは何よ……？」

紫琪は眉《まゆ》を鋭角に跳ね上げ、公主も表情をわずかに動かした。

「この衣裳は真っ白だが、何のためのものか？　鄭女官」

鈴玉は一度大きく息を吸った。

「ご覧の通りの素服でございます」

素服とは白い喪服である。紫琪は眼を剝《む》き、公主も鈴玉を凝視した。

「どういう意味か、鄭女官」

「ご無礼お許しくださいさい。二人の公主さまがいらっしゃるとは、公主さまが生と死に両側から手を引っ張られ、分裂してしまいそうに見えたからそう申し上げたのです」

「生と死？」

「はい。将来の殉死を予感して既に覚悟なさっている公主さま。だから、万一その時が来たらこれをお使いくださるようにと」

「鄭女官！　それ以上言うと……」

頭に血が上った紫琪は鈴玉の口を塞《ふさ》ごうとしたが、公主は平静なままで制した。

「この素服が死を知る私——ということか。ではもう一人の私は？」

「こちらです。生を知る公主さま」

鈴玉が頷いて、もう一つの包みを広げて見せる。上に載せられた薄い黄色の披帛《ひはく》を取り除くと、臙脂《えんじ》色《いろ》の襦《じゅ》と山吹色の裙が現れた。菊の枝を象《かたど》った黄金の釵《かんざし》と、同じく七宝で施した菊の腕輪も。そして、冊子も三冊ばかり、ところどころ付《ふ》箋《せん》を挟んだ状態で入っていた。

喪服を結婚の支度品として見せられても動じなかった明安公主が、今度は衣裳と冊子を目にしてはっきりと顔色を変えた。

「公主さま。これらをご覧になって察するところがありましょう？　こちらの冊子は、後苑《こうえん》づきの宦官《かんがん》である湯秋烟と謝朗朗が書き続けている『月香伝』という小説で、もうすぐ九冊目が出る予定です。ええ、三人の貴族の男女が繰り広げる純愛もの。私は作者たちの友人かつ読者の一人で、衣裳や舞台の設定を手伝っています。この衣裳は、小説のある人物の衣裳に出来るだけ近いものを揃えてみました」

紫琪はもはや怒りや呆《あき》れを通り越し、ただ弱々しい声で鈴玉の名を呼んだが、公主は目を細めて話に耳を傾けている。

「私は小説執筆の協力者として、もっと早くに気が付くべきでした。公主さまの――」

鈴玉は冊子の付箋が挟まれている葉《よう》を開き、公主にその場所を指し示す。

「公主さまのご衣裳の取り合わせは、作中の黒旋という男性とほぼ同じですよね？　私が明安さまのお姿を拝見するのは今回で六回めですが、どれも黒旋と酷似した取り合わせでお召しです。公主さまは喪明け以来、ご衣裳もお部屋の設えも、ご自身の雰囲気さえもお変わりになったと伺っておりますが、この書斎の設えは黒旋の書斎とほぼ同じ。文房具まで似せて再現されています」

鈴玉は息を整えた。

「なぜそのことが分かったかというと、私の父は貴族で学者でもありますので、設定に際しては父の書斎を念頭に置いたからです。ただ、我が家は貧乏で、値打ちのあるものは売り払ってしまったので、文房具などは陶磁器や木で作った質素なものを使っておりますが、それでも趣味は筆一本、書架一台にも出るものです」

「………」

「あと、正体を明かさない愛読者の感想の手紙も。私も執筆に協力した縁で、彼らに感想文の現物を見せてもらったのですが、とてもお上手な字でした。ちょうど、公主さまがお書きになっているその筆跡のように。また字だけではなく、書かれた内容もその読者の教養を垣間《かいま》見せるだけでなく、作品をとても愛している熱意がよく伝わってきて、とても初々しくて、素敵で……」

「もうやめて！」

遮った公主の顔は、真っ赤になっていた。それとは対照的に、真っ青になった紫琪は鈴玉を黙らせようと袖《そで》を引っ張る。

「……やめて、そんなの恥ずかしい」

公主はぶんぶんと頭を振って、机にがばっと突っ伏してしまった。そのまま肩を震わせている。

「嫌よ、いやいや。皆には秘密にしておきたかったのに！」

それまでの冷静で、感情の通わぬ人形のような公主が、いまは口調もがらりと変わり、戸惑いや嬉しさ、恥ずかしさなど、ありとあらゆる感情を動員して、自分の顔を覆いつくしている。

「一番好きな黒旋さまのご衣裳なら私も真似ができるかもしれないと思って、あれこれ苦労して揃えて。でも私一人だけの愉《たの》しみにしていたのに！」

さすがの鈴玉も呆然《ぼうぜん》とし、紫琪は思わず鈴玉の腕をつかんだ。平素の鎧《よろい》のごとき無表情と平静さをかなぐり捨て、これほどまでに舌足らず気味にしゃべり、感情でぐしゃぐしゃになった公主は、完全に二人の想像の埒外《らちがい》だった。

「あの、公主さまの秘密を暴き立ててどうの、というわけではありません。でも、公主さまはどうして小説のことをお知りになられたのですか？」

恐る恐る鈴玉が問うと、明安は顔を上げてきまり悪げに笑い、戸外に向かって声をかけた。

「邢《けい》女官！　とうとう知られてしまったわよ」

入ってきたのは、先ほど鈴玉たちを取り次いでくれたそばかすの女官だった。

「邢女官が私に湯秋烟たちの小説を教えてくれたの。彼女はもとから熱心な読者で、喪明けの後も気が沈んだままの私を心配し、読むのを勧めてくれて……」

邢女官は頷いた。

「はい。明安さまは喪明けの後もご母堂を思って嘆かれるあまり、食も細くなっておしまいだったので、何か気晴らしになるようなものをとお勧めしたのです。でもまさか、これほどまでにお熱を上げられるとは思わず……」

「お熱とは、例えば？」

「公主さまの一番お好きな黒旋は男性ですが、出来る限り似たような衣裳や宝飾をお召しになったり、香袋も自作なさったり。作中に出てくる後宮の場所や、都の絵図をお描きになるばかりか、月一回しか続きが出ないので、ついにはご自分でも作中の人物を使って短い物語もお書きになるように」

「嫌だ、邢女官はそんなことまでばらすの？　もう！」

公主は顔を真っ赤にして立ち上がり、邢女官の腕をぽかりと叩《たた》いた。

「こんなこと、人に知られたら死ぬしかないと思っていたのに！」

「公主さま、落ち着いてください。どの道、鄭女官がこの衣裳の仕事に関わると聞き、私は公主さまと小説の繋《つな》がりが暴露されるのも時間の問題だと思っておりましたよ」

鈴玉は、いつぞや明安が描いていた水墨画らしき絵図は、『月香伝』の舞台を写したものだと理解した。それに――。

「感想のお手紙を書いたのは公主さまで、届けたのは邢女官が？」

「はい。私が後苑《こうえん》の小屋の扉に挟んでおいたんです。あそこなら、人目につかずに湯内官たちのもとに届くでしょうから」

――公主さまにも、ちゃんと意思やお好みがあるじゃない。確認して良かった。あとは……。

鈴玉は王妃の衣裳《いしょう》を公主の前に差し出した。

「明安さま。黒旋がお気に入りなので同じようなご衣裳をお召しなのは分かったのですが、お手紙によれば他の人物——月香たち女性陣もお気に入りだとか。でも、どうして彼女たちが着るような、色のある衣裳はお召しになろうとなさらなかったのですか？」

「だって……確かにとても素敵で華やかな衣裳で、憧《あこが》れはしたけど、私には華やか過ぎて。きっと似合わないと」

明安はもじもじしながら、上目遣いで鈴玉を見た。

「でも、お好きなんでしょう？」

「…………」

組み合わせた両手に視線を落としたまま、公主がこくこくと頷く。それまで黙っていた紫琪が口を開いた。

「だったら、お召しになってもいいではありませんか？　恥ずかしがることなどありません」

「王女官の申す通りです。お疑いならばこの衣裳を着てみませんか？　これは王妃さまからお借りしてきたもので、同様の服を作中の紅蘭《こうらん》が着ていました」

「義姉上《あねうえ》の？」

鈴玉が広げて見せた山吹色の裙に、公主は手を伸ばして触れた。

「こんなに鮮やかな色、私でも大丈夫？　臙脂《えんじ》と山吹色の取り合わせなんて難しそう」

「大丈夫です。それに、似合う、似合わないも大切ですが、何より好きという気持ちに勝るものはありません。孫太監さまや天子さまのお好みよりもまず、公主さまには、お召しになって楽しく嬉《うれ》しいものを作って差し上げたいのです」

公主はしばらく考えこんでいたが、やがて邢女官に「寝室へ」と告げ、鈴玉たちも立ち会わせて用意された衣裳に着替えた。今までの衣裳とは雰囲気ががらりと変わって、公主は「嫌だ、絶対に似合わない……無理、むり」などとぼやいていたが、紫琪がやや離れたところから銅鏡で公主の姿を映すと、ほんのり頬を桃色に染め、いかにも嬉しそうに照れ笑いをしてくるりと回り、袖を引っ張って見せた。

――やっぱりね。あの黒や紺のお召し物のようにぴしゃりと似合っている訳にはいかないけれど、これはこれでいいわ。何より、公主さまが楽しそうなことといったら！

傍らの紫琪もほっと息をつく。鈴玉は頃合いを見て、さらなる提案をした。

「公主さま。用意するご衣裳ですが、『月香伝』の人物が着ているものに寄せて図案を考えてみませんか？　すでに書かれている衣裳だけではなく、公主さまが登場人物に着て欲しいと思うようなものも取り入れて。私たちだけでなく、他の殿舎の組にもそうしてもらいましょう。公主さまは小説に材を取った好きなご衣裳をお召しになれて、華やかで格調がある衣裳であれば、孫太監さまも門前払いはなさらないと思います」

鈴玉は我ながら名案だと思ったが、なぜか紫琪はぎょっとした表情を見せた。

「他の殿舎の組にもそうしてもらう？　だが、それでは皆に私と小説の繋がりを話さなくてはならないが……」

ふと我に返ったのだろう、明安は口調を元の超然としたものに戻し、逡巡《しゅんじゅん》する様子を見せた。無理もない、「小説《つまらないはなし》」は元来、教養人や高貴な身分の者が読むものではないとされているからだろう。鈴玉は公主のためらいも理解できたが、せっかく摑《つか》んだ光明を消してしまうわけにはいかないと思った。

「女官たちにも小説を読んでいる者がおりますので、ご心配なさる必要はないと思いますが、尊きご身分としてのお立場もわかります。無理に小説のことを仰《おっしゃ》らなくても、お召しになりたい衣裳の雰囲気や、方向性を出していただけるだけでもありがたいのです」

公主は顔を上げた。

「いや。やはり私自身から皆に、『月香伝』のことも含めて説明した方が話は早い。小説の人物が着ているものは涼の形式で作ってもらい、私が登場人物に着てほしいものは天朝の形式で作ることにして。どうだろう？」

鈴玉はほっとした表情で頷《うなず》いた。

「それがよろしゅうございます。私は永泉郡夫人さまから天朝の衣裳について詳しく教えていただきましたから、他の人たちとも打ち合わせれば、きっと良いものがお仕立てできます」

「もし孫太監が図案のことでまた何か言ってきたら、今度は私が出て行って話そう。私も、いつまでも王妃さまや太妃さまの日傘の下で守っていただくわけにはいかないから」

公主の言葉を聞き、鈴玉は目をみはった。

――思っていたよりもずっとしっかりしたお方だわ、明安公主さまは。

「ところで、新しい衣裳はいいとして、輿入《こしい》れの時にこれはどうしたら？」

公主は、もともと着ていた紺色の大袖《たいしゅう》を見やった。

「新しいご衣裳と一緒に天朝にお持ちになればよろしいのでは？　それも公主さまにとって大切なご衣裳なのですから」

鈴玉の言葉に、公主はくすりと笑った。

「そうだな、そうしよう。行李《こうり》の底にそっと宝を忍ばせて、はるか千里を舟は行く……」

八

再び自分の服に着替えた公主が書斎に引き取った後、邢女官が素服と王妃の衣裳を丁寧に畳んで、鈴玉と紫琪に渡してくれた。

「本当にありがとうございます。明安さまが、あのように楽しそうな笑顔をお見せになるとは。お二人には感謝の言葉もありません」

「いえ。こちらこそ無理を申しましたが、公主さまの寛大なみ心に感謝いたします」

鈴玉の謝辞に、邢女官はふっとため息をつく。

「これまで、明安さまは後宮の皆さまに大切にされ、つつがなくお過ごしでいらっしゃいました。ですが、やはりお立場上遠慮なされることも多く、感情や好みを外にお出しにならないので、私は密《ひそ》かに案じておりました。例の小説をお読みになった後は熱心に感想をお話しになり、また小説に想を得た絵や縫物も楽しんでおられるので、お勧めして良かったと胸をなでおろしました。ですが、降って湧いたこの度の婚儀……」

邢女官の目から、つうっと涙が流れ落ちる。

「もし明安さまが天朝に輿入れされたら、小説を読むことも何もかも、根こそぎ自由を奪われてしまわないでしょうか。そうなれば……」

鈴玉と紫琪はさめざめと泣く邢女官を慰め、碧水殿を後にする。

帰り道、しばらく二人とも黙っていたが、口を開いたのは紫琪のほうが先だった。

「鄭女官、あなた馬鹿じゃないの？」

「馬鹿って？」

きょとんとした鈴玉を、紫琪は苛立《いらだ》たしげに見やった。

「王妃さまは競作だと仰ったのに、皆で話し合ったら競作にならないでしょ。第一、今日公主さまからお聞きしたことを他の殿舎に黙っていれば、私達の組が公主さまのお気に召して、下賜品を独り占め出来ていたかもしれないのよ。それなのに他の組にも教えてしまおうなんて。あなた、褒美が欲しくないの？」

鈴玉は「ああ」と初めて気が付いたかのような声を出した。

「そりゃ、私だってご褒美は喉《のど》から手が出るほど欲しいです。家門再興のためにはお金が必要なので。でも、王妃さまには知り得た事柄の共有を約束しましたし、第一……」

「何よ」

「公主さまにとって何が一番良いことかを考えたら、独り占めなんてできませんでした」

鈴玉の真剣な表情を紫琪は眩《まぶ》しげに見返し、ぷいと顔を背けた。

「能天気なお貴族さまは、これだから嫌いよ」

鈴玉はその反応を見て、以前から気になっていたことを相手に聞くには今しかない、と思った。

「王女官さま、正直に教えてください。貴族が世の人々に憎まれているのは知っています。でもそれを差し引いたとしても、私に対する王女官さまの言動は納得が行きかねます。あなたは貴族のどこが嫌いなのですか？」

紫琪は眉《まゆ》を吊《つ》り上げた。

「何が嫌いかって？　何もかもよ。先祖代々の特権のおかげで民から搾り取って安楽に暮らし、自分たちは何も生み出さないところも。壁蝨《だに》だって人の血を吸うときはもっと遠慮するのに。それに、綺麗《きれい》ごとばかり並べて手を汚さないところも嫌い」

――貴族というのは、ただご先祖さまの功績のうえに胡坐《あぐら》をかいて、王さまから特権をさずかり、ぬくぬくと暮らすために存在するのではない。たとえ貧しくとも学問を怠らず、道理をわきまえ、主君に忠節を尽くし、仁愛をもって人に接し、そして公明正大であれば……。

鈴玉は、自分に貴族の心得を説いて聞かせてくれた父親を思い出した。

「貴族の荘園で働いていた私の父は、凶作で収穫が上がらなかったことを責められ、一《いっ》昼夜《ちゅうや》鞭《むち》打たれて虫けらのように殺されたのよ。私は当時九歳になったばかりだった。寡婦となった母は働きづめに働いて胸を病み、真冬の夜に血を沢山吐いて死んでいった」

「王女官……」

不意に明かされた紫琪の過去に、鈴玉は胸を突かれた。

「王女官さまと呼んで」

「は、はい、王女官さま。でも、あなたはなぜ後宮の女官に？」

「父を殺した貴族の奥方が私を憐《あわ》れんで引き取り、針仕事と文字を教えてくれたの。針仕事が上達したら、奥方は『これだけの名手ならば』と、後宮で女官として働けるよう口を利《き》いてもくれた。でも、その貴族の家ももうないけどね。政争に負けた当主は流罪のうえ賜死となって、奥方も奴婢《ぬひ》に落とされたから」

「王女官さま、そうだったのですね……」

「誤解しないで。話したのは別に同情して欲しいからではないの。でも、理由も言わずにあなたを嫌うのも変だから」

鈴玉は入宮した時から貴族出身であることを理由に嫌味を言われたり、意地悪をされてきたので、今回の紫琪の言い分も理不尽だと思う一方、民草を迫害したり堕落した生活を送る貴族も珍しくないので、複雑な気持ちだった。

「……わかりました。とにかく話してもらえて、胸がすっきりしました」

予期せぬ返答だったのか紫琪はぽかんとしたが、「あなたってやっぱり馬鹿ね」と言い捨てて歩を速めた。


紫琪と別れて鴛鴦殿に戻った鈴玉は、王妃に借りた衣裳《いしょう》を返して礼を申し述べた。孝恵公子は柔らかな毛の敷物の上で這《は》い、小さな毬《まり》を指でつついている。

「それで、上手《うま》くいきましたか？」

「はい、王妃さまのご厚意の賜物です。明安さまのお好みなどを把握しましたので、各殿舎で共有して図案を描こうと。明安さまも、ご自分から説明をなさるそうです。近日、出来上がった図案を揃えて孫太監さまにお目にかけることができるかと存じます」

「明安さまがご自分で動かれると？」

林氏は驚いたようだったが、頷《うなず》いた。

「なるほど、その方が良いかもしれません。いずれ、天朝でも公主さまは何事もご自分で考えて動かなくてはならぬでしょうから。ともあれ、衣裳の出来上がりを楽しみにしていますよ」

「ご期待に沿えるよう、努力いたします」

鈴玉はかがみ込んで孝恵公子の手を取った。公子は嬉《うれ》しいのか、きゃっきゃと笑う。

——明安公主さまのお支度を終えれば、次は孝恵さまの世子冊封。王女官はまだあいう態度だけど、自分のことを話してくれただけでも前進だわ。ここは頑張らなきゃね。

次の日、碧水殿の広間には、各殿舎の衣裳係と尚服局の女官、計十二名が集められた。明安公主の前の卓には、公主が自ら書き写した小説の写本一揃いと、十枚以上の紙が載せられている。部屋の隅の卓には、尚服局から運ばせた生地が積まれていた。

一同が拝跪《はいき》すると、公主は静かな声で話し始めた。

「この度の私の輿入れの支度に関し、皆に協力してもらって大変ありがたく思っている。当初はただ天朝のご意向に沿ったものであれば良いと考えていたが、王妃さまが助け船を出してくださった。各殿舎で協力して衣裳を仕立て、もって後宮の和を示そうとのお心に感じ入るとともに、やはり当事者たる私の希望も伝えて、衣裳を考えてもらおうと思い直したのだ」

公主は手元の紙を広げる。

「後宮で回し読みをされているので知っている者も多いだろう。私もこの『月香伝』を愛読しており、幾人か気に入りの登場人物もいる」

首をかしげる女官もいれば、なるほどと頷く女官もいた。公主は、まず上に載っている六枚を取り上げる。

「こちらの紙には、小説の六人の主要な登場人物について概略や設定をまとめ、各人物に関する私の所感などが書いてある。これを六つの殿舎に割り振るので、これから連想される涼の形式の服を作って欲しい。私から願うのは、ただ小説に描かれている通りに再現するのではなく、各殿舎の担当者の印象や個性も反映させて欲しいということ」

さらに、下に重ねておいた残り六枚の紙も引き出す。

「次の六枚は、私がこの小説から想を得て着てみたいと考えた図案で、同じく担当者には自分の個性や想像を加えて、天朝の形式の衣裳を作って欲しい。ただ、私は天朝の服を詳しく知らないので、あくまで概要だ。いま天朝の後宮で流行している服について、詳しくは鴛鴦殿の鄭鈴玉の説明を聞くように。また、『月香伝』を誰でも読めるように、鄭女官から作者たちに事情を話してもらって、写本を四部借りてきた」

公主の話が終わって、次は鈴玉の番である。彼女は筒状に丸めた大判の紙を持ってきており、それを広間の中央に用意された大きな卓に広げた。紙には雪麗に教えてもらったことを図案や文章にまとめて大きく書き出してある。

一方、紫琪は尚服局から持ってきた、古い天朝の衣裳や資料の巻子《かんす》などを並べた。取り囲んだ女官たちが覗《のぞ》き込む。

鈴玉は緊張のあまり、喉など痛くもないのに何度か咳払《せきばら》いをしてから話し始めた。

「私たちにとって天朝の服は馴染《なじ》みが薄く、宮中に残る資料も古いものなので、それに留意して服を調製する必要があります。幸いにも、天朝の後宮にも繋《つな》がりが深い織造の永泉郡夫人さまに、あちらの方々がお召しのご衣裳を教えていただきましたので、皆さんにもお知らせしてご衣裳作りの参考にしていただければと存じます」

ここまで話した鈴玉はつい早口になり過ぎたと気が付き、一息ついた。ちらりと見回せば、紫琪がなぜか自分と同じように緊張した顔つきをしている。

「まず上衣ですが、袖《そで》はゆったりとして丈が短く、襞《ひだ》を寄せた裙《くん》は涼のように腰の位置ではなく、腕の付け根ほどの高さに締めます。披袍《ひほう》という丈が長い上着を羽織ることもあります。服の上から披帛《ひはく》をかけるのは我が国と同じですが、天朝では近年披帛の幅が太く、羅のように薄いものよりもやや地厚で、紋様も凝ったものが好まれるということです。髪は涼よりも高く結い上げ、より多くの簪《しん》や釵《さい》、櫛《くし》などを挿しています。……」

皆が頷きながら聞いてくれたことに安堵《あんど》しつつ、鈴玉は話の締めくくりとして質問がないか訊《たず》ねた。そこへ、一人の女官が軽く手を挙げて進み出た。いつぞや、鈴玉たちに褒美の山分けを持ち掛けた貴人安氏づきの田女官だった。

「公主さまの仰《おっしゃ》るように、小説や郡夫人さまのお話を参考に衣裳を作るのはいいけれども、これで果たして孫太監さまが納得してくれると思います？　彼は難物そうだし、いっそのこと賄賂《わいろ》をつかませてしまったほうが楽なのでは？」

明安公主を前にしての彼女のあけすけな発言に、鈴玉も周囲の者も引いてしまったが、公主は毛筋ほどの動揺も見せずに後を引き取った。

「孫太監に納得してもらえるかではなく、是非とも納得してもらうという気構えで当たってみるほかはあるまい。万一の時は、私が直接彼と話をするから。そなたの忠心はありがたいが、賄賂云々《うんぬん》はいらぬ騒動の種となるゆえ、口にせぬほうが良い」

公主の穏やかだがきっぱりとしたもの言いに、さすがの田女官もたじろいて黙り込む。

鈴玉は公主に「ありがとうございます。これで話を終わります」と一礼して下がった。

「いま鄭女官は天朝の衣裳についての情報を皆に共有してくれたが、もちろん各殿舎の競作であり、優れた仕事をした者に褒美が出ることには変わりがない。各組はぜひ工夫を凝らして衣裳を仕立てて欲しい。あちらの卓には衣裳に用いる生地を用意した。ここで見て相談してくれてかまわない」

公主の指示のもと、各組は人物の覚書と衣裳の図案を見て、自分たちが作りたい服を決め、生地を選んだ。女官たちは他の組に漏れぬようひそひそ声で話し合ったり、くすくす笑いを漏らしたりする。生地を手に取った瑞雲殿《ずいうんでん》の女官が尚服局の女官と真剣な眼《まな》差《ざ》しを交わして相談し、紅霞殿《こうかでん》の女官は相棒と一緒に生地を恐る恐る広げている。

「で、あなたが選んだのは？」

資料となる『月香伝』を読んでいた紫琪は、鈴玉が手にした二枚の紙を指さした。他の組が取った後、最後に残ったものである。

「そもそも私が提案したことですから、その私が最初に取ってしまっては他の組も不満でしょう。残りものには福があるかもしれませんし」

「お手並み拝見ね。期待しているわ」

――あら？

鈴玉は首をかしげた。紫琪は依然として相談できる雰囲気ではないが、その口調には珍しく棘《とげ》がなかった。

図案の提出期限は五日後と決められ、鈴玉は鴛鴦殿に帰って案を練った。

——王女官は少し態度が柔らかくなったけど、話し合ったり、協力し合ったりまでは無理かしらね。

とはいえ、このままではやはり気持ちが落ち着かず、翌日の午後には尚服局を訪ねた。

「布地だけじゃなく、図案もあなたが勝手にやっていいわよ。縫製に入ったら口出しをしてほしくないけど」

縫物を手に出てきた紫琪は、じろりと鈴玉を見た。

「でも、やっぱり共同で作業しているのだから、一度私の案をご覧いただきたくて」

紫琪はため息をつき、図案を受け取って目を走らせた。

「……どうですか?」

紫琪は紙を睨《にら》んでしばらく何も言わなかったので、さすがの鈴玉も不安に思った。

「いいんじゃない?」

ややぞんざいな口調で紙を返してよこし、背を向ける。

「本当にいいと思っていますか?」

鈴玉の必死の問いかけに、紫琪は後ろ姿を見せたまま、低い声でこう漏らした。

「裙をとめる飾り帯の幅はもう少し太いほうがいいわよ。あと、背子の襟は唐草紋ではなく、花鳥紋のほうが公主さまのお顔を引き立てると思う。小説では唐草紋となっているけど、それくらい変えるのは構わないでしょ。まあ、取捨選択はあなたに任せるわ」

「王女官……！」

鈴玉は嬉しさのあまり上ずった声で紫琪を呼んだが、相手は眉間《みけん》に皺《しわ》を寄せて振り返った。

「『王女官さま』とお呼びと何度言ったらわかるの、あなたは三歩歩けば忘れる鳥頭？」

「いいえ……はい、王女官さま！」

──王女官が初めて私とまともに向き合ってくれた！

鈴玉は勢いよく答え、鴛鴦殿を指して駆け出して行った。

九

六月末、全ての組の図案が出揃い、明安公主自ら図案の入った函《はこ》を封緘《ふうかん》し、迎賓の館にいる孫太監のもとに届けさせた。太監は返答のため、みずから参内して碧水殿に来るというので、衣裳《いしょう》組の者もそこに参集した。

やがて、宦官に先導されて孫太監が広間に入ってきた。鈴玉たちは一斉に拝跪する。

「そなた達が考え直した図案を見たが、採否を述べる前に確認したい。明安公主さま」

明安公主はいつもの黒衣を身にまとい、超然として人形のような佇まいは変わらなかったが、注意深く彼女を見れば、瞳《ひとみ》には光が宿り、頬もわずかに赤く染まっているのがわかっただろう。

「この改訂案は、本当に公主のお望みのものか？」

「はい。後宮の各殿舎の協力をもちまして。特に、孫太監さまがご指名になった鴛鴦殿の鄭鈴玉が私の希望を聞き、図案作りに大いに貢献してくれました」

自分の名が出たので、鈴玉は緊張感とくすぐったさが混じった思いで一礼した。

「さらに、使う絹地も我が国の織造が織り上げた極上品、また付属する宝飾も宮中の工匠の技巧を凝らしたものが加わりますゆえ、皆の心尽くしがこの衣裳に結晶したものと申せましょう。私自身はこれらを携えて天子さまのもとに上がりたいと考えております」

きっぱりとした返答に、孫太監は目を細めた。

「もし私がまた図案を拒絶したらどうなさる？」

不遜《ふそん》なもの言いにその場の空気は不穏となったが、明安公主は冷静さを崩さなかった。

「私の日々の生活において、紙一枚、筆一本とて民の膏血《こうけつ》で成り立っていないものはありません。ましてや、多くを費やしての婚儀の支度。あだやおろそかな気持ちで物事を決めたりなど出来ましょうか？」

口調こそ穏やかだったが、公主の言葉には鋭く強力なものがあった。孫太監は絶句したが、次の瞬間には吠《ほ》えるように笑った。

「思いもしなかった、公主さまがこのように率直な物言いをなさる方とは！　もとより、私は改訂案を了承するつもりだったが、公主さまを試すような真似をしたのは無礼の極みであったかもしれぬ」

　再び室内がざわつき、鈴玉は紫琪と顔を見合わせた。

「改訂案は天朝の後宮の形式や流行を押さえており、問題なく通用しそうだが、それだけではなく、これらの衣裳には作る者の『着てもらいたい』という熱意と、着る者の『着たい』という憧《あこが》れと意思が感じられた。それは重要なことでの。正直に申せば、涼側と明安公主さまがただ唯々諾々と声を一つも上げず、天朝に従うばかりであれば、天朝の後宮にお入りになっても先は長くないとも思っていた。涼の外朝と後宮がこの度のことでどう対処するかを見て、公主づきになる私も去就を決めなければならんからのう。まあ、私はどちらに転んでも損はしないが」

　それは、明安公主を舟に喩《たと》えるならば、公主が天朝の後宮の荒波を乗り切れるかどうか値踏みすることで、孫太監はこの舟に乗って利益を得るか、舟に乗らずに沈み行くに任せるか決めたかったということなのだ──鈴玉はそう理解した。

　──私は気に入らない考え方だけど、孫太監も異国で宦官《かんがん》として生きて行くうえで色々あったのかしらね。ともかく、公主さまをお守りくださるつもりならいいけど。

「孫太監さま……そ、それでは」

　最前列の尚服の緊張した声に、孫太監は大きく頷《うなず》いた。

「図案はこれで良いので、製作に取り掛かるように。天子さまもお喜びになるだろう」

　皆はほっとした表情をし、鈴玉も安堵《あんど》の息をついた。

きた。

「これから忙しくなりますね、王女官さま」

帰り道、鈴玉は高揚に頰を赤くしながら紫琪に話しかけると、相手は横目で見返してきた。

「本当に良かったわよ、あなたの首が繫《つな》がって。ともかく、明日《あした》から裁断して縫い始めるから、朝一番で尚服局に来て」

「えっ、それって……」

鈴玉は上ずった声を出した。紫琪との最初の顔合わせでは、自分の仕事は布地の選択だけと言い渡されていたのだ。それが図案も任されるようになり、ついには──。

「はい！　明朝ですね、伺います！　王女官さま」

「いちいち大声でうるさいわね。少しでも遅れてきたら承知しないから」

鈴玉は勢いよく一礼すると紫琪と別れたが、鴛鴦殿に戻る前に浮き浮きしすぎた気持ちを少し静めようと、蓮《はす》が咲く太清池をぐるりと半周した。やがて、遠く恵音閣の前に佇《たたず》む人物が見えた。その人は紺色の袍を着て舞台を見上げている。

──あの方は。

以前、恵音閣で人影を見たときは鬼神《ゆうれい》かと恐れたが、今日は初めからよく知る人物だったので鈴玉は自分から近づき、相手がこちらに気が付くと恭しく拝跪《はいき》した。

「鄭鈴玉か」

「はい、主上」

主上はにこりとしたが、今日はいつものお付きたちの姿が見えない。彼の手招きに応じ、鈴玉はさらに面前まで近寄って伏し目となった。

「その表情だと、明安の衣裳の件は前進したようだな。そなたのおかげと申すべきか」

「いえ、何もかも明安公主さまと永泉郡夫人さまのおかげです」

「永泉郡夫人？」

主上は一瞬怪訝《けげん》な顔をしたが、すぐに理解したようだった。

「ああ、織造の妻の趙雪麗だな。彼女が知恵を授けてくれたのか、それは良かった」

「はい、雪麗さまが天朝のご衣裳のことを教えてくださったのです。加えて、明安さまもご衣裳作りに関して以前より積極的になられました」

「明安には、希望があれば何であれ私に申せと言ってあるのだが、思慮深すぎる性格で、なかなか答えようとしなかったのでな」

「でも明安さまもご意見やお好みがあると分かって、こちらも安心いたしました」

「そうか。それにしても、そなたはなぜこの方角に？　碧水殿と鴛鴦殿を結ぶ道からは外れているではないか」

鈴玉は慌てて頭を下げた。

「恐れ入ります。ご衣裳の提案が明安さまのお気に召して、さらに孫太監さまのご承認をいただいたのが嬉《うれ》しくて、つい遠回りを」

「ふふふ。では、私はそなたを咎《とが》めることはできぬな。実は、私も霊仙殿へのご機嫌伺いの帰りなのだが、つい一人になりたくて……こうして人払いもしてしまった」

――霊仙殿で何をお話ししたかはわからないけれども、太妃さまは明安さまのお輿入《こしい》れは主上の施政のせいだとお怒りだから、主上もお辛《つら》いお立場ね。

主上は鈴玉について来るよう目で促し、恵音閣の一階の舞台へと上がった。彼はそのまま鈴玉がいるのも忘れたように、彩色の剝《は》がれた天井を眺め回し、傷んでひび割れた柱にそっと手を這《は》わせた。

「ここは物寂しいが、私には懐かしい場所でもある。余人が寄り付かぬのを幸い、世子だった私はここで志を同じくする者たちと遊んだり、語らったり、経書の手ほどきの真似ごとをしたりしたものだ」

「志を同じくする者たち、ですか？」

たとえば劉星衛は、即位前から主上と苦楽を共にしており、君臣の間柄とはいえ志を同じくする者といえる。だが彼だけではなく、後宮にもそのような者たちがいたのだろうか？

鈴玉の考えを表情から読み取ったのか、主上は微笑んだ。

「後宮の片隅にも、向学心に富み、高潔さと矜持《きょうじ》を持つ者たちがいるのだ。もう十年以上も前の話だが、私は彼らとここで未来を語り、時には学問の初歩を教えたりもした。詩の半句の作り方も。さっきそなたが口にした趙雪麗も、ある日そこで……」

主上は霊仙殿の方に続く小径《こみち》を指し示した。

「その萩《はぎ》の植え込みの向こうから私達を見つめていた。何というか、眩《まぶ》しげな視線で。そこで、彼女も試しに誘ってみたら、仲間になってくれたのだ。全部で私を含めて四人だな。女官と宦官が一人ずつ、雪麗、そして私。といっても、雪麗は彼女が参内した時にしか会えなかったが」

——まあ、主上と雪麗さまはそんな繋がりがあったのね。そして、女官と宦官はおそらく沈女官さまと魏内官？

鈴玉は事実を確かめたかったが、後宮で禁忌となっている沈女官の名を出すのは憚《はばか》られた。

「そなたも知っている通り雪麗は非常に優秀で、父親に褒められたという詩を暗誦《あんしょう》してくれた。それにころころと良く笑った。勉強だけではなく、雪麗は女官と服を取り換えっこしてふざけたりもして……」

鈴玉の眼には、この恵音閣で若者たちが笑い、一冊の書物を覗《のぞ》き込み、詩を詠じ合う情景がありありと浮かんだ。

「それに、雪麗は大胆にも何かにつけ私を叱るのだ。『世子さまの仰《おつしや》ることは理想ばかり、いかにも世間知らずでいらっしゃる。そのように甘いお考えでは、先々心配でございます』などと。彼女だって深窓の令嬢で、私とは似た者同士なのにな」

「郡夫人さまが、そんなに活発にものを仰る方だなんて」

鈴玉は過去の雪麗の人物像が意外だったが、主上は「そうだ、今の彼女では想像もできないだろう」と笑い、ふっと遠い眼差《まなざ》しとなった。

「だが、ある時太妃さまからご注意を受けた。軽々しく女官や宦官、そして臣下の息女と語り合ったりしてはならぬと。きっと、雪麗が参内しても恵音閣に入り浸っていたから、霊仙殿の誰かが注進に及んだのだろう」

「………」

「太妃さまのご指摘は、いずれ王になる者に対してはもっともなことだ。そういうわけで集いは自然に解散となり、雪麗も後宮で見かけなくなった。きっと父親が参内を控えさせたのだろう。その父も亡くなり、喪が明けてじきに雪麗が李士雁に嫁したと知った」

──ああ、なるほど。雪麗さまは王妃候補になっていたと聞いていたけれども。

主上は言葉を切るとしばらく太清池を眺めていたが、やがて鈴玉の方を振り返って悪戯《いたずら》っぽく唇の端を上げた。

「私も歳を取ったのか、つい昔の話をしてしまったな」

恵音閣の舞台を風が吹き抜け、ひゅうと音を立てた。

翌朝、鈴玉が尚服局に赴くと、既に紫琪が水色の絹織物に鋏《はさみ》を入れ始めているところだった。夏季なので汗の落下防止に額に布を巻いた彼女は、鈴玉が入ってきたのにも気づかぬようで、真剣な眼差しで一気呵成《かせい》に絹地を裁つ。その迷いのない動きに鈴玉は見とれ、紫琪の作業がひと段落するまでじっと待った。

一反を裁ち終えるのを見計らって鈴玉が声をかけると、紫琪はじろりとこちらを見た。

「ふん。ちゃんと間に合って来たじゃない」

「改めて、よろしくお願いします。王女官さま」

軽く会釈する鈴玉に、王女官は口の端を下に曲げてみせた。

「王女官でいいわよ。それはともかく、いま私が裁ったのは披袍《ひほう》だけど、これには同色の襟が付くのよね」

「そうです。ただ、襟の縁取りを濃い青にするか、白にするかは迷っています。縁取りはごく細いものですが、微妙に全体の雰囲気にも影響するので」

紫琪は首を少し傾げて考える。

「裁った布地を仮縫いで合わせてから、縁取りなどの細部を決めればいい。図案と現物の布地もそうだけど、実際に裁って縫い合わせてみると、想像とは結構違っているものだし。さあ、次はその裙《くん》の布地を裁つから見ていて。図案にある通り、襞《ひだ》をたっぷり寄せて膨らみを出そうと思うとかなりの布地が必要だから、時間がかかるわよ」

そう言って紫琪は鋏を握り直し、鈴玉は彼女の手元をじっと見つめる。

「はあ、やっと終わった」

紫琪が最後の布を裁ち終えた時は、既に昼近くとなっていた。ずっと作業をしていた彼女は当然のことだが、見守る鈴玉もすっかり肩が凝ってしまい、ふーっと息をついた。

「何よ、ぼんやり見ているだけなのに疲れたの？」

「ぼんやりではなく、ちゃんと目を凝らしていたので疲れたんです。でも、何もお手伝いできなくてごめんなさい」

「あなたは素人同然だから仕方ないでしょ。こうした、光沢があって薄い絹織物の裁断は、布地が滑るから難しいのよ」

口調は相変わらずぶっきら棒だったが、鈴玉への態度は以前より大分ましになってきた。

午後は二人ともそれぞれ別の仕事があるため、今日の作業はこれで終わりとし、裁った布地を分けて紙に包み、保管庫に持って行った。室内の壁際には、布地や作りかけの衣裳《いしょう》で一杯の棚がずらりと並んでいる。

「そうだ。見てよ、これ」

紫琪は布地をしまうと別の棚の前に行き、上の方から爪先立ちで布地の包みを取り出し、備え付けの卓に置いて広げた。

「わあ……！」

「そんな大声を上げないで。内緒で見せているんだから」

紫琪が示したのは、龍《りゅう》に似た「蟒《ぼう》」の紋様が織りだされた深紅の絹地である。五爪《ごそう》を持つ龍が天朝の天子さまの象徴であるのに対し、四爪《しそう》を持つ蟒は天子さまより冊封を受けた国王の象徴で、蟒の紋様がついた王衣を「蟒服」あるいは「蟒衣」と称する。紫琪が鈴玉に見せてくれたのは、まさに主上だけが身にまとうことができる織物だった。

「この布地は天朝から主上への下賜品なのよ。主上のお召し物は、尚服局の中でも選《え》りすぐりの女官にしか任されない。当然よね。でも明安公主さまの仕事が終わったら、私は最年少の女官としてこの蟒衣の仕立てに加わるの。緊張するとは思うけど、その日が楽しみだわ」

紫琪は、鈴玉の賞賛の眼差しに気が付いて誇らしげな表情となり、もとのように絹地を包んで棚にしまった。

——大切なものをわざわざ私に見せてくれたのね、少しは信用してくれた証《あかし》なのかしら？

鈴玉はそう察したが、本人に問うとまた面倒なことを言い返されると思い、黙っておくことにした。

十

八月の初め、鈴玉は紫琪とともに仕上がった一揃いの服を持って碧水殿に行った。

「天朝式のご衣裳です。実際にお召しになってご確認くださいまし。合わせる宝飾は、ただいま工匠が製作しておりますので、それまでお待ちいただきたいのですが」

紫琪の言葉に、明安公主は「ありがとう」と嬉《うれ》しげに頷《うなず》いた。朱色の上衣に同色の裙、水色の披袍といった組み合わせで、披袍の裾《すそ》には緩やかな波紋が織りだされている。

「うふふ。小説のなかで、月香が亭に置かれた金魚の鉢の側に座り、手を鉢に入れて金魚と戯れている場面を想起した衣裳でしょう？」

公主は、小説のことを口にするときだけはぽきぽきした男性的な話し方を捨て、かなりの早口にもなるのだが、本人は全く気がついていないようである。

「左様でございます。さすがは公主さま、すぐに場面を思い出されるのですね」

鈴玉が褒めると、明安は照れたように笑った。

「この場面だけではなくて、それはもう、全て暗誦できるくらいに読み返したの」

薄青の披帛《ひはく》を公主のなで肩にかけた鈴玉は、その装いに満足げな吐息を漏らした。

「公主さま、このまま外にお出になっていただけませんか？　陽の光のもとで見え方を確認したいと思います」

公主が回廊から庭に降りると、衣裳は一層鮮やかに美しく見えた。

「わぁ、綺麗《きれい》！　室内の時は気が付かなかった。衣裳の地紋がこれほどくっきり浮き立つなんて。私の想像した衣裳が、こんな形になったのね」

公主は嬉しそうに裙の裾をつまんでくるりと回って見せ、滅多に笑わない紫琪もにこやかに「お似合いでございます」と申し上げる。

「この衣裳のまま外に出てもいい？　汚してしまったりしたら困るだろうけど……」

「問題はございませんが……でも、いずこに？」

紫琪の問いに、明安公主は悪戯《いたずら》っぽい笑みを浮かべた。公主は先王や前世子に顔立ちが良く似ているともっぱらの評判だが、鈴玉は主上と同じ表情をなさるとも思った。

「後苑《こうえん》の望麟亭《ぼうりんてい》まで。あの場面に出てくる亭は望麟亭がもとになっているのでは？」

「ご推察の通りでございます、公主さま」

鈴玉は一礼し、邢女官も同意する。

「それは趣があってよろしゅうございますね。あまり書斎に籠《こも》られてばかりだと身体に毒ですし。衣服や書物のように、人間も虫干しの必要がございます」

公主、鈴玉と紫琪、そして邢女官の四人が望麟亭に着くと、建物の脇にはせせらぎが流れ、柳が風にそよいでいた。公主は小説にある通り、椅子に座って金魚の鉢に手をかけてみて、得意げな表情をした。

「まさか密《ひそ》かに夢想していたことが叶《かな》うなんて……。他の衣裳も仕上がったら、それを着て小説に出てくる後宮のあちこちを歩き回ってみたい。こうなってみると、天朝への輿《こし》入れも決して捨てたものではないかも」

公主はひとしきりご満悦だったが、見守る鈴玉は、いずれ公主が強いられるだろう殉死の決まりを思い出し、胸が痛くなった。公主は彼女の表情に気が付いたのか、その手を取った。

「鄭女官、ありがとう。私はもとから何も期待しなければ傷つくこともないと考え、何も見ず何も聞かずに後宮で過ごし、いずれ降嫁するか独身で過ごすだけの人生だと思っていた。ありがたくも、太妃さまは私を慈しんでくださったが、あの方のご子息——前の世子さまの身代りであることも承知していた」

「公主さま……」

いつもの男っぽい口調に戻った明安は、寂しげに笑った。

「ああ誤解するでない、太妃さまを謗《そし》ってこう申すのではないのだから。母親を亡くした公子や公主は往々にして立場が不安定になるものだが、私の場合は太妃さまの後ろ盾でそうした苦労はせずに済み、感謝申し上げている。ただ、ますます自分の考えは表に出しにくくなってしまい、母の死と相まって、自分の心が段々と壊死《えし》していくような気がしていた。だが邢女官に勧められ、戯れに読んだ小説が、私の心を奪い取った。視界に小説の色鮮やかな世界が映り、登場人物が生き生きと見えて……」

「はい。彼らの書く小説はそれが魅力の一つだと思います。私も同じことを考え、熱心な読者になりました」

鈴玉は公主を力づけるように頷き、賛意を表した。

「ふふ、そなたもか。『月香伝』を読んでいてもたってもいられなくなり、勇気を出して感想の手紙を書いた。そのうちに輿入れの勅命を賜り、手紙を書く時だけが自分が生きているような気がしていた。でも手紙を書いて良かったと思う。巡り巡ってそなた達との縁ができ、涼での思い出もできたから。そなた達をはじめ後宮の皆の厚意が、天朝までの道を照らす明かりになるはず……」

鈴玉は鼻の奥がつんとしたが、傍らの紫琪も「埃《ほこり》が目に……」と言い訳しながら手巾《しゅきん》で目を拭《ぬぐ》っている。そんな二人を、公主は優しい表情で見守っていた。

「公主さま、輿入れなさる前に他にお望みはないのですか？」

鈴玉の問いに、公主は少し考えて口を開いた。

「そうだな。一つあるとすれば、麟徳府を忍び歩きして、書物や小説だけで知る世間をこの目で見てみたい。とうてい叶わぬ望みだが」

「そうですか？　あの方……」

鈴玉は、微行を得意とする彼女の異母兄を思い出して言いかけたが、すんでのところで口をつぐんだ。公主は「いや、叶えないほうが良いのだ」と首を横に振り、次に聞き捨てならないことを発した。

「なぜならば……この後宮にも天朝の間者は紛れ込んでいるだろうから」

「間者？」

鈴玉と紫琪の声がひっくり返った。

――香菱が言った「内通者」？

「天朝には涼の間者が入り込んでいるし、逆もまたしかり。主上もこのことはご存じであろう。ともかくも、輿入れを前にして迂闊《うかつ》なことはせぬ方がいい」

鈴玉は、この公主の発言が単なる自戒ではなく、天朝に関わる仕事をしている鈴玉や紫琪に与えてくれた忠告だとわかった。この望麟亭は見通しが良く余人に聞かれにくい場所なので、二人を引っ張って来て教えてくれたのだろう。

「公主さまのありがたきご教示、胸にとどめておきます」

鈴玉は納得して辞去すると、髪飾り用の花畑を点検してから鴛鴦殿に帰ってきた。王妃に復命を済ませて退出したところで、香菱に出くわした。

「で、明安さまの仕事は順調なの？　あちらで縫いの作業に入ったら、あなたは用済み？」

「ううん。図案は出来ても仕立てには手が足りないから、私も簡単で目立たない箇所なら手伝わせてくれることになって。それに、王女官と細部の修正などの打ち合わせもするから、しばらくは尚服局に行くことになったの」

「ふうん、あなたも信用されるようになったのね。良かったじゃない」

「そうなのかしら？　でも確かに、王女官も前よりちょっと優しくなったのよね」

二人でそんなことを話していると、先ほど別れたばかりの紫琪が息せき切って駆け付けて来た。何やら不吉な予感が胸をよぎる。鈴玉は紫琪に促され、尚服局の布地の保管庫に急いだ。

「鄭女官、これを……」

庫内で紫琪が見せた布地を前に、鈴玉は絶句した。

それは二人が使う布地のなかでも特に手の込んだ織りの、薄紫色の布地だった。これで背子《はいし》を仕立てる予定だったが、布の中ほどには一尺五寸ほどの、斜めに大きく切り裂かれた跡がある。

「先日、点検した時には何ともありませんでしたよね？　なぜ……」

鈴玉は、以前自分の育てていた花が荒らされたことを思い出し、心がざわつくのを抑えられなかった。

「誰かの嫌がらせでしょうか？　外部の、それとも……」

紫琪は蒼白《そうはく》な表情で、唇も色を失っていた。

「内部の者ではないと言いたいけど、保管庫の鍵《かぎ》のありかが分かっていれば可能よ」

「私か王女官のどちらかに恨みを持つ者か、いえ両方に？　王女官に心当たりは？」

鈴玉の矢継ぎ早の質問に、紫琪はしかめ顔で首を傾げるばかりだった。手がかりがない状態に鈴玉は膝《ひざ》が折れそうになったが、何とか体勢を立て直す。

紫琪ははっとして、猛然と別の棚に飛びつくと一つの包みを引き下ろした。

「ああ……良かった！　こちらは無事だった」

卓上に広げられたのは、主上の袍《ほう》に使う例の深紅の布地だった。

鈴玉は、椅子にへたり込んだ紫琪の手を取った。その手は細かく震えている。

「王女官、落ち着きましょう。まずは尚服さまにご相談しては？」

紫琪は鈴玉の提案を聞いて、なお顔を曇らせた。

「……話はしてみるけど、あまり期待はしないほうがいいわよ」

尚服の対応は紫琪の言葉通りで、事なかれ主義なのか、二人からの事情説明に対しても、「大ごとにはせぬように、何とかならないのか」と繰り返すのみだったのだ。

「まあ、これが暴露されたら、私や鄭女官も含め、おそらく尚服局や明安さまのご衣裳《いしょう》の関係者は全員取り調べられて、下手をすれば拷問ね。それに各殿舎を巻き込んでの大騒ぎになるわけだから、尚服さまが怖《お》じ気づくのも分かるけど」

鈴玉は「敬嬪の変」で受けた拷問の苦痛を思い出し、傷の残る背中がむずむずした。

「でも、『何とかしろ』だなんて……あんなに切り裂かれているのに、一体どうしたら？」

絶望の表情で呟《つぶや》く紫琪の袖《そで》を、鈴玉は軽く引っ張った。

「とりあえず、もう一度布地を見せていただけませんか？　あと、型紙も」

夕陽の差す小部屋で、鈴玉と紫琪は布地に型紙を当てながら、こもごもため息をついた。

「駄目ね。この布地は地の紋様が大きいから、縫い合わせたときに紋様が連続するように裁つとなると、元々ぎりぎりの長さと幅しかない。切り裂かれた部分を避《よ》けて作ることはできないわ。ほら、どうしても裂かれた箇所が左の対襟《ついきん》の目立つ部分に重なるのよ」

紫琪は歯《は》噛《が》みしながら型紙を放り出した。彼女の言う「対襟」とは、左右を身体の前で重ねず向い合せに開いた襟のことである。

「あーあ。二度と同じものが織れないほどとびきりいい品で惜しいけど、別のものに転用して、背子は他の布を使うしかないわね。小説の設定とは全然違ってしまうけど」

鈴玉も、大切な布地が誰とも知らぬ犯人によって台無しにされたことが悔しくてたまらず、黙りこくって型紙をもてあそんでいた。

――そうよ、小説の設定にぴったりなだけではなく、明安公主さまによく似合う色と柄だったのに。公主さまもがっかりなさるかも。それに、このまま犯人がのうのうと逃げおおせるのは納得がいかないわ。でも、どうすれば……。

とうとう紫琪は万事お手上げといった態《てい》で、ため息をつきながら布地を包み始めたが、鈴玉はそこで「待ってください！」ととどめ、何度か指を布地に走らせた。

「王女官、図案では、対襟はすとんと垂直に裾《すそ》まで落ちるわけですが、もしこれを緩《ゆる》い曲線にしたら、裂かれた部分にかからず裁つことができるのでは？」

紫琪は顔をしかめた。

「図案を変更するってこと？　そんな曲線を描く対襟なんて見たことないわよ」

「でもおかしくはないと思いますし、ここで個性を出しても大丈夫ですよ」

鈴玉は、型紙の左右の前身頃の部分に鋏《はさみ》を入れた。そのまま曲線を描きながら切り、後身頃とつなげて見せる。

「どうですか？」

紫琪は型紙と絹地を交互に睨《にら》んでいたが、やがて「何とかなるかも」と頷《うなず》いた。

十一

鈴玉は、紫琪の前でこそ冷静になってみせたが、一人になってみると布地を切った顔の見えない犯人に改めて怒りが湧き、鴛鴦殿に戻る道をずんずんと歩いていた。

角を勢い良く曲がったところ、ぶつかりそうになった誰かに罵《ののし》られたので、鈴玉は反射的に「ご無礼をいたしました」と頭を下げる。

「まあ、あなた……鄭女官？」

今度は頭上からくすくす笑いが降ってきたので見上げると、相手は呆《あき》れ顔の魏内官だった。

「どうしたのよ。黙っていれば春の女神のようなあなたが、鍾馗《しょうき》さまみたいな怖い顔をして」

魏内官は薬箱を持っていないほうの手を、いつものようにひらひらさせた。

「明安公主さまのご衣裳のお仕事が上手《うま》く行っていないの？」

鈴玉はぎくりとしたが、顔色を変えずに一礼してみせた。

「おかげさまで、極めて順調でございます」

「そう？　大袈裟《おおげさ》なお辞儀ねえ、かえって怪しいわよ」

動揺を隠して、鈴玉は不敵に笑って見せる。

「後宮でもご多忙で知られた魏内官さまが、女官を構っている暇などあるのですか？　それとも湯内官にちょっかいを出すのは飽きたので、私に乗り換えたのですか？」

魏内官はにやりとした。

「ああ、あの子は身を焦がすほどの恋をしているのに、ただ見ているだけで満足しているから、つい苛々《いらいら》したり、からかったりしちゃうのよね」

鈴玉は、秋烟の秘めた想いに魏内官もまた気が付いていたことを知り、驚いた。

「なぜご存じで……？」

「何よ、そのぽかんとした顔は。まるで石礫《いしつぶて》を投げられた鳩みたいね。秋烟？　あんなの、ちょっと見てればわかるわよ」

「それなのに彼をからかうなんて、悪趣味です」

鈴玉は親友のために抗議したが、魏内官は受け流すだけだった。

「私は彼に忠告してあげているの。告げるなら告げる、秘めておくならもっと慎重に隠さないと――心を永遠に地中に埋める覚悟でね。まあ、彼だけじゃなくて後宮には、恋の恨みで流した涙と、無言に終わった想いが沢山埋められているのよ。だからここの花もそれを養分にして綺麗《きれい》に咲くの。諦《あきら》めの花だとか、復讐《ふくしゅう》の花だとか、涙でできている花もね」

魏内官の口調は軽く冗談めいたものだったが、鈴玉はぞくりとした。

「あなたも花を育てているのだから、そのくらいは知っておきなさい。気が付かないうちにそうした花を踏みにじったら、ろくな死に方をしないから」

そして、魏内官はふっと言葉を切ると視線を遠くにさまよわせ、まるで誰かの面影を追っているようだった。

――ひょっとして、魏内官さまも想い叶《かな》わぬ人がいたのかしら？

「魏内官さまも、そのような、無言の想いに終わった花を咲かせたことがあるのですか？

あるいは美しい花と見せかけて、茎や根に諦めとか、復讐を宿しているような花を。たとえば、可憐《かれん》な花を咲かせるけれども、猛毒を持つ鈴蘭《すずらん》の花のような」

「鈴蘭？」

彼は一瞬真顔になったが、笑って鈴玉の額を指で軽くはじいた。

「鈴蘭は毒が強いから、後宮には一輪たりとも植わっていないでしょ。魏蘭山としての私は鈴蘭が好きだけれども、医薬を預かる魏内官としては大嫌いよ」

それだけを言うと、薬神宦官《かんがん》はくるりと背を向けた。


衣裳の準備はその後も続き、鈴玉たちは碧水殿にしばしば出入りするようになった。

今日も、自分たちが手掛ける涼の形式の衣裳がようやく仕上がったので、明安公主に見てもらおうと、紫琪と連れ立って訪れたところだった。

だが、いつもならばすぐに通してくれる邢女官が、沈鬱《ちんうつ》な面持ちで首を横に振った。

「どうなさったのですか？　公主さまのご体調に何か？」

紫琪が邢女官に問う横で、鈴玉はぴたりと閉められた書斎の扉を見やった。

「いいえ。そうではないのですが、今日は朝からお着替えもせず、お食事も摂《と》らずに書斎に閉じこもってしまわれて」

邢女官は伏し目となったまま、重い口調で答える。

部屋の中から何かが聞こえてきた。耳を澄ませると、それは押し殺した泣き声だった。

高く低く、公主のすすり泣きが響いてくる。紫琪は小声で「出直します」と答え、鈴玉の袖をぐいっと引っ張って踵《きびす》を返した。二人とも無言で、衣裳の包みを抱えて歩く。

――お輿《こし》入れのこと、明安さまは冷静に受け止めていらっしゃると思っていたけれど、やっぱり遠い異国で暮らすことになって、しかも殉死するかもしれない可能性を考えると……。私だったら耐えられない。せめてご衣裳がお慰めになるといいけれど。

咲く萩《はぎ》は早朝のにわか雨で露を置いていたが、鈴玉にはそれが公主の涙に思えた。

「あっ……」

太清池に差し掛かったところで、鈴玉はほとりに立つ赤い礼服姿の人物を目にし、沈んだ面持ちをぱっと明るくした。

その人は誰か女官と話していたところだったが、女官が一礼して駆け去っていく背中を見送り、それからこちらに気が付いたようで、優雅に手を振って近づいて来る。鈴玉は紫琪を促して相手に近づき、恭しく一礼した。

「ご無沙汰《ぶさた》しております、永泉郡夫人さま。今日も太妃さまのところですか？」

「鄭女官、久しぶりね。ええ、霊仙殿に伺っての帰りなの。そちらの方は？」

紫琪が姓名と所属を名乗ると、雪麗は合点がいったという表情で頷いた。彼女の冠から下がる真珠の連なりが、陽光を受けて柔らかい光を放つ。

「ああ、あなたが王女官ね。先だっての衣料の納入の折、尚服さまがあなたの名前を出して、素晴らしい裁縫と刺繍の腕を持っていると褒めていらしたわ」

「そうですか、まことに恐縮に存じます」

宮中でも一目置かれている雪麗に褒められ緊張しているのか、紫琪は短く答え、硬い表情で拝礼する。

「郡夫人さま、おかげさまで衣裳《いしょう》作りも上手く行っています。直接お礼をお伝えしたかったので、こうしてお目にかかれて嬉《うれ》しいです。本当にありがとうございました！」

鈴玉は胸に抱いた包みを雪麗に示し、満面の笑みでお礼を言上した。

「それは良かったわ、微力ながらお役に立てて何より。今日はこれで退出するけれども、またゆっくりお話しする機会があればいいわね。王女官もご機嫌よう」

雪麗は礼服の裾を翻し、落ち着いた足取りで歩み去った。

——今日は王女官が側にいるから訊《き》くのをやめたけど、昔の恵音閣での勉強会のことも伺ってみたいわ。主上とも親しくしていらしたとはね。

「ふふふ、聞きました？　私とゆっくりお話しする機会ですって」

鈴玉が熱っぽい口調で紫琪に言うと、相手は首を傾げている。

「郡夫人のことはどうでもいいけど……」

「どうでもいい？」

かちんと来た鈴玉だったが、紫琪は眉根《まゆね》を寄せて彼女を見返す。

「郡夫人と話していたさっきの女官、太妃さまの女官だったと思う？」

「遠目でわからなかったけれども、だって郡夫人さまが霊仙殿からの帰りだと仰《おっしゃ》ってい

いないで戻りましょ」

「だから見間違いかもしれないと言ったじゃない。さあ、こんなところでぐずぐずして

鈴玉の疑わしげな視線に気が付いたのか、紫琪は肩をすくめた。

「嫌いな人に対しては目ざといんですね。でも本当に？」

「後ろ姿だったし見間違いかもしれないけど、私は安貴人さまの田女官に見えたの」

たから……どうしてですか？」

十二

各殿舎の衣裳がみな仕上がり、九月九日の重陽節《ちょうよう》に合わせて披露されることになった。

当日は、五人の側室たちと衣裳係、そして尚服局を率いる尚服と部属の女官が鴛鴦殿の宝座の間に参集した。

殿舎の内外には各種とりどりの菊が飾られ華やかな雰囲気であるのに加え、装いを凝らした側室たちも集まって花園のような趣であった。宝座には王妃、そして宝座の左側の少し離れた場所に明安公主、右側には側室たちが座している。

真ん中の空間には宝座を向いて十二の衣桁《いこう》が置かれ、各殿舎が仕立てた二揃いずつの衣裳、すなわち襦《じゅ》や大袖《たいしゅう》、裙《くん》、帯などがかけられ、衣桁に対応した小卓には宝飾が並べられている。鴛鴦殿の宦官や女官たちが貴婦人たちに茶を給仕して下がると、王妃はぐ

るりと一同を見回した。

「ありがたいことに、後宮の各殿舎と尚服局の尽力で、このように明安公主の輿入れの衣裳が揃った。私もお披露目のこの日を楽しみにしていた。さあ、くだくだしい挨拶《あいさつ》は抜きにして、各殿舎の担当は仕立てた衣裳について皆に説明して欲しい。前に言った通り、優れた衣裳を作った者には私や明安公主から褒美を与える」

担当者による発表の順番は籤《くじ》で決められ、鴛鴦殿組は最後となった。

「では、まず恭嬪《きょうひん》さまの瑞雲殿から」

司会役を務める柳蓉に促され、瑞雲殿組が御前に進み出た。

「私たちが仕立てたのは、月香の初登場時の衣裳がもとになっています。薄い黄色の襦には彼女を連想させる海棠《かいどう》の花を刺繍《ししゅう》し、若草色の襟は濃い黄色で縁どりしました。桃色の帯に赤に近い濃い桃色の飾り紐《ひも》を回して、玉は公主さまがお持ちの古風な璧《へき》を合わせ、若草色の裙は裾濃《すそご》になるようなものを選びました。珊瑚《さんご》と銀の釵《かんざし》およびそれと揃いの腕輪も、海棠の花の意匠で統一することにしました。……」

鴛鴦殿の宦官たちの手で、該当する衣裳が衣桁ごと王妃の御前に運ばれ、林氏が明安公主や側室たちと頷《うなず》き合いながら鑑賞する。

次は、丁女官と田女官の薫香《くんこう》殿組である。丁女官が説明に立った。

「……さて二着目ですが、明安さまがお考えになられた衣裳の図案をもとに、小説の登場人物である燕娘について、天朝風に服を仕立てました。天朝では裙を胸元まで引き上げて着用するということで、燕娘の大胆な性格を表す大振りの海波紋《かいは》の布地を選び目立たせます。ただし披袍《ひほう》など他は簡素さを心掛けております」

さらに、薄桃色の背子《はいし》に灰色の裙を配した紅霞殿の衣裳、吉祥文様を織り込んだ赤紫色の大袖を発表した飛鶴《ひかく》殿の衣裳、紺色の披袍に羅をたっぷり使用した裙を合わせた玉《ぎょく》樹《じゅ》殿の衣裳が続く。

いよいよ最後の鴛鴦殿組の出番となり、鈴玉は紫琪とともに王妃の前で拝跪《はいき》した。顔を上げると、王妃の背後に侍立している香菱が、「頑張ってね」と微笑んでくれていた。鈴玉も眼だけで「ありがとう」と答える。運ばれてきた衣裳の背子を見て、明安公主と王妃は、わずかに驚いた表情を見せた。この衣裳は色合いこそ落ちついているが、他の衣裳とは形状が異なる部分があったからだ。

「こちらの薄紫色の背子は、月香が作中で着ていたものを参考にして仕立てました。まず全体からご説明しますと、薄紫は高貴さと気品を兼ね備えて美しく、公主さまにふさわしい色ですが、意匠や合わせる服を間違えると途端に老けた印象となってしまいますので、対襟《ついきん》を濃い紫にして花鳥紋を刺繡し、抹胸《むねあて》は薄い水色にして裙も同系統の色でまとめ、飾り帯はこっくりとした黄色で幅広にして印象づけます」

鈴玉は説明を続けながら、先程から注目を集めている、背子の対襟の形を指し示した。

「この左右の襟は、通常は垂直に膝《ひざ》に向かって落ちますが、今回は緩やかな曲線を描いて後ろに流れるようにして、軽快さを出しました。その代わり、両脇の裾《すそ》の切れ目は入れずに閉じております」

先ほどは驚いていた王妃たちも説明に納得したようで、笑みを浮かべて見守っている。

——布地を切られてしまった苦肉の策だったけど、工夫したことでかえって衣裳としての面白さが出たかもしれない。それにしても切った犯人は誰なの？　捕まえたらただじゃおかないから！

鈴玉は何食わぬ顔で話し続けながら、犯人がこの中にいないかと周囲に視線を配ったが、怪しげな人物は見受けられない。尚服局の内部で調査が行われたというが、形だけのおざなりなものだったという。鈴玉が一息つくと、後の説明は紫琪が引き取った。

「背子の対襟を曲線に変えたことで裙の見える面積も広くなりますので、前面に襞《ひだ》を多く寄せ、裾に近い部分には、露を置いた萩を刺繡してみました。月香がこの衣裳を着て、萩が咲く庭で詩を詠《よ》んだので採用した次第です。銀の釵は、萩の花から露が零《こぼ》れ落ちる意匠にして、垂れる飾りには紫水晶の珠をあしらっております。首飾りは帯の色に合わせ、黄色の瑪瑙《めのう》を中心に要所要所に真珠を配して……」

こうして、全ての衣裳の披露が終わり、王妃は御前に明安公主と側室たちを呼び、小声でしばらく相談していた。そして、鈴玉たちに向き直る。

「明安公主が優れた衣裳を選び、彼女と私が褒美を下すことになった。公主、私や側室たちへの忖度《そんたく》は不要ゆえ、良いと思った衣裳を正直に述べて欲しい」

明安は「はい、王妃さま」と一礼して、穏やかな笑みを浮かべた。

「本当にどれも素敵な衣裳で、私の意を汲《く》んでくれただけではなく、各組とも個性を凝らした仕事ぶり、大変に嬉しく見させてもらった。発表順に講評を申せば、まず瑞雲殿組は形の端正さと格調が際立ち、薫香殿組は着ていて楽しくなりそうな工夫に満ちていた。紅霞殿組は小説の人物像がありありと浮かんでくるような忠実さを持ち、飛鶴殿組は危なげなくまとめ、気負わずに着られるものを作ってくれた。玉樹殿組は布地の特性を良く生かし、かつ宝飾との取り合わせも上手《うま》く行っていた。鴛鴦殿組の衣裳《いしょう》は斬新な形と今風な色合わせが美しかった」

公主は、最後にこう締めくくった。

「王妃さまからの下賜品は薫香殿へ、そして私からの下賜品は鴛鴦殿へ」

――公主さまからのご褒美が、私たちのもとへ！

その場にはざわめきが満ち、紫琪が喜色満面で鈴玉の肩を叩《たた》いた。鈴玉も頷き返しながら、晴れやかな笑顔を浮かべて紫琪の手を握る。

「王女官、私たちやりましたね！」

「ええ、良かったわね、鄭女官。あなたが粘り強く取り組んだおかげよ」

「いいえ、私の働きなど……王女官の熟練した技術があってこその評価です」

互いに労《ねぎら》いの言葉をかけ、喜びを分かち合う。離れた場所に立つ香菱もこちらに手を小さく振り、祝意を示してくれていた。鈴玉もにこやかに手を振り返す。

「でも、王妃さまの褒美が安氏の薫香殿組に行ってしまったのは悔しい。そう思わない？　あのがめつい田女官が褒美を頂けるなんて。仕立てたご衣裳《いしょう》だって、丁女官ひとりの頑張りだったに違いないのに」

そう囁《ささや》いた紫琪が憎々しげに田女官を見やると、あちらも紫琪の視線に気が付いたのか、にんまり笑って見せた。

鈴玉は仕事が評価されて褒美を得られることに安堵《あんど》と喜びを感じる一方、割り切れない思いも抱いた。

——薫香殿のご衣裳も決して悪くなかったけど、私は瑞雲殿の方が好みだったわ。おまけに、王女官の言う通り、田女官がまんまと褒美をせしめるなんてね。まあ、王妃さまと明安さまがお決めになることだから仕方がないけど……。

王妃が「さあ、褒美を」と言って手を叩くと、柳蓉と邢女官が函《はこ》を捧《ささ》げて進み出て、鴛鴦殿組と薫香殿組はそれぞれ函に入った銀子《ぎんす》を拝受し、謝礼を言上する。

——ああ、良かった。この銀子は養子を迎えるためか、お父さまの旧蔵書を買い戻す資金にするか……まだまだ足りないけれども、千里の道も一歩からと言うじゃない。

衣裳のお披露目が無事に済んで鈴玉と紫琪は尚服局に戻ったが、そこでもまだ紫琪はぶつくさ言っていた。

「どうせ薫香殿組に銀子が行っても、田女官は賭《か》けごとに使い果たすわよ」

鈴玉は尚服局を引き払うため私物をまとめていたが、紫琪の方を振り返った。

「賭けごと？　でも後宮の規範に背くでしょう？」

紫琪は「ふん」と鼻を鳴らした。

「あなたの好きな艶本《えんぽん》と同じよ、規範に背いてもしたくてたまらないことってあるの。もともと安貴人が手慰みで始めたものだけど、いまや田女官の方がどっぷりはまってしまって、霊仙殿の蘇女官や私の同輩の丁女官にまでお金を借りているっていう話よ。でも貴人さまが後ろ盾だから、取り締まりの宦官《かんがん》たちも及び腰でね」

「それでお咎《とが》めなし？」

「ええ。彼女の香袋には骰子《さいころ》と振り筒が入っているのに。この頃は首が回らなくなったのか骰子を振ってないけど、褒美が転がり込んだらまた始めるに決まっているって……」

「彼女のことを話すのはもうやめましょうよ。田女官ではなく、あなたの同輩の丁女官に対する褒美だと思えばいいでしょう？」

紫琪の愚痴は延々と続きそうだったので、鈴玉は別の話題を振ってみた。

「そうだ、組での衣裳作りはひと段落したけれども、尚服局はこれからも公主さまの他のご衣裳を仕立てるんですよね？　婚儀にお召しの礼装も含めて」

「まあね、まだまだ沢山のご衣裳を仕立てるから大変よ。あなたは鴛鴦殿に戻るわけだけど、明日《あした》からは私と会わずに済んでほっとしているでしょ？」

「そんな、王女官……」

苦笑する鈴玉を、紫琪は横目で見た。

「でも、また何かあれば尚服局《うち》からあなたのところへ、ご衣裳作りについての問い合わせが行くかもよ？」

——根はいい人なのに素直じゃないのよね、王女官は。

「お役に立てれば何よりです。王女官、色々教えてくださってありがとう」

鈴玉は深々と頭を下げた。紫琪は真正面から礼を言われて恥ずかしいのか、頬を赤く染めてそそくさと部屋を出て行った。鈴玉も私物の入った包みを抱えて尚服局を辞したが、ふと途中で足を止めて色の深みを増してきた蒼穹《そうきゅう》を見上げ、木犀《もくせい》の芳香を嗅《か》ぐ。

——とりあえず私の仕事はひと段落、年末まではもう少しゆっくりしたいものね。

だが、鈴玉は、自身が思いがけず大きな嵐に巻き込まれることになるとは知る由もなかった——。

第三章　鈴玉、銀漢宮に使いす

一

鱗雲《うろこぐも》が浮かぶ秋空のもと、後苑《こうえん》の薔薇《しょうび》が咲き始めた。

鴛鴦殿では、毎日入れ代わり立ち代わり明安公主の婚儀の担当者たちがやって来て、王妃に報告したり指示を受けたりしている。時には調度の見本や完成品も運び込まれて活気を呈していた。

鈴玉もまた、主君の多忙さに引きずられる形で、衣裳の仕事や孝恵公子の世話で忙しくしていたが、ある朝、香菱とともに王妃の御前に召しだされた。

「えっ、私たちが銀漢宮《ぎんかんきゅう》へ？」

鈴玉の驚きの声に、林氏は微笑みで応《こた》えた。今日の王妃は白菊を刺繡《ししゅう》した橡《つるばみ》色の抹《むね》胸《あて》に赤紫の大袖《たいしゅう》を重ね、枯葉色の裙《くん》を穿《は》いている。襟もとには真珠と紅玉の首飾りをかけ、髪には早咲きの小菊を黄金の簪《かんざし》とともに挿し、秋にふさわしい装いをしていた。

「そう。この度の世子冊封と明安公主さまの入輿《にゅうよ》を、祀神である玉皇大帝さまにご報告し、あわせて主上の実の母上にお届け物をしてほしい。かつて銀漢宮への使いに薛明月を立てたとき、そなたが羨《うらや》ましげな顔つきだったものだから、『いつか必ずそなたにも』と私は約束した。覚えていますか？」

「ええ、ええ……！」

鈴玉は満面の笑みでこくこく頷《うなず》いた。

「銀漢宮」は、天子さまからの勅額を戴《いただ》く、涼国でも指折りの格式高い道観である。先王の側室にして主上の生みの親でもある李《り》氏は、自分が寒門の武官という低い身分の出身であることと、嫡母の太妃趙氏に遠慮し、息子の即位とともに道姑《おんなどうし》として銀漢宮に入り、日々の修行に余念がない。

また、昨年の「敬嬪の変」の後、鈴玉の同輩であった薛明月も思うところがあって出宮し、やはり銀漢宮で修行の身となった。

「ゆえに、この度の使者には鄭鈴玉を立てる。使者が輿《こし》に乗っていくこと、既《すで》に主上からのお許しが出た。むろん、使者の役目はきちんと果たしてもらうが、薛明月とも長らく会っていないでしょう。また、副使には杜香菱をつけるので、友人同士で久々に旧交を温めるがよい。めったにない機会を大切に」

「王妃さまのご厚情に深く謝したてまつります！」

鈴玉と香菱は顔を見合わせて喜びをかみしめてから、恭しく拝跪《はいき》した。この間のような主上の「お使い」とは違い、たとえ一泊二日の旅程でも遠方に外出できる、しかも公主のように輿に乗れる使者は、鈴玉にとって憧《あこが》れの務めだったのである。

浮かれている鈴玉の耳に、「主上の臨御でございます」と女官の声が届く。主上は宝座の間ではなく真っすぐ脇の間にやって来て、卓に座りざま王妃に頷いた。

「今日の王妃の装いも、いかにも秋らしくて良い」

ついで壁際に立つ鈴玉に気が付き、爽《さわ》やかな笑みを見せた。

「明安公主の衣裳の件では鄭女官に苦労をかけたようだが、その甲斐《かい》あったな」

「彼女の功に報いるためにも、銀漢宮への使者に立てたところでございます」

林氏も鈴玉の方を見やって微笑む。

「そうか、銀漢宮に『お使い』か。どうりで鄭女官の顔が明るいと思った」

実の母親が修行する道観の名を聞かされ、主上もまた嬉《うれ》しげだった。

「私からも銀漢宮主によろしく伝えて欲しい」

「かしこまりました」

鈴玉は進み出て拝跪し、また壁際に退いた。主上は茶を一口喫して、王妃に向き直る。

「おかげで衣裳も他の調度品も着々と出来上がっているという。何より私が安堵しているのは、後宮の皆の協力が得られ、池に投げ込まれた小石が大きな波紋を起こすのを防いだこと。これは王妃の手柄だろうな」

「私の力など微々たるもの、やはり鄭女官の発想と感覚の賜物、そして明安公主さまご自身のお心がけがものを言ったのでございましょう。また各殿舎の方々の協力が得られましたのも、ひとえに主上のご仁徳ゆえでございます。ただ……」

林氏は顔を曇らせ、主上も真顔となる。

「霊仙殿の御方のことか。私もそなたも何度もあちらを訪れたのだがな。太妃さまが望むと望まぬとにかかわらず、そのご意向は外朝に伝わって臣僚同士の、また私と臣僚との対立の種になりかねない。先日も、明安が私にとりなし役を申し出てくれて、実際にあちらに参ったのだが、あまり上手《うま》く行ったとは言えない」

「まあ、太妃さまは明安さまを可愛がっておられるのに、それでも？」

「そうだ。彼女と太妃さまの関係が拗《こじ》れてしまうかもしれないので、これ以上は……」

王妃は夫を優しい眼で見つめ、そっと右手を差し伸べた。

「今すぐとは行かないでしょうが、いつか太妃さまも主上を理解してくださる時が来ると存じます」

「王妃……」

主上は妻の手を握り、悪戯《いたずら》っぽい笑みを浮かべた。

「今夜はこちらに宿るゆえ、そのつもりで」

林氏は、少女のように頬を染めて俯《うつむ》いた。

同じ日の昼下がり、鈴玉は王妃の命で香菱や二、三の宦官とともに霊仙殿に赴き、自分が銀漢宮行きの正使に立てられたことを太妃に報告した。

「そなたが鄭鈴玉か、王妃から話は聞いている。明安の衣裳《いしょう》を作るにあたって大きな役割を果たしてくれたとか。私からも礼を言わねばなりますまい」

「ありがたきお言葉、恐縮の極みに存じます」

拝跪した鈴玉は、深々と頭を下げる。

太妃はいまだ明安公主の婚儀に関して思うところがあるのか、硬い表情を崩さなかったが、鈴玉に労《ねぎら》いの言葉をかけるだけの分別は残しているようだった。

「ささやかながら銀漢宮への供え物を用意したので、正使のそなたに託す。銀漢宮主にもよろしく伝えてほしい」

「承りましてございます」

鈴玉たちは函《はこ》に入れられた最高級の反物や乾物などを受け取って退出し、しずしずと列をなして歩く。

「あっ……」

霊仙殿の門を出たところで、鈴玉は顔を輝かせた。

「永泉郡夫人さま！」

趙雪麗が前方から歩いてくるところだった。鈴玉は立ち止まり、函を捧《ささ》げたまま一礼する。

「その節はご教示を賜り、まことにありがとうございました！　おかげさまで明安さまのご衣裳の競作も無事に済みました」

雪麗はにこやかに頷いた。

「知っているわ。あなたや王女官が公主さまから銀子《ぎんす》を下賜されたことを」

「はい、何もかも雪麗さまのおかげです」

雪麗は「私など……」と首を横に振ってから、瞳《ひとみ》をきらめかせた。

「お使いの途中ならば、お引き止めしないほうがいいわね？　そうだ、後で太妃さまの芙蓉亭にいらっしゃい、鄭女官。ささやかながら祝いの席を設けるわ、あなたの仕事が上手くいった記念に。王妃さまには私に呼ばれたと申し上げて、ね？」

鈴玉は鴛鴦殿に戻って王妃に報告を済ませ、すぐ芙蓉亭に飛んで行った。雪麗は蘇女官に祝いの支度をさせており、小さな酒杯まで並んでいたので鈴玉は目を丸くした。よく見ると、皿に載っているのは菓子ではなく、みな酒肴《しゅこう》である。

「そんな、私のような身分の者が飲酒など……」

「後宮の規範に触れると？　ふふふ、今日は特別よ。太妃さまにも事情をお話ししてあるの」

雪麗は鈴玉に杯を挙げるよう促した。

「王妃さまの忠実な女官に、乾杯ね」

「ありがとうございます、雪麗さま」

「さあ、酒肴も召し上がってね。蘇女官が作ってくれたのよ」

ほんのり甘い桂花酒を頂き、蒸し鶏《どり》の酒漬けや、魚のすり身の揚げ物に舌鼓を打つ。

「蘇女官は料理がお上手ですね。とても美味《おい》しいです、滅多にないほど上品な味付けで」

蘇女官は鈴玉の言葉に微笑み、一礼して下がった。雪麗は彼女を見送って、酒瓶を傾ける。

「蘇女官は、母親が太妃さまの天朝の伯母《おば》君に仕えていたから、味付けも天朝風なの」

「なるほど、衣裳と同じように料理の味付けも違うんですね」

「ええ、何もかも違うのよ。あなたにも一度天朝を見せたいわね。天子さまの都は華やかで素敵よ」

「この麟徳府よりもですか？　天子さまも素敵な方なのでしょうね、主上とどちらが？」

雪麗は口元を押さえて笑った。

「まあ、お二人を比べるなんておこがましいことよ。でも、私たちの主上はお優しくお強く、王妃さま思いで……昔から存じ上げているけど、やはり素敵な方ね」

雪麗が主上を呼ぶ口調には優しい響きがあり、瞳には慕わしさが宿っている——鈴玉はそう思った。

その後も芙蓉亭の二人は楽しく語り合いながら、箸《はし》を皿に伸ばし、杯を何度も挙げる。

「あなたが使者として銀漢宮に行くの？　主上のご実母がいらっしゃるのよね」

「はい、初めての使者のお役目です。緊張はしますが、楽しみでもあります」

「あなたにとっては今が一番楽しいときね？　鄭女官。重大なお役目も任されて」

「ええ、それに王妃さまはお優しいし、孝恵さまは世子に立てられることになったし。女官になって良かったと、本当に……」

鈴玉は酔ったのか、目尻《めじり》と頬を赤く染めていい気分となっていた。成功した仕事、聡《そう》明《めい》な主君に頼もしい同輩、そして自分を引き立ててくれる貴婦人──。

「あら、仕事を放り出して昼間から酒を飲んでいるの？　呆《あき》れちゃうわね」

とろんとした目で鈴玉が声のした方を振り返ると、魏内官が冷ややかな目つきでこちらを見ていた。仕事の途中で通りかかったのだろう、いつものように薬箱を提げている。

「あ、あの、これは郡夫人さまが……」

魏内官は鈴玉の言い訳も耳に入らぬように、ゆっくりと視線を雪麗に移す。

「永泉郡夫人、ご機嫌よう。いま霊仙殿に伺ったけれども、太妃さまの体調が落ち着いていて、あなたも安心よね？」

「ええ、魏内官。あなたが太妃さまを診てくださっているおかげよ、ありがとう」

雪麗も相手を見つめ返して静かな声で答え、二人の間に沈黙が落ちる。

──えっ。

鈴玉は、雪麗と魏内官の間に何ともいえない空気が流れたのを、肌で感じ取った。

──ああ、お二人とも恵音閣の同志だっけ。それにしてはぎこちない感じ……。

「郡夫人、鄭女官は王妃さまの大切な女官よ。あまりちょっかいを出すのは感心しないわね」

「魏内官さま、誤解です。郡夫人さまはご好意でこの席を……」

鈴玉の抗議を魏内官は無視し、雪麗はふっと笑った。

「ちょっかいとか、そんなつもりじゃないのよ。ただ、鄭女官の才能を評価して……」

「才能の評価に苦しんだあなたが、それにこだわらないほうがいいのでは？　かつて橋の上から飛んだことを忘れたの？」

――橋の上から？　何のこと？

魏内官の単刀直入な物言いに、雪麗は顔をこわばらせた。

「魏蘭山。私は今でもあなたをかけがえのない友人と思っているけど、その言い方は……」

「耳障りでしょう、わかっている。でもあたくしだって、あなたを昔馴染《むかしなじ》みの大切な友人だと思っていなければ、何もこんなことを言いやしないわよ」

口調とはうらはらに、魏内官の雪麗への眼差《まなざ》しには、鈴玉が今まで目にしたことがない、深い悲しみと優しさがこもっているようだった。

「邪魔したわね。風も雲も出てきたし、日が陰る前にお開きにした方がいいわよ」

魏内官はいつもの彼に戻り、手をひらめかせながら遠ざかっていく。

どことなく悄然《しょうぜん》とする鈴玉の気を引き立たせるように、雪麗が笑みを浮かべた。

「さあ、お酒を温め直しましょうね。肴《さかな》も追加で取り寄せて」

「……雪麗さまや魏内官さまの昔のお話は少し聞いています、勉強などを一緒になさっていたと」

雪麗はしばらく答えず、魏内官の去った方角を何とも言えない表情で見つめていた。

「ええ。彼はいつもあんな態度だけど、本当は情が厚くて優しいの。私は彼にどれほど助けられたかわからない。でも人の虚飾をすぐに見抜くから、怖くもあるわね」

「……魏内官さまは、雪麗さまを大切に思っておられるんですね。とても」

彼女は鈴玉の方を向くと、切なげな微笑みを浮かべた。

鈴玉はそれ以上何も言うことができず、雪麗と黙って庭の緑を眺めていた。

二

銀漢宮への出立の朝、昇ったばかりの太陽が嘉靖宮の青い瑠璃瓦《るりがわら》を輝かせている。

「まあ、予想はしていたけど、やっぱりあなたなのね」

宮城の最北に位置する玄武門の外で、王妃の使者の印である徽章《きしょう》を身に付け、団扇《だんせん》を手にした鈴玉は、長身の武官を見上げた。彼女の背後には、垂れ幕が四方にかかる大きな輿《こし》が置かれ、八人の担ぎ手が畏《かしこ》まっている。

「本官《わたし》では不満か、鄭女官？」

「私の顔にそう書いてある？　羽林中郎将。主上のご命令とあれば否《いや》も応もないわけで」

劉星衛は厳《いか》つい顔つきを崩さぬまま、鈴玉の背後を見やった。

「以前、薛女官の警護をした時、使者は彼女だけだったはずだが。今回、王妃さまは副使までお立てになったのか？」

副使の香菱は肩をすくめた。

「はい。おそらく、鄭女官は薛女官と違って何をしでかすかわからないので、私が監視役としてつけられたんだと思います」

「なるほど、さすが王妃さまの采配《さいはい》だな」

星衛は表情をふっとやわらげて深く頷《うなず》く。

「劉中郎将、そこで感心しないでくださる？　さあ、早く出発しましょうよ」

鈴玉はつんとした。星衛と二人だけだとそれなりに優しい口もきけるのに、今日のように人目があると過剰に意識してしまい、ついきつい口調になってしまう。

「そうだな。銀漢宮さまへの大事なお役目、ここでつまらぬやり取りで時間を浪費するわけにはいかない。そなたが使者の口上を忘れてしまう前に、早々に出発せねば」

口上なんて忘れやしないわよ――鈴玉は反論の言葉を飲み込み、笑いをこらえる香菱に促されて輿に乗った。

「銀漢宮へのお使者、ご出発――」

宦官《かんがん》の呼びかけが響き渡って鈴玉の輿がゆらりと立ち上がり、香菱の輿がそれに続く。

鈴玉は遠出する子どものように、わくわくと高揚感を抑えることができなかった。そっと前方の垂れ幕を開けると嘉靖宮の長い外壁が延々と続くのが見え、やがてその南にある、朱雀門《すざくもん》に面した広場に出た。物見遊山ではなく、あくまで王妃さまのお使者としての立場を……」

「自分の立場くらい、わかっています」

鈴玉は口を尖《とが》らせたが、星衛の忠告ももっともなので、垂れ幕から顔を引っ込めた。

しばらくして、今度は輿の中でぶつぶつ独り言を漏らす。

「……王妃がつつしんで銀漢宮の御方さまにご挨拶《あいさつ》を申し上げます。御方さまにおかれましては、ご機嫌うるわしくいらっしゃいましょうや。銀漢宮はわが涼国の守護たる華《か》山《ざん》の麓《ふもと》におわし、神々のみ胸に抱かれた修養の場と承っております。御方さまには香火を灯《とも》し経典を誦《よ》みたまい、国と民の安寧と繁栄を日々お祈りとの由、まことにその慈愛は大海のごとく深く……」

王妃が口頭で覚えさせた李氏への長い口上を、鈴玉は忘れまいと必死で何度も暗唱を繰り返す。

「鄭女官、鄭女官」

「劉中郎将。悪いけど、せっかく覚えた口上なのに話しかけられたら忘れてしまうわ」

「その大事な口上が外に漏れている、だんだんに声が大きくなって……それはまずい」

「……………」

鈴玉は口をつぐみ、「ふーっ」という大きなため息をついた。

――お姫さまというのも、楽じゃないのね。

窮屈な空間に閉じ込められて、外を見ることもままならない。お尻《しり》をもぞもぞさせた鈴玉はふと、主上を思い出した。神経をすり減らす日々の政務のなか、「外朝でも後宮でもない空間」である朱天大路に安らぎを見出《みいだ》しておられる方。

――あの方がお忍び歩きで都城にお出ましになるのも、わかる気がする。

出発直後の気分の高まりが落ち着き、改めて鈴玉は外の音に耳を澄ませてみた。

「ふかしたての饅頭《まんじゅう》はいらんかねー、熱々で美味《おい》しいよ」

「笊《ざる》はいらんかねー、丈夫で長持ちする笊はいらんかねー」

街中の物売りの声一つ、人々が立てるざわめきや足音さえも、都人《みやこびと》の鈴玉の耳には懐かしく、つい顔がほころんでしまう。

そのまま使者の一行は南から都城を出て、涼魏《りょうぎ》街道と呼ばれる道を進んでいく。

「もう外を見てもいいぞ。ここなら人もまばらで、とがめられることもない」

星衛の言葉に、鈴玉は垂れ幕を掲げてみた。都の一部を通る陽水《ようすい》が輿の右手に流れ、ほとりに植わった柳がやさしく腕を水面《みなも》に伸ばす。その周辺には田畑が広がり、人家が点在していた。

「劉中郎将は柔軟なところもあるのね。私は銀漢宮に着くまで、ずっとこのまま外も見られずに閉じ込められているのかと……」

ほっと息をつく鈴玉を見て、星衛は眉《まゆ》を上げた。

「きっと、そなたには石頭で融通が利かない人間だと思われているのだな。私は宮城の外に生活の場を持っているが、そなたは一生の後宮暮らし。自ら望んだこととはいえ、私には想像もつかないことだ――あの壁の中から出られないなどとは。だから籠《かご》の鳥も外の世界を忘れておらぬだろうと思って、声をかけたのだ」

「あら、ご配慮ありがとう。でも、女官の生活も息苦しいばかりじゃないわよ」

鈴玉はくすりと笑った。

「後宮と一口に言っても広いもの、後苑《こうえん》も付属しているから退屈しないし」

「なるほど、そういうものか」

早朝に嘉靖宮を出発した輿は、昼過ぎには銀漢宮がある清風鎮《せいふうちん》に到着した。ここは華山と称する山岳を臨んで蔡河《さいが》が流れる風光明媚《ふうこうめいび》な土地柄で、川のほとりには有力な貴族たちの別荘が軒を連ね、春は花見、夏は避暑、秋は紅葉、冬は雪見と、一年を通して賑《にぎ》わいを見せている。

鈴玉は蔡河のほとりで輿を降りて渡し舟に乗り、日傘を差しかけられながら向こう岸に渡った。川面《かわも》が日光を受けてきらめき、遠く近くに見える山々からは涼しい風が吹いて来る。川岸には、王宮からの行列と聞いて、物見高い人々が集まってこちらを指しながら何かを言っているようだ。鈴玉は何だか恥ずかしくなって、柄にもなく団扇で顔を隠した。

着岸後は再び輿に乗り、街を貫く大きな通りを進んだが、しばらくして行列が動かなくなった。鈴玉が耳をそばだてると、前方の垂れ幕を通して何やら人の大声がする。

「どうしたの？」

垂れ幕をめくって外を覗《のぞ》いた鈴玉に、星衛が隙間から「しっ」と指を自分の唇に当ててみせた。

「この先、通りの真ん中で泥酔して高歌放吟するならず者たちがいるらしい。この行列が騒ぎに巻き込まれるわけにはいかぬのだが……」

「ならず者ですって？　こちらは嘉靖宮の、しかも王妃さまのご指示で仕立てた行列なのよ？　彼らを追い払うことはできないわけ？」

鈴玉は腹立ち半分、好奇心半分で垂れ幕をもっと開いてみた。確かに前方の道の真ん中で五、六人ほどがふらふらしながら大声で歌ったり、互いにふざけて殴り合ったりしている。

「連中と目が合ったらやっかいだぞ、鄭女官……」

星衛の忠告も耳に入らない様子で、鈴玉が首を伸ばして前方を窺うと、二人の宦官が走っていくのが見えた。そのまま宦官たちは酔っ払いたちに話しかけていたが、剣と鞭《むち》で威嚇されてあえなく撤退する。連中はどっと哄笑《こうしょう》し、さらに剣を振り回した。

「彼らは何者なの？　みな随分いい身なりをしているけど」

「そなたや私と同じ貴族だな」

星衛は鈴玉を輿の中に押し戻すことも忘れたのか、怒りを抑えた表情で言い捨てると目を細め、黙って酔っ払いたちを観察した。

「しかも貴族の中でも権門だ。小柄で顎《あご》の四角い男が左相《さしょう》の甥《おい》の金喜福《きんきふく》で……ああ、真ん中にいるのは織造監督の李士雁か、彼が連中の頭だな。だみ声で喚《わめ》き散らしている樽《たる》のような体形の男がいるだろう？　私も何度か外朝で会ったことがある」

「織造の李士雁？」

鈴玉は、派手な青い衣裳《いしょう》を着てでっぷりと肥えた男の正体を知って仰天した。李士雁といえば、あの趙雪麗の夫ではないか！

——まあ、驚いた！　雪麗さまのご夫君がまさかあんな酔っ払いの狼藉者《ろうぜき》とは。奥さまがご立派にお勤めを果たされているというのに、本当にどうしようもないわね。

「鄭女官、本官《わたし》が行ってくる」

星衛が従卒数人を伴って足早に前方に行き、しばらく酔っ払い連中と何ごとかを話していた。途切れ途切れに「馬鹿にしやがって」とか、「ふん、その剣はお飾りか？」などと星衛への罵倒《ばとう》が聞こえてきたが、それでも罵声《ばせい》や歌は段々静まっていく。最後に士雁がぺっと地面に唾《つば》を吐いたのをきっかけに、貴族たちは捨て台詞《ぜりふ》らしきものを喚き散らしながら退散していった。

——何が嫌いかって？　何もかもよ。先祖代々の特権のおかげで民から搾り取って安楽に暮らし、自分たちは何も生み出さないところも。

「貴族は嫌い」と言い放った紫琪を思い出しながら、鈴玉は彼らの醜態を苦々しい気持ちで見ていた。そうこうするうち、険しい顔つきで戻ってくる星衛のはるか後方を、小柄で若い女性が横切っていくのに気が付いた。

――あら？

遠すぎて顔は良くわからなかったが、その女性の髪型や立ち姿、そして歩き方に既視感があった。だが、彼女は今ごろは宮城に隣接した官庁で下働きをしていて、こんな場所にいるはずがない。

――人違いかしらね。

「どうした？　鄭女官」

不審げな表情の星衛に、鈴玉は首を横に振ってみせた。

「いいえ、友人を見かけた気がしただけ。それにしても、王妃の代理の行列と知った上であんな態度を取るなんてね。彼らには腹が立つけど、流血沙汰《ざた》になる前にあなたが上手《うま》く収めてくれて良かった。ありがとう、中郎将」

周囲に聞こえないように鈴玉がささやくと、星衛はふっとため息をついた。

「戦場で戦うよりも、権門を相手にするほうがこちらの骨が折れるがな」

――随分と侮辱的なことも言われていたはずなのに、彼は辛抱強く耐えていた。戦場みたいに相手を斬って捨てるわけにはいかないものね。

「出発――」

先頭の宦官《かんがん》の声がかかり、使者の行列はようやく動き出した。

三

やがて陽が傾く頃、一行は威容を誇る華山の麓《ふもと》にたどり着いた。

「華山銀漢宮」の扁額《へんがく》が掲げられた壮麗な山門をくぐって輿《こし》が道観へとかつぎこまれ、降り立った鈴玉はやや背筋をそらして小鼻を膨らませながら、中庭に居並ぶ道姑《おんなどうし》たちの間を歩いて行った。

彼女らの末席には道服姿の薛明月もおり、鈴玉と眼が合うとぱっと喜色を顔にのぼらせたが、今はさすがにそれ以上のことはできず、互いに「また、後でね」とひそかに目配せを交わす。鈴玉は、明月の三日月型の眉やつぶらな瞳《ひとみ》、そして膨らみのある唇が以前と変わっていないことを確認して、ほっとした気持ちになった。

鈴玉の後には香菱と、荷を捧げた随行の宦官《きき》たちが続くが、星衛をはじめとする武官たちは中庭から先に進むことはできない。女性道士の修行場ゆえである。

拝殿の階《きざはし》の前には、銀漢宮の宮主で主上の実母でもある李氏が待っている。鈴玉は階の下で李氏と向い合せになった。青灰色の道服を身にまとい払子《ほっす》と呼ばれる法具を手に持つ宮主は、五十になろうとする穏やかな面立ちの婦人で、整った鼻梁《びりょう》や唇の形が主上によく似ている。ただし、彼女の体つきは存外しっかりしていて、しなやかな体軀《たいく》の息子はむしろ先王さま譲りなのかも――鈴玉はそう思った。

「使者より、銀漢宮主さまに王妃さまのお言葉をお伝え申し上げる……」

そこまでは良かったが、鈴玉は突如として頭が真っ白になってしまい、太清池の鯉のごとく口をぱくぱくさせた。宮主は使者の失態に驚いた表情になったが、すぐに俯《うつむ》いた。その肩が細かく震えている。

――しまった！　主上のお母上に笑われてしまっている。

焦れば焦るほど、長い口上はばらばらに自分の脳みそから零《こぼ》れ落ちていく。

その時――。

「王妃がつつしんで銀漢宮の御方さまにご挨拶《あいさつ》を申し上げます。御方さまにおかれましては、ご機嫌うるわしくいらっしゃいましょうや。銀漢宮はわが涼国の守護たる華山の麓におわし……」

自分の背後から、小さな声がぼそぼそ聞こえてくる。鈴玉は振り返りそうになったが踏みとどまり、背後の「先導」に合わせて何とか口上を述べおおせた。

「お使者の口上、確かに承りました。王妃さまのありがたきお心遣い、恐悦の極みに存じますとともに、主上のご健勝を祈念申し上げます」

答える宮主の口調はなめらかで、使者に拝跪《はいき》するさまも優雅、かつきびきびした気持ちの良いものであった。鈴玉はどぎまぎしながら、ぎこちなく一礼する。

次に一同は拝殿に入り、天を統治する玉皇大帝の神前で拝礼を済ませる。鈴玉は手に持つ衣裳の函《はこ》を差し出して供物に加えた。これは涼国の王室に伝わる古い習慣で、出嫁する公主は普段着用している常服を神に納め、結婚生活の無事を祈るのだった。

祭壇の左右の燈明《とうみょう》は神々の像を照らし、八卦《はっけ》を浮き彫りにした青磁の香炉からは、甘さの中に苦みの効いた香りが立ち上って殿内をたゆたう。

「お使者は、どうぞこちらの寝殿に……」

宮主が先に立って歩きだし、鈴玉は後に続きながら香菱をこっそり振り返った。

「いつ口上を覚えたの？」

「王妃さまが鈴玉に教えているときに、私も脇にいたから。短いので一度で全部覚えられたわ」

「あら、相変わらずおつむが良いことで」

澄ました顔の香菱に鈴玉は鼻を鳴らしたが、「ありがとう、助かった」と小声で付け加えることも忘れなかった。

続いて、鈴玉は拝殿の北側にある寝殿で王妃からの進物を披露する。

「銀漢宮主さまに道服を三領、英州の竹紙が百巻、彩州の筆が三十本、銘《めい》「星月《せいげつ》」なる硯《すずり》、白檀《びゃくだん》の香が七壺《つぼ》……」

鈴玉の立ち会いのもと、香菱の読み上げに合わせ、用意された机上に次々と品物が並べられていく。一品《ひとしな》が置かれるたび李氏は頷《うなず》き、全ての品が披露され終わると、ゆったりとした笑みを浮かべて口を開いた。

「王妃さまの下賜品はいつも選《え》りすぐりのものばかり。お心遣いに改めて御礼を申し上げます。さて、早朝に嘉靖宮をお発《た》ちのうえ、遠路はるばるご来駕《らいが》くだされたのですから、お使者の方もお疲れでございましょう。ここで粗膳《そぜん》など進ぜたいと存じますが」

──わあ、お食事ね。ありがたいこと！　どんなお料理が出るのかしら？

そこで、鈴玉ひとりが客庁に案内され、香菱ら随従の女官や宦官たちも別の場所で食事をとった。

山水の屏風《びょうぶ》を背にして卓についた鈴玉は、運ばれてくる皿の数々に目移りした。いわゆる魚肉を使わない精進料理だが、今日は夜明け前に軽食をとっただけなので、先ほどから遠慮がちに鳴る腹の虫を抑えかねていたのである。

野菜の炊き物、肉に似せた大豆の焼き物、きのこと青菜の汁物、山菜の揚げ物……。使者としての威厳をかろうじて保ちつつ、行儀よく箸《はし》を動かしていた鈴玉だが、思わず眼を丸くして「おいしい」と呟《つぶや》いてしまい、少し離れて控える宮主は笑みを漏らした。

「お気に召していただけましたか？　三日前から道姑たちが準備を始め、今朝から私も一緒に厨房《ちゅうぼう》に入ってこしらえましたの」

「宮主さまが？　直々に？」

箸を置いて恐縮する鈴玉に、李氏は温かな眼差《まなざ》しを向けた。

「ええ。宮中からお使者がおいでになると、日頃は静かなこの道観も華やぎ、都からの風が吹く心地がいたします。せっかく遠くからおいでくださるのですから、何かここならではのものを差し上げたいと……」

「御方さまのお心遣い、重ねて御礼申し上げます」

——主上と同じく、ご聡明《そうめい》でしかも穏やかなご性格の方だわ。

鈴玉は李氏に主上の姿を重ね、一層好ましく思った。

鈴玉は食後の茶を喫した後、しばしの休息を得て庭を逍遥《しょうよう》していた。都から離れた山中ということで、見慣れぬ秋の花や早くも紅葉の始まりかけた木々を眺め、大任を半ば果たした安堵《あんど》でほっと息をつく。

冬に備えて、道姑たちは中庭の隅できのこ類を筵《むしろ》に並べ、干す作業をしている。おそらく山から採ってきたものだろう。鈴玉はそれを遠目に眺め、夕暮れを仰いで冷涼な空気を肺腑《はいふ》に入れた。

その足元に何かがころりと転がってきた。鈴玉が見下ろすと、つやつやと朱色の肌を光らせた柿の実だった。どこから来たものか、思わず拾い上げ首を捻《ひね》る側から、また一つ地面を転がってくる。振り返ると、籠《かご》をかかえた幼い道姑が立っていた。歳は六つか七つというところで、やや身に余る道服を着込んでいたが、おそらく見習いであろう。はっきりした目鼻立ちと、山風にさらされた赤い頬を持っていた。

「これはあなたの？」

二つの柿を手に鈴玉が問うと、少女はつかつかと近寄り、つんとした表情で手を差し出した。そのまま何も言葉を発さず、彼女は睨《にら》みつけてくる。

鈴玉はかちんと来て眉間《みけん》の皺《しわ》を深くしたが、見習い道姑も同様にしかめ面となる。

「まあまあ、これは……」

二人の意地の張り合いを見かけたのか、宮主が足早に近づいてきて少女を袖《そで》のうちにくるむようにすると、鈴玉に対して深く膝《ひざ》を折った。

「この見習いが何かご無礼を致したのではありませんか？　まずは私が謹んでお詫《わ》びを申し上げます」

「いえ、そんな恐れ多い」

頭上の大人のやり取りが気に入らないのか、見習い道姑の顔は河豚《ふぐ》のように膨らんでいる。

――あらまあ、こちらは「河豚道姑」というところかしら。成長すれば華やかな顔立ちの美人になるだろうに、これでは台無し……。

鈴玉が埒《らち》もない考えにとらわれている間に、少女が宮主の腕を振りほどくようにして駆け去り、石塀に設けられた円形の洞門《どうもん》の向こうに消えた。宮主はそれを見送ってため息をつく。

「あの少女はどこから来たのですか？」

鈴玉は何気なく尋ねたが、宮主が表情を硬くし「ええ……」と言葉を濁したので、少女には何か事情があるのだろうと考え、それ以上立ち入るのはやめた。

四

日も暮れた時分、鈴玉は湯浴《ゆあ》みを勧められた。

「ここの湯は山の温泉を運んで沸かし直しておりますので、都の湯とは一味違いますよ」

案内役の老いた道姑《おんなどうし》の言葉に、傍らの明月がにこやかに頷いて言う。

「お使者の御方、湯浴みその他ご就寝に至るまで、私がお手伝いいたします」

鈴玉の顔がぱっと輝いた。おそらく、明月がかつての同輩で懇意であることを知る李氏の計らいに違いない。鈴玉は厚意に甘え、明月を伴って湯殿で服を脱いだ。

紅色の花びらが浮かぶ湯桶《ゆおけ》に身を沈めると、まろやかな感触の湯が肌にまとわりつく。

道服の袖を捲《まく》り上げた明月が背後に回り、やさしく鈴玉の背を撫《な》でた。

「ねえ明月、そんなやわやわとしなくていいのよ、もっと強く擦《こす》って」

「鄭女官さま、ごめんなさい。つい」

自分の背には拷問の傷跡がいくつも走っているので、明月も強く擦ることができないでいるのだろう、と鈴玉は察した。

「遠慮しないで。香菱みたいな力持ちに擦られても大丈夫だったんだから、私の背中は。それに、いまさら敬語なんて使わないでよ。私とあなたの仲じゃない」

「だって、鄭女官さまは王妃さまのお使者なのだから」

「今は他に誰も聞いてないから、かまわないでしょ」

「そうね。ふふふ、お使者の寛大なお心に感謝する」

鈴玉は眼を閉じて、湯の温かさを楽しんだ。

「こうして話すのも久しぶりねえ、明月。元気そうで良かった」

「私も嬉《うれ》しいわ、あなたや香菱とまた会えるだなんて。……ねえ、鈴玉」

「何？」

「私ね……毎日まいにち、『彼女』が安らかにいられるように祈っているの」

明月の小さな、ためらいがちな声が鈴玉の耳朶《じだ》を撫《な》でる。

「私もよ。彼女の腕輪を後苑《こうえん》の畑に埋めてあるの。畑仕事を始めるときは、必ず香菱と一緒に祈っている」

湯桶で膝を抱えた鈴玉は呟く。かつて、ともに修業した同輩にして友人。後宮の片隅で秘密を分かち、やがて進むべき道を分かち、最後はとうとう生きるべき世を分かった張鸚哥。彼女のことを考えると今でも心が痛む。

だが、優しい明月の心が以前と変わらぬままだと知り、湯の温かさと同じものが鈴玉の胸に満ちてくる。

「懐かしいわね、王宮暮らし。兄のこともあったから、あそこにいたときは毎日が辛《つら》かったのに。今になったら不思議にいろいろと思い出すの」

後宮勤めの間、明月は兄の薛博仁《はくじん》の不行状で気の休まる時がなかったので、鈴玉は彼女が後宮を懐かしんでいる様子に安堵を覚えるとともに、かねて気になっていたことを聞いてみた。

「王宮に帰りたくはない？　銀漢宮で道姑になったこと、本当に後悔していない？」

振り向いた鈴玉に、昔と変わらない、困ったような笑顔で明月は首を振った。

「いいえ。ここでの生活は穏やかで安らげるもの、私にはこちらのほうが合っている」

「でも寂しくないの？　人も少ないでしょ、ここは」

人もろくに通わぬ山の中で、ひたすら神々に仕えて経を誦《よ》み、年頃の娘が享受する楽しみや喜びもよそに見て――。

「恋の一つもできないじゃない」

明月は咳《せ》き込んだ。

「それは鈴玉も同じよね。女官であることは王の女人であること、そして王妃さまに一生仕えるんでしょう。仕事は忙しいし、恋なんてしている暇はある？」

「まあ、私の場合はそうよ。でも、あなたはあのかさばっている武官……」

鈴玉は言いかけて、口を閉ざした。きっと明月の星衛への思いは恋とも呼べないくらいの淡いものであろうし、それさえもじきに神前の香炉にくべて焼いてしまうのだろう。

「何でもない。明月が心落ち着いて暮らせているなら、それでいいの」

鈴玉は湯桶を出て浴衣《よくい》を着せてもらい、その場で茶を頂きながらしばらく休憩したのち、今度は女官の服に着替えて客庁の寝室に案内される。

広くはないが快適な室内は、寝台や箪笥《たんす》、卓と椅子といった調度品も典雅で、銀漢宮主の趣味の高さを窺《うかが》わせる。明月は捧《ささ》げ持ってきた使者の徽章《きしょう》を寝台の脇に置き、代わりに絹の寝衣を取り上げた。

「あなたの着替えを済ませたら私の用事はおしまい、ゆっくり休んでね」

鈴玉は眉《まゆ》を上げた。

「もう行ってしまうの？　とても話し足りないわ、もっと遅く帰ってもいいでしょ」

「あなたのお手伝いが終わったことを、宮主さまに復命しなくては。だから……」

「その復命が終わったらもう一度ここに来てよ」

「でも、晩のご祈禱《きとう》もあるし」

「じゃあ、ご祈禱が終わったら。ここでもうちょっとしゃべって、ね？　香菱も呼んで来て。こんな機会、滅多にあることじゃないし」

明月は逡巡《しゅんじゅん》していたが頷《うなず》くと足早に出ていき、鈴玉は一人取り残された。

確かに部屋の居心地は申し分ないのだが、先ほどから獣の遠吠《とおぼ》えが断続的に響いて落ち着かない。

しかも夜風が強くなってきたのか、樹の枝が時おりざざっと強く鳴る。

やがて、道姑たちによる晩の祈禱の声が高く低く聞こえてきて、何やら彼女は心細くなってきた。

——ああ、早く明月が戻ってこないかしら。彼女は安らげるなんて言っていたけど、毎晩こんなもの寂しく、獣の鳴き声とか風の音しか聞こえないの？　私には無理。

鈴玉がぶるっと身を震わせた拍子にがたりと戸外で物音がして、彼女は思わず「ひいっ」と悲鳴を上げた。しかも誰かの足音と話し声まで聞こえた気がする。

「め、明月？」

恐るおそる扉に近寄って押すとぎいっと音を立てて開いたが、それがやけに大きく廊に響く。廊の奥は吸い込まれそうな暗闇で、誰もいない。鈴玉は扉を開けたことを後悔しながらすばやく閉めた。

「もう、早く戻ってきてよ」

思わず漏らした独り言が、やけに大きく聞こえる。

やがて読経《どきよう》の唱和がやみ、しばらくして笑い声と軽い足音が聞こえてきたかと思うと、扉がほとほとと叩《たた》かれた。

「ごめんごめん鈴玉、遅くなって。香菱も連れて来たわよ」

「遅いなんてものじゃないわ。一人で怖かったのよ」

入ってきた明月と香菱は、膨れっ面になった鈴玉を見て揃ってふき出した。

「あら、その河豚みたいな顔も久しぶりに見るわね」

「そうでしょ、明月。私はもう見慣れちゃって何とも思わないけど」

二人が持っている茶器の箱とお供えのお下がりの盆を見て、鈴玉は膨れた顔を引っ込めて喜色を浮かべた。さらに嬉しいのは、自分が縫ってあげた桃色の綿袍《わたいれ》を羽織る明月の姿だった。

「それを贈って良かった。あなたは寒がりだし、似合っているもの」

「ふふ、ありがとう。それでね、亥《い》の刻の太鼓が鳴るまでこちらにいてもいいって宮主さまが」

「良かった、亥の刻だったらまだ時間があるわ。宮主さまって本当にお優しい方ね」

そう言った鈴玉は悪戯《いたずら》っぽい表情をして、明月を指さした。

「そうだ、お茶と神さまのお下がりを頂く前に、ちょっとあなたの道服を着てみたいの」

「私の？」

自分の道服を見下ろす明月に、鈴玉は勢いよく頷いた。

「ええ。道服は着たことがないのよ、だから気になって」

「相変わらず熱心ねえ。今も王妃さまのご衣裳《いしょう》係？」

「そうよ。香菱と一緒にね」

「王妃さまは道服をお召しになるなんてこと、ないと思うけど？」

明月は首を傾げる。

「いいから、いいから。私が将来、老女になって出宮するとき、やはり道姑になるかもしれないでしょ」

「鈴玉を受け入れてくれる道観なんてあるかしら？　どうせ嵐でも騒ぎでも巻き起こし

て、修行も道観も全部吹っ飛ばしてしまうでしょ」

香菱がにやにやしながら合いの手を入れ、鈴玉はまた頰を膨らませる。明月はしばらくお腹を押さえながら笑っていたが、さっと立ち上がった。

「善は急げね、じゃあ道服を着てみて」

「そうだ、明月も鈴玉の服を着ればいいんじゃない？　取り換えっこして。女官の服も久しぶりでしょう？」

香菱の提案に従い、鈴玉と明月はいそいそと服を脱ぎ出す。鈴玉が青灰色の道服に袖《そで》を通すと、祈禱の際に焚《た》かれ、染みついた香りが鼻孔をくすぐった。明月も女官の服を身にまとい、恥じらいつつもまんざらではない様子だった。

「懐かしいわね。女官見習いのときは、浅黄色の紐《ひも》を帯に回して……鈴玉はちょっと着崩すのが得意だった、絶妙のさじ加減でね」

明月は、王妃を始めとする鴛鴦殿の皆のことをあれこれ聞きたがり、鈴玉や香菱も愉《たの》しげに応じているうち、すっかり夜も更けてしまった。いつの間にか獣の遠吠えもやみ、道観は夜のしじまに包まれてひっそりとしている。

「ふわあ、眠い……」

大あくびした鈴玉は昼間の大役を果たした疲れもあって、道服のまま寝台にごろりと横になった。

「ねえ鈴玉、寝込んでしまう前に着替えてよ。私や明月はそろそろ戻らないと」

香菱が揺さぶって起こそうとするが、王妃の使者はむにゃむにゃ言うばかりで、すぐに寝息を立て始めた。

五

子《ね》の刻も過ぎ、真夜中の静けさが銀漢宮を覆い尽くした頃――。

「鈴玉、鈴玉……起きて！」

深い眠りの海から浮かび上がりつつある鈴玉は、眼を覚ます前に枕元で人の話し声を聞いた。

「明月、こちらで寝てしまったの？　刻限を過ぎても戻って来ないから……」

「申し訳ありません、宮主さま」

「それはともかく、事は急を要します。鄭女官は？」

「こちらに……ほら、鈴玉！」

鈴玉は香菱に叩き起こされてもふにゃふにゃしていたが、緊張した顔の宮主を視界に捉《とら》えた途端、背筋がしゃっきりした。宮主の傍らには明月も心配そうな表情で立っている。鈴玉が道服を着ていることに宮主は気が付いているはずだが、何も言わないのはよほど差し迫った事態が起こったのだろうか。

「急用とは何事ですか？　宮主さま」

宮主は鈴玉に答える代わりに、開け放しの扉に向かって「中へ」と声をかけた。それに応じて部屋に入ってきた女性を見て、鈴玉たち三人は棒立ちになった。

その若く可憐《かれん》な雰囲気の女性は木綿の質素な藍色《あいいろ》の襦《じゅ》と裙《くん》を身にまとい、敏捷《びんしょう》そうな体つきをしている。小作りな顔には、手に持つ蠟燭《ろうそく》の光が反射して大きな瞳《ひとみ》がきらめく。

「あっ……」

若い女性はにっと笑みを浮かべ、右手の人差し指を中指に重ねて掌《てのひら》を胸に向けた。

「久しぶりだね、あんた達」

可憐な姿に反した聞き間違えようもないがらがら声に、三人とも揃って叫ぶ。

「……司刑寺の翁小雄《おうしょうゆう》！」

彼女は、鈴玉が永巷に幽閉された時に親しくなった風変わりな女性で、最高の司法機関である司刑寺の下働きをしながら、賭場《とば》も兼業している。敬嬪の嫉妬《しっと》により喉《のど》を潰《つぶ》された過去を持ち、敬嬪の変の際には王妃と鈴玉の危機を救ってくれた。

その小雄が、「がはははは」と大笑いしながら鈴玉たちの前に立っているのだ。

「鈴玉、何だいその恰好《かっこう》は？　とうとう後宮を追放されて道姑《おんなどうし》になっちまったのかい？」

鈴玉は自分が着ている道服を見下ろし、「えへへ」と恥ずかしそうに笑ったが、宮主や香菱の視線を感じて真顔になった。

「やっぱり昼間、清風鎮で見かけたのはあなただったのね、小雄。でもどうして司刑寺で働いているはずのあなたがあそこにいて、しかもこんな夜半にここに来たの？」

明月が茶碗《ちゃわん》を差し出すと、小雄は立ったままごくごく飲んで、ふーっと息をついた。

「あたいは銀漢宮主さまの身の危険を知らせに来たんだよ、変なことを企《たくら》んでいる奴がいるってね」

「宮主さまの危険？　一体どういうこと？」

「いま順を追って話してやるからさ。あのね、織造の李士雁って奴があたいの賭場の上得意なんだけど、都だけじゃなくて別荘でも賭博《とばく》をやりたいと泣きついて来て、あたいの上官まで抱き込んでここで開帳させたのさ」

——また李士雁の名前が出たわ！　本当に雪麗さまとは正反対のぼんくら旦那《だんな》なのね。

「その賭博が危険とか企みとかと、どういう関係があるの？」

香菱の質問に小雄は「ん」と頷《うなず》き、茶の次は蒸し菓子《がし》に手を伸ばしてむしゃむしゃ口を動かした。

「李士雁とか取り巻きの連中が、賭場で酒を呑《の》むついでに都の話もしゃべり散らすんだけど、今日こんなことを言っていたんだよ。国をずっと支えてきた自分たち貴族を王さまは無視するばかりか、取り潰そうとしていて実にけしからんって」

鈴玉も宮主も、一同は揃って眉根《まゆね》を寄せながら、小雄の話に耳を傾けている。

「で、この機会に銀漢宮主さまを連れ出して盾にして、王さまに自分たちの正義を訴えるとか言っていた」

「つまりそれって、宮主さまを誘拐して人質にするってこと？」

明月の声が震えた。

「多分ね。ちょうど銀漢宮《ここ》に王宮からの使者が来ているけど、使者が帰った晩は気も緩《ゆる》んでいるだろうし、女人ばかりで警備の兵士も少ないから、宮主さまを攫《さら》うのも簡単だって。そんな話だったよ」

「でも、それは酒の力を借りた単なる大言壮語なのでは？　といっても、口にするのも愚かしいだけでなく、主上への謀反に等しいけれども」

香菱が宮主のほうを振り向くと、相手も険しい顔で頷いた。

「ええ。いやしくも主上に仕える官僚の言葉であれば、冗談では済まなくなります。ましてや李士雁の妻は太妃さまの姪《めい》。本当に実行するならば、大変なことになるでしょう」

その場には沈黙が落ちる。

「彼らの見立て通り、ここの警護はごく少数で、私を誘拐しようとすれば可能です。私自身は命など惜しくはありませんが、主上に刃《やいば》を向ける者にとって、私の命は大切なものでしょうからね」

「どういう意味ですか？」

鈴玉が宮主に問うと、代わりに渋面の香菱が答える。

「彼らの狙いは、宮主さまを盾にして主上から譲歩を引き出すことよ。もし主上が彼らに譲歩なされば、国内で面目を失う。一方、拒めば宮主さまのお命を危険にさらすことになり、主上の『不孝』の汚名が天下に喧伝《けんでん》され、内外のご評判は地に墜《お》ちる。そうですね？　宮主さま」

銀漢宮主は頷いた。

「その通りです、杜女官。愚かでずさんなはかりごとだとは思いますが、外朝を分裂させて主上の面目を失わせ、かつ他国の侮りを受けさせるには十分です。私が心配しているのは、王妃のお使者である鄭女官と杜女官に危害が及ぶこと。それだけは避けなければ……」

――小悪党の浅はかな考えなのに、それなりに有効な手立てというのが一番腹が立つわね！

鈴玉は胸のむかつきを抑えられなかった。明月は心配そうに宮主を見守っている。

香菱は難しい顔をして道服姿の鈴玉を見据えていたが、やがて視線を宮主に移して重い口を開いた。

「宮主さまは、私たち使者に危害が及ぶのを避けたいと仰《おっしゃ》いましたが、ここは鄭女官に命を捧《ささ》げてもらわないと、切り抜けられないかもしれません」

「えっ、ちょっと待ってよ！　それって私に死ねってこと？」

鈴玉は驚きのあまり叫んでしまい、宮主も驚いたのか口を半開きにした。

「どういうことです？　杜女官」

「鄭女官が宮主さまの身代りになるのです。明日の早朝、鄭女官の服をお召しになり、輿《こし》に乗ってここを発《た》ってください。連中に阻まれる可能性が少ないうちに」

「その後、鈴玉はどうなるの？」

明月が口を挟んだ。鈴玉は眉根を寄せ、香菱をじっと見つめたままである。

「鈴玉は宮主さまの道服を着て、連中が来るかどうかここで待つ。本当は私が身代りになってもいいけど、副使の私よりも、正使の鈴玉の方が命の価値はあるから。彼らに誘拐されて宮主さまでないことが露見しても、王妃の使者ということで直ちに殺される可能性は高くないし、嫌な言い方だけど——鈴玉が捕まって『万一のこと』があっても、その時は王妃の使者に危害を加えたことで、彼らは重い罪に問われるはず」

「大丈夫だよ。鈴玉が連中に捕まったら、殺される前にあたいが助けるからさ」

小雄が自分の胸をぽんと叩《たた》いて請け合い、鈴玉も眉間《みけん》の皺《しわ》をなだらかにした。

「ありがとう、小雄。明月もそんな心配そうな顔をしなくていいのよ。私も最初はびっくりしたけど、今の説明で納得したわ。香菱の提案に賛成よ」

鈴玉は頷き、逡巡《しゅんじゅん》する様子の李氏に向き直った。

「宮主さま、私へのお気遣いは無用です。使者のふりをしてここを出発し、蔡河を渡ってそのまま麟徳府に向かってください。劉星衛たちが安全にお守りするはずです」

「あるいは、途中で沿道の鎮や県に助けを求めても良いかもしれません」

「鄭女官、杜女官、わかりました。提案の通りにしましょう。でも、地方官のなかには李士雁に味方する者もいるかもしれませんので、その点は慎重に行きたいと思います」

鈴玉はふと、柿を持った道姑を思い出した。

「もしご心配ならば、あの子――小さな道姑も一緒に輿に乗せてください。まだ子どもですし、宮主さまも気がかりでしょう。ならず者たちにここが襲われたら危ないので」

宮主は安堵《あんど》の表情を見せた。

「ええ、そうさせてもらいます。せっかく鄭女官たちには遠路はるばるいらしてくださったのに、大変なことに巻き込んでしまって申し訳ありませんね。では、いま決まったことを劉星衛たちに伝えましょう」

鈴玉や宮主たちは、手にした明かりを頼りに門外の営舎に赴いた。夜半の訪問客に劉星衛は驚いた様子で、さらに宮主からの説明を受けて明らかな難色を浮かべた。

「それでは鄭女官の身に危険が……」

鈴玉は一歩進み出て、真剣な眼差《まなざ》しで星衛を見据えた。

「危険は承知の上よ、でもこうするのが一番いいと私自身も納得しているの。お願い、劉中郎将も協力して」

「劉中郎将、私からもお願いします」

鈴玉の説得に宮主の口添えも加わり、しばし無言だった星衛も覚悟を決めたと見えた。

「分かりました。本官は宮主さまのご指示に従い、御身をお守りします」

「ありがとう」

鈴玉はほっとした。宮主も一同を見回して頷く。

「さあ、私たちも明け方まで少しでも睡眠を取りましょう。明日は大変な一日になりそうですから」

鈴玉は客庁の寝室で横になったものの、緊張のあまり一睡もせずに夜が明けてしまった。頭をぼうっとさせたまま朝食の粥《かゆ》をすすり、宮主の道服に袖《そで》を通す。

中庭に出ると、すでに鈴玉の服と使者の徽章《きしょう》を身に付けた李氏が他の道姑《おんなどうし》たちとともに待っていたが、例の小さな道姑が見当たらない。

「宮主さま、あの子はどうしたのですか？」

「鄭女官、せっかくのお心遣いだけれども、あの子は私と一緒に行きたがらなくて……でも、普段から彼女を世話している道姑と一緒に残るので、心配ないと思います」

李氏は、昨日少女が入っていった石塀の洞門を指さした。

「ともあれ、私たちはまず蔡河を渡った先の小さな道観に避難し、様子を見て問題がなければそのまま麟徳府に向かいます。……鄭女官、どうかご無事で」

「宮主さまも。杜香菱や劉星衛たちがついておりますので、ご安心くださいませ」

香菱は緊張した面持ちで鈴玉に近寄り、ぎゅっと相手を抱きしめた。

「鈴玉……あなたを身の危険にさらす提案をしてしまったけれども、無事を祈っているから」

「わかっているわよ、ありがとう。私は度胸しか取り柄がないけど、頑張ってみる」

香菱の腕力が強すぎて鈴玉は息苦しかったが、心をこめてそっと抱きしめ返した。

中庭の門には劉星衛たち護衛の武官や宦官《かんがん》、女官たちが並んでいる。星衛は鈴玉に気が付き、わずかに頷いてみせる。鈴玉も軽く手を上げて、彼に応《こた》えた。

「お使者のお発ち――」

宮主の乗った輿を中心とした行列が、道観の前の坂を下って消える。道姑たちによって門の扉が閉められると、鈴玉は大きく息をついた。明月ら残った道姑も、裏手の山中に身を隠す手筈《てはず》になっている。

――全てが杞憂《きゆう》に終わるのが一番いいけど。李士雁たちが何も起こさなければ……。

彼女は拝殿で宮主たち一行と銀漢宮の無事を祈り、落ち着かない気持ちを紛らわせるために、しばらく中庭を逍遥《しょうよう》した。小雄の話によると、李士雁の手下が襲ってくるのは日暮れ以降と考えられるので、それまで時間はしばらくある。

――あら？

鈴玉が洞門の近くに差し掛かったところ、例の小さな道姑が出て来る。彼女は門の脇に置かれた朝餉《あさげ》の盆を、危なっかしい手つきで持ち上げようとしていた。

「あなた……逃げずに残ったんですって？」

鈴玉が声をかけたが、道姑はびくっとして後ずさりし、盆を持ったまま洞門の向こうに消えた。気になってその後を追いかけ、門をくぐる。

「……これは」

眼前に広がる光景に鈴玉は息を吞《の》む。そこは庭と小さな堂からなる空間で、瀟洒《しょうしゃ》な建物の前に広がる庭もよく手入れされ、秋明菊《しゅうめいぎく》など秋の草花があちこちにつつましく咲いていた。だが鈴玉は、堂の手前に列となって植えられた植物に目が釘付《くぎづ》けとなった。

——なぜ、これが。

それは、鈴蘭だった。季節柄、白い花ではなく赤い実をつけている。根や花に含まれる毒の強さを考えれば、子どもがいる庭園に植えるのには注意を要するはずだ。

ふと物音がした方角へ目をやると、堂の正房から先ほどの少女が大人の女性の手を引いて出て来るところだった。女性は年三十過ぎくらいの道姑だろうか、道服を身にまとい、目が不自由なのか右手で杖《つえ》をつき、左手を少女にゆだねている。

——ああ、ああ！　どうして……。

鈴玉は思わずうめき声を漏らし、がくりと膝《ひざ》を折ってその場に座り込んだ。道姑は声に気が付いたのだろう、ゆっくりと歩んできて鈴玉の前に立った。

「……沈女官さま」

目の前にいるのは、まさしく鈴玉の教導役にして憧《あこが》れのひとでもあり、そして讒言《ざんげん》によって後宮を追放された沈貞淑だった。

六

鈴玉が貞淑に招じ入れられた正房はきちんと整えられており、右側の窓際には円卓と二つの椅子、左側には寝台が置かれ、寝台の帳《とばり》には牡丹《ぼたん》が刺繍《ししゅう》されていた。

「まさか、沈女官さまがここにいらしたとは……」

鈴玉は椅子に座り、先ほどから同じことを繰り返し呟《つぶや》いていた。何かを口に出していないと、混乱してわけがわからなくなりそうだった。

「ふふふ、驚いたでしょう。まさか私もあなたと再び会えるとは思わなかったわ、鄭女官……いえ、王妃さまのお使者」

少女が朝餉を食べる傍らで、沈貞淑は微笑んだ。

——盲目になったこと以外、この方は以前と全く変わらないように見えるけど。

「見習いだったあなたも、言葉遣いからしてすっかり女官らしくなったわね」

鈴玉は懐から鈴蘭の手巾《しゅきん》を出し、貞淑の手に握らせた。

「これは……」

「沈女官さまが私に貸してくださった手巾です。ずっと肌身離さず持っておりましたが、こうしてお目にかかれましたので、お返しいたします」

沈貞淑は手巾を撫《な》でながら感慨深げにしていた。

「なぜ、沈女官さまは後宮から突然消えてしまったのですか？　そしてなぜ銀漢宮に？」

鈴玉の質問に沈女官はしばらく何も答えなかったが、少女が朝餉を食べてしまうと、

「外に行ってらっしゃい」と、窓辺に置かれた毬《まり》を手探りで取って渡した。少女はこくんと頷《うなず》き、部屋を出て行く。貞淑は少女の足音が遠ざかるのを耳で確認してから、鈴玉

に向き直った。

「鄭女官が王妃さまの使者として来ることは宮主さまから知らされていたけれども、私はあなたに会わないつもりでいた。突然後宮からいなくなったことで、あなたが心配したり、あるいは怒っていたりしただろうと思って。でも、結局は天帝さまの計らいでこうなったわね」

「怒るだなんて、そんなこと考えたこともありません。ただあの時は不安で、心配で」

貞淑は小さな声で「ありがとう」と言ったきり俯《うつむ》いていたが、やがて重苦しい口調で告げた。

「私は……私はあの時、両目を潰《つぶ》されて後宮を追放されたの」

「潰された？　だ、誰に？」

鈴玉の声がひっくり返る。沈女官は再び沈黙したのち、低い声を漏らした。

「敬嬪さま、そして他の女官たちに」

――あの方は鸚哥を死に追いやっただけではなく、沈女官まで毒牙《どくが》にかけたのね！

鈴玉は改めて、敬嬪呂氏への怒りでめまいがするほどだった。

「沈女官さま。敬嬪さまたちに目を潰された理由は何ですか？　やはり噂されていたように、沈女官さまが王の聖恩を承《う》けたからですか？」

沈貞淑は首を横に振った。

「理由は二つあるの。まず、主上から聖恩を承けた事実はないけれども、主上は昔から私を知り何かと目をかけてくださったので、敬嬪さまの嫉妬《しっと》をかってしまったこと。そして、私があなた方若い女官たちに『等しく最初の機会を与え、自分で適性や将来を考えさせる』ように指導したからよ」

「ど、どういうことです？　私たちに機会を与えようとすることがなぜ……」

確かに沈女官は鈴玉に、女官見習いたちには能力や才能を発揮して欲しいので、等しく最初の機会を与えるつもりだと言っていた。それがなぜ追放に繋《つな》がるのか――。

貞淑は愛《いと》おしそうに手巾を示した。

「この鈴蘭の手巾はね、後宮の四人の間で密《ひそ》かに分かち合ったものなの。将来への志をともに語った――というのも畏《おそ》れ多いけれど、当時は世子でいらした主上を中心にして、私、魏蘭山、趙雪麗さまの四人で集まって遊んだり、書物を開いたり。みな若かったわね。たとえば魏内官は、山岳地帯に生える薬草の知識を生かそうと、涼の言葉と医薬の勉学を続けていた」

――ああ、主上が仰《おっしゃ》っていた勉強会ね。

「私も小役人の家の出身だけど女官の階梯《かいてい》を上がり、いずれ教導役につきたいと願っていた。雪麗さまは、兄上たちに遠慮して学問を中断なさっていたけれども、後宮では生き生きして、主上を相手に経書や詩歌を論じていた。私が手巾に好きな鈴蘭を刺繍して皆に渡したのよ、友愛と志の証《あかし》として」

「魏内官は、まだ同じ手巾をお持ちでした。主上と雪麗さまは分かりませんが」

「そう、嬉《うれ》しいわね。私も、後宮で何か壁にぶつかるたび、手巾を眺めて志を思い出した。家門再興を志すあなたにこれを渡したのは、かつての私をあなたに見たからよ」

「沈女官さま……」

沈貞淑は悲しげに微笑んだ。

「でも、尊長卑幼の序列だけを重視する後宮のある人たちにとっては、私の考え方や教えていることは、不要で目障りなものだったの。機会や適性などというものは、ね。嫉妬にかられた敬嬪さまと私を憎む女官たちが共謀して、ある夜に私は襲われて目を……」

鈴玉は言葉を失って、ただただ貞淑を見つめるばかりだった。

「魏内官が手当てをしてくれたけれども、私の目に光は戻らず、数日後には着の身着のままで追い出された。主上は後から事件を知り、ご自身で出来る精一杯のこととして、嘉靖宮の周辺でさまよっていた私を捜し出し、銀漢宮主さまのもとに行けるように取り計らってくださったのよ」

「…………」

鈴玉の頰を涙が伝い落ち、後から後からこぼれてくる。貞淑は見えずとも察したのか、手をゆっくりと鈴玉の顔に伸ばして、頰に触れた。

「泣かないで、鄭女官。今の私は平穏無事に暮らしているのだから」

「でも……」

沈貞淑の身に降りかかった理不尽さは、鈴玉には聞くのも辛《つら》すぎた。戸外からは、毬つきでもしているのか、少女の「いーち、にー、さーん」という声がかすかに聞こえてくる。

「そういえば、沈女官さま。あの子はどこから来たのですか？　道姑《おんなどうし》のどなたかのご親族か、両親を亡くしたか……」

「……あの子は、宮主さまの孫に当たるのよ」

「宮主さまの孫？」

貞淑のためらいがちな、持って回った言い方に鈴玉は首を傾げたが、はっと目を見開いた。まさか——。

「宮主さまの孫……ということは、もしかして優蓮《ゆうれん》公主さま？」

沈黙が二人の間に落ちる。

優蓮公主とは、敬嬪所生の三人の子の一人である。敬嬪が処罰を受けて流されるのに伴い、優蓮公主と二人の公子は、政争の具にされることを案じた主上により、出宮のうえ道観での修行を命じられたのだった。鈴玉もそのことは知っていたが、優蓮が銀漢宮に預けられていたとまでは知らなかった。もっとも、銀漢宮主と優蓮は血の繋《つな》がった祖母と孫なのだから、主上が娘を託すのも当然といえようが——。

「そう、敬嬪のお子のうち男子二人は他の道観に、優蓮公主、つまり玉荷《ぎょくか》はここに。皮肉なもので、彼女は私には最初からよく懐いてくれたの。むろん、宮主さまも私の出宮の事情をご存じだから心配なさったようだけれども、結局は彼女の母親との関係は伏せたままで、私の側に玉荷を置くことをお許しになって。玉荷は、今では私の目の代わりになってくれているのよ」

小さな道姑は公主の身分を廃されて庶人となったので、ただ諱《いみな》の「玉荷」で呼ばれているのだが、貞淑が玉荷と口にするその表情と声は、この上なく優しかった。

「ご自分の目を潰した敬嬪の――いわば敵《かたき》の娘なのに、何とも思わないのですか？」

貞淑はふっと笑みを浮かべた。

「そうね。何も思わないと言ったら嘘になる。でもこの頃は、玉荷を育てることに幸せを見出《みいだ》してきているの。あの子の存在が、私の心のしこりを溶かしてくれたのかもね。鈴蘭はやはり好きだからここに植えていたんだけれども、毒を持っているでしょう？玉荷には触ってもいけないと厳しく言ってあるけど、そろそろ心を決めて全部抜いてしまわなければいけないわね……」

「沈女官さま……！」

鈴玉はたまらなくなり、ついに嗚咽《おえつ》を漏らした。貞淑は立ち上がって紙窓《しそう》を開け、見えぬ目で庭を眺める。ゆるやかな風が室内に流れ込んできた。

「ただ一つの不安は、いつか玉荷が私と母親の関係を知ったらどうなるかということ。この小さく穏やかな庭で育んだ幸せが壊れてしまうのかもしれないと、恐れながら毎晩彼女に添い寝しているの。でも、たとえそうなっても、私と玉荷の人生は続いていくのでしょうから――」

貞淑は鈴玉の背後に回り、泣きじゃくる教え子の背中をそっと撫でた。

「鄭女官。人と人との巡り合わせって、本当に不思議ね……」

しばらくして涙を拭《ふ》いた鈴玉は、玉荷を連れて避難するよう貞淑に勧めたが、玉荷が貞淑の道服の袖《そで》を握ったまま頑としてこの場を離れようとしなかったので、貞淑も首を横に振った。

「この子ったら、宮主さまの輿《こし》に乗るのも嫌がって……。でも大丈夫よ、いざとなったら玉荷を壺《つぼ》の中にでも隠すわ」

「壺ですか？」

だが、いかにも隠れ場所としては心もとない。

「ええ、私たちが生きるも死ぬも、全て天帝さまのみ心のうちだから」

それ以上は何も言えず、鈴玉は親子のように寄り添う二人を残し、後ろ手に堂の扉を閉めた。

七

やがて華山の西の稜線《りょうせん》に陽が沈み、星々を抱いた漆黒の帳《とばり》が降りてきた。

鈴玉は人気のない客間で、厨房《ちゅうぼう》担当の道姑が用意してくれた軽食をとった。昼のうちはさすがに食欲がなかったが、日暮れになると肚《はら》が据わったのか、作り置きの干し豆腐の和《あ》え物や饅頭《まんじゅう》を残さず平らげた。それから道服のまま宮主の寝室で横になる。

――襲うとすれば、やっぱり夜よね。ただ待っているのも落ち着かないわ、じれったいったら。来るなら早く来てよ。

前夜と同じく獣の遠吠《とおぼ》えが時々聞こえ、風が出てきたのかがたがたと紙窓が鳴る。だが、それらの音と異質なものを鈴玉の耳がとらえた。起き上がって身をかがめると西側の窓ににじり寄り、二寸ほど窓を開けて外を窺《うかが》った。

裏庭を隔てた外壁の上には人影が二つ、三つ。月光に照らされた彼らはいずれも黒装束を身にまとい、腰には中ぶりの剣を差している。身軽に壁を越えて内側に降り立ち、互いに頷《うなず》きあうと、こちらに向かって進んできた。

――ふん、やっとお出ましになったのね。遅かったじゃないの。

鈴玉は後ずさって寝台に潜りこみ、彼らが自分を見つけるのを待った。

皓皓《こうこう》と輝く月の下、鈴玉は縄でぐるぐる巻きに縛られて道観の中庭に引き出され、覆面の男たちに囲まれていた。

「痛い！　痛いじゃないの！」

「なんだお前は、何者だ！　明らかに銀漢宮主じゃないな！」

「そっちこそ何よ、『私は銀漢宮主です』って何度言わせるのよ！」

「主上の母親がこんなに若いはずがない、明らかに主上よりも年下ではないか！　ふざけおって……」

「道姑たちの寝室はもぬけの殻だ、どこにもいないぞ！」

遠くから聞こえてくる仲間の声に舌打ちし、首領らしき男は鈴玉に向きなおった。

「宮主はどこにいる！　言わぬか！　白状しないと……」

「白状しないと何なのよ、拷問にかけようって？　やれるものならやってみなさいよ！」

「何だと、こいつ……」

鈴玉のふてぶてしい態度に逆上した男は剣を抜いたが、それを別の男が止めた。

「驚いた、こんな狂犬みたいな道姑が格式高い道観で飼われているとはな。まあ、ここで勝手に斬り捨てるわけにもいかん。ともかく、連れて行って上のご指示を仰がねば」

乱暴に引き立てられた鈴玉は、押し込まれた轎《かご》に延々と揺られ、清風鎮にたどり着いたようだった。

轎が降ろされたのは川辺の豪壮な邸宅で、中庭には篝火《かがりび》が焚《た》かれていた。

「何だなんだ、随分手間取ったではないか？　首尾よく行っただろうな？」

正堂から李士雁が姿を現した。突き出た腹の肉を掻《か》き、腰に下げた赤い香袋を揺らしている。明らかに酔っている様子で、彼は胸に抱いていた妓女《ぎじょ》を突き放すと、地面に座らされた鈴玉を目にして脂ぎった唇をぽかんと開けた。

「何だ、この娘は？」

「それが……事前に調べておいた通り銀漢宮主の寝室を襲ったのですが、宮主ではなくこの娘が寝ていたのでありまして、そのままにもしておけず連れて参りました」

覆面組の首領が恐懼《きょうく》の態《てい》で報告する。

「ということは、つまり失敗したのか？」

士雁は顔をしかめて取り巻きたちとともに正堂の階《きざはし》を降り、唇を引き結んだ鈴玉の前に立った。

「何者だ、言え」

「…………」

鈴玉は半眼《はんがん》となり、引き結んだ口をさらに平たくした。士雁は眼をぎょろりとさせ、後ろ手に持っていた鞭《むち》を鈴玉に見せつける。

「痛い目に遭いたいのか？」

そこへ、取り巻きらしき若い男がへらへら笑いながら進《すす》み出てきた。年の頃は十代後半だろう、蘇芳《すおう》色の褪《あ》せた上着にぼさぼさの髪を適当に髷《まげ》にまとめていたが、秀でた額の下にはくるりとよく動く瞳《ひとみ》を持ち、挙措もどこか上品で、他の取り巻きたちとは雰囲気が異なっていた。

「御前さま。鞭など使わずとも、この娘の正体は分かりますよ。今日の午前中、銀漢宮から帰るお使者の行列がこの鎮を通りましたな？　あの行列の輿の中に宮主がいたのですよ。どういう手段か分かりませぬが先方はこちらの計画を事前に知り、この娘が身代りになったのでしょう」

「つまり、替え玉ということか？」

若者の説明に、その場がざわつく。

「取り逃がしたということか！」

「それが事実であれば、銀漢宮主は今頃とっくに麟徳府に入っているではないか！」

ほぞを嚙《か》む他の取り巻きたちの真ん中で、士雁は冷酷な視線を鈴玉に向けた。

「こやつは見たところ、見習いの道姑《おんなどうし》といったところだな。そうであれば鞭ではなく剣が必要ではないか。色々聞かれてしまったからな、口封じをしなくてはならん」

鈴玉は覚悟していたものの、さすがに殺されると分かって肝が冷えた。

「わ、私は王妃さまの使者である鴛鴦殿の女官、鄭鈴玉です！　私を殺すと厄介なことになるわよ。嘘だと思うなら、縄を解いてくれれば王妃さまの割符を見せるけど」

士雁が覆面男の一人に顎《あご》をしゃくって見せたので、男は用心しいしい鈴玉の縄を解いた。彼女は懐から王妃の使者の証《あかし》である割符を取り出して、士雁に見せる。

──私が割符を持っていて良かった。

実は宮主を出発させる時、鈴玉は割符を託そうとしたのだが、宮主は「あなたが持つべきだ」と言ってくれたのである。

割符を手にした士雁はますます眉間《みけん》を深くする。

「これに刻まれているのは確かに王妃の徽章《きしょう》だが……喜福、どうするか？」

士雁の隣にいた金喜福は、自分の四角い顎を撫《な》でた。

「王妃の使者だろうが構うことはない、殺して首を嘉靖宮に送り付ければ……」

そこに、先ほどの若い取り巻きがにこやかに割って入る。

「とりあえず縄をかけたまま、閉じ込めておいてはいかがでしょう？　今すぐ処分を決めることはありません。酔いをお醒《さ》ましになってからでも遅くはないはず」

士雁もこの若輩者に一目置いていると見え、「そうしようか」と頷いた。

──それにしてもこのお調子者の若い男、どこかで見たような、見ないような……。

鈴玉は思い出せず首を捻《ひね》っていたが、直ちに殺される危険はひとまず去って胸をなでおろす。しかし命の危険自体は依然去らぬまま、食糧庫に監禁されることになった。

庫内の高い窓には頑丈そうな格子が嵌《は》められ、扉には外から閂《かんぬき》がかけられて、見張りもいるようだ。それればかりか、夜とあって冷気が床から這《は》い上り、鈴玉はぶるっと身を震わせた。

「……鈴玉、鈴玉！」

どれほどの時間が経ったのか、扉の向こうから小声で呼ばれた。鈴玉はうつらうつらしていたが、はっと顔を上げる。

「小雄？」

「うん、あんたを助けに来たよ」

「外の見張りは？　そこにいるはずでしょ」

「ふふふ、あいつは今日あたいの賭場《とば》ですってんてんになったんだ。だから賭《か》け銭を全部戻してやると約束して追っ払ったのさ。ちょっと待ってな、いま門を外すから」

がたがたという音とともに扉が開き、燭台《しょくだい》を手にした小雄が顔を覗《のぞ》かせた。

「ありがとう。でもそこにいると目立つわ、入って」

小雄は食糧庫に入ってきて、鈴玉の前で胡坐《あぐら》をかいた。

「やっぱり捕まったね、鈴玉。でも安心しな、宮主さまは無事に蔡河を渡ったよ。もうとっくに都に着いているだろ」

鈴玉は安堵《あんど》の大きな息をつき、壁にもたれかかった。

「良かった……宮主さまがご無事なら後は何とかなりそう」

「でもさ、あんたを逃がそうと思えば逃がせるけど、今は夜で渡し舟はないし、あたいも土地勘がない。李士雁は武芸者やら何やら有象無象の連中を雇っているから、追っかけられたら勝ち目はないよ。少なくとも明け方まではこのままだな。朝になったら、あたいが何とか算段してやるよ」

「それまでに、士雁が私を殺すと決めなきゃいいけど……」

不安そうな鈴玉の耳に、誰かの口ずさむ歌が聞こえてきた。機嫌の良い男の声だ。

花は桜木《さくらぎ》、酒はどぶろく
逢引《あいび》きのお伴にゃそれが相応

妓女やその馴染《なじ》み客が口ずさむような俗謡である。鈴玉と顔を見合わせた小雄はぱっと立ち上がり、歌声とは反対の方向に出て行った。燭台を忘れていったが、月が明るいので何とかなるだろう。一方、歌声はだんだん近づいて来る。

月は待ってる、私も待ってる
待ちかねすぎて月は半月
待ちくたびれて私も白骨

「やあ、今夜は格別お月さまが綺麗《きれい》ですね。王妃のお使者どの、居心地はどうです？」

小雄が締め忘れた扉から、ひょこりと男が顔を出した。燭台の明かりに照らされたその顔は、先ほど鈴玉を救った調子のいい若者だった。

八

その男は縄に結わえた酒の瓶を提げ、すっかりほろ酔い気分である。

「あなた……！　何しにここに来たの？」

「李士雁どのに取りなしてあげたんだから、礼くらい言ってくださいよ。僕の再従姉《はとこ》さま」

「再従姉？」

鈴玉は目を剝《む》いた。まさか――。

「あなた……名前は？」

若者はくるりと瞳を巡らせ、にやりとした。

「僕は鄭録といいます。祖籍すなわち祖先の出身地は彩州、開国の功臣である鄭鴻《こう》の子孫で鄭駇《ぶん》の次子、鄭駿こと鄭香村先生から見て従弟《いとこ》の子に当たり……」

――鄭録？　彼が劉中郎将の言っていたお父さまの居候なの？

鈴玉は口をあんぐりさせた。

「かつ鄭鈴玉お姉さまの再従弟《はとこ》……」

「だ、誰がお姉さまよ、誰が！」

「あれ、お姉さまの歳はいくつですか？」

「……十九よ」

鄭録はげらげらと笑い声を上げた。

「だったらやっぱりお姉さまだ、僕は十八歳で一つ下だから。嫌だなあ、そんな蛇や蝮《まむし》を見るような顔をしないでくださいよ、せっかくの美人が台無しだ」

「う、うるさいわね！　あなた、私の実家に入り込んで何やっていたのよ！」

録は笑顔を一瞬で引っ込め、代わりに湿っぽい声を出した。

「そんなぁ、同じ一族なのに、鈴玉お姉さまは従伯父《いとこおじ》の香村先生と違って随分冷たいじゃないですか。一族は互いに和睦《わぼく》すべしと先賢の教えにもありますのに。この歳で両親を亡くして一家離散となり、それでも志を立てて都に出てきた憐《あわ》れな再従弟《はとこ》に、かける情けはないとお姉さまは仰《おっしゃ》るんで？」

鈴玉はぐっと詰まった。彼女は自身の経験から、「没落」や「志を立てる」という言葉に弱いのだ。

「……都合のいいことを並べ立てているけど、我が家を食いつぶしていただけじゃないの？　ご存じの通り、うちも没落していて居候まで食べさせる余裕はないのよ」

録は「飲みます？」と自分の酒瓶を差し出したが、鈴玉は拒否した。

「僕がお姉さまのご実家にそんな無礼を致すとでも？　人相見や手相見、筮竹《ぜいちく》、掏摸《すり》、色々できますので、自分の食費くらいは何とかしています。別にお父上にたかったりなんぞしていません」

「す、掏摸？」

鈴玉の声がひっくり返った。まさか、一族から罪人を出そうなどとは……。

「あ、掏摸だけは他人さまには使ったことがありません。一応これでも開国の功臣の子孫ですからね。僕は子ども達を集めて文字や簡単な算術を教えるのが好きなんですが、むかしその中に掏摸の名人がいて、謝礼代わりに技術を教えてくれたんですよ。ほら、こんな風に」

鄭録は手にしているものを鈴玉に差し出した。それは、鈴玉が耳につけていた小さな銀の耳輪であった。彼女は縄から逃れて耳輪を取り返そうと、じたばたもがく。

「なっ……他人さまのは掏《す》らないって言ったじゃない！」

「鈴玉お姉さまは他人さまじゃなくて、一族だからいいんです」

録は澄ました顔で腕を伸ばし、のけぞる鈴玉の左耳に耳輪をつけ直した。

「呆《あき》れた男ね、あなたは。本当に我が彩州鄭氏の一族なの？　貴族らしくもない」

「ええ、確かに鄭氏の出ですが、貴族らしくはないかもしれません。貴族という身分をかさにきて、民から膏血《こうけつ》を搾り取ったり、財貨を掏り取ったりするような真似はしませんからね」

「そ、そう……」

録が笑顔を引っ込め真摯《しんし》な口調で答えたので、鈴玉は気の抜けた態《てい》で呟《つぶや》いた。

――ふん、お父さまと同じようなことを言うのね。

「で、その気高い開国の功臣のご子孫が、なぜ李士雁たちと徒党を組んでいるのよ？」

「ああ、それなんですよお姉さま！」

「お姉さま、お姉さまって、あなたさっきからうるさいわよ」

「僕が麟徳府の路傍で人相見の屋台を出していたら、あの方たちが酔っ払って屋台を叩《たた》き壊《こわ》しちゃったんですよ。賠償する、しないで最初は揉《も》めたんですが、途中からなぜか意気投合して。士雁どのから『志を高く抱いているなら、我が家で主催している経書の勉強会に出たらどうか。別荘で風流を楽しみ、先賢の教えを繙《ひもと》きながら経綸《けいりん》を論じよう』と誘われて、清風鎮に来たらこの通り」

「きな臭い集まりだったってわけね、経綸じゃなくて陰謀を論じていたんでしょう」

「はい、僕は目端がきくから使い道があると思われたみたいです。でも逃げ出したら捕まりそうだし、どうしようかなあと考えあぐねていたら、鈴玉お姉さまが連れて来られた。お姉さまが王妃さま付きの女官だとは香村先生から伺っていたし、お顔も父子で似ておいでだからすぐに分かりましたよ」

鈴玉は、鄭録に初めて会ったとき、なぜどこかで見かけたような気がしたか分かった。ほんのわずかだが、自分や父親に面影と歩き方が似ているのだ。

――それにしても、私と同じ輩分《せだい》の親族、しかも男子がこんな胡散臭《うさんくさ》いお調子者だなんて。まさか、お父さまは彼を養子にしたいと考えて居候させていたの？

鈴玉が疑心暗鬼に囚《とら》われている一方、酒瓶から口を離した鄭録は首を伸ばして戸口を窺《うかが》っていたが、「あ、まずい」と呟くや、跳ねるように立ち上がる。

「では鈴玉お姉さま、ご機嫌よろしゅう」

脱兎のごとく走り去ったが、すぐに「いてて」という声とともに押し戻されてきた。

「ここで何をしていた？」

見れば、軽い武装に身を包んだ大男が鄭録をつまみ上げている。

「いや、誤解しないでくださいよ男前のお兄さん。このお姉さんがあまりに綺麗なんで、口説いてみようと取り込み中だったんです。羨《うらや》ましいことに織造さまには名妓《めいぎ》が糊《のり》みたいにぺったり張り付いているけど、こっちは今夜のお月さまみたいに一人でぽつんと……」

「ごちゃごちゃうるせえ！　この女を連れて来いと御前のお言いつけだ、お前もついでにしょっ引いていくぞ」

こうした次第で、それぞれ縄で括《くく》られた状態の鈴玉と鄭録は、揃って中庭に引き出された。篝火《かがりび》が先ほどよりもさらに明るく焚《た》かれ、人の輪《わ》ができている。

その中心に座らされている集団を見て、鈴玉は息を呑んだ。それは自分と同じく縄で縛られた二十人ばかりの女性——銀漢宮の道姑《おんなどうし》たちだった。その中には明月もおり、がたがた震えていたが、鈴玉と視線が合っても表情を変えず、鈴玉も相手を安心させるように小さく頷《うなず》いた。鈴玉と録は、道姑よりやや離れたところに座らされた。

「道姑たちは、銀漢宮の裏山に隠れていたのを連行してきました。ただ、宮主の姿はありません。やはり王妃の使者と偽って蔡河を渡ってしまったのでしょう」

「ぬぬぬ……」

唸《うな》る士雁をよそに、鈴玉は道姑たちを確認しながら、ほっと吐息をつく。

——明月たちが捕まってしまったのは残念だけど、沈女官とあの子はいないわ。

「御前、どういたしましょう。鄭録の奴が、王妃の女官と何やら密語を交わしておりました。内通して我らを裏切るつもりでは……」

録を捕らえた大男が報告すると、士雁の唸り声がさらに大きくなった。

「士雁さま！　私は我が祖先の名にかけて裏切りなどいたしません。ただ、女官さまがあまりに美しくて、ついふらふらと……」

士雁は唸るのをやめてつかつかと近寄ってくると、言い募る鄭録の胸倉を摑《つか》んだ。

「ふざけた真似を……貴様、まさか王妃や主上と通じているのではあるまいな？」

「め、滅相な……」

身体をねじって否定する録の肩を、士雁はしたたかに蹴《け》り上げて地面に転がした。

「や、やめて！　この人に乱暴しないで！」

思わず鈴玉が叫ぶと、士雁はにやりとした。

「ほう、この経書かぶれの虫けらとは随分親しげだな？」

縛られたまま、蒼白《そうはく》な表情で鈴玉が後ずさりする。士雁は酒精に濁った目で彼女と録を見やると、腰の剣をすらりと抜いてかざした。

「何だか考えるのも面倒になってきたわい。良くできた妻と違って、私は至って愚鈍ゆえのう。銀漢宮主を人質に取れなかったのは残念だが、金喜福の申す通り、せめて王妃の使者の素っ首でも嘉靖宮に送り付けて、運試しでもしてみるか。冥土《めいど》への舟に乗せてつかわす」

震えあがる鈴玉の肩先を、士雁はぺんぺんと剣の平で叩いた。

「ふん、予定は狂ったが、これを僥倖《ぎょうこう》に転じてやるぞ。主上はいずれ貴族を一掃して登用試験に合格した官僚に挿《す》げ替えるおつもりだろうが、いっそこちらから挿げ替えてしまおうか？　我らに味方する貴族も多いだろう、今なら『反正』も可能かもしれん。太妃さまも必ずやお味方になってくださる」

「は、反正……？」

鈴玉だけでなく、録も口をあんぐりさせた。「反正」とは正しい道に返す、または太平の世を築くことだが、士雁の意味することは玉座の主《あるじ》の挿げ替えに他ならない。

「士雁さま、あなたは酔っていらっしゃる……目をお醒《さ》まし下さい！」

縛られた状態の録も、鈴玉の前に立ちはだかって懸命に庇《かば》った。

「どうせ酔わねばやってられぬ世の中よ、醒めた時にはあの世にいて……」

ふらつきながらも、引きつった表情の鈴玉めがけて士雁は剣を振り上げた。

——も、もう駄目！

その時。

ひゅっと何かが飛んできて、士雁の腕に突き立った。彼は悲鳴を上げて地面に倒れ伏し、刺さった矢を抜こうと転がり回っている。

その瞬間、今まで座っていた道姑たちが一斉に立ち上がった。袖《そで》に隠し持った小刀で縛めの縄を解き放ち、油断していたならず者たちに襲い掛かって剣や刀を奪い取る。

鈴玉は何が起こったのかわからなかったが、見回すと邸《やしき》の塀をどんどん武装した兵士が乗り越えてくる。その中には「かさばっている武官」こと星衛の姿もあり、彼は塀を飛び降りざま武芸者二人を倒した。

「鄭女官、無事だったか！」

星衛は真っすぐ鈴玉のもとへ駆けつけ、身体に巻き付いた縄目を剣で断ち切った。鈴玉は喘《あえ》ぎながら途切れとぎれに言う。

「ありがとう……どうやら、冥途《めいど》への舟は渡し賃が足りなかったみたい」

「この状況で冗談が言えるとは、そなたは呆れた女子《おなご》だな」

鈴玉を背後に庇《かば》って、星衛は敵と切り結んでいる。

「きゃあっ」

悲鳴が上がった方を振り返ると、明月が刃を避《よ》けようとして転んでしまったところだった。

転倒した明月は、なかなか立てない。どうやら足をひどく挫《くじ》いたようだった。刀を振りかざした男が彼女に迫る。

「明月！」

「待て、鄭女官！」

鈴玉は後先考えず飛び出していって、友人の上に覆いかぶさった。目をぎゅっとつぶった彼女の真上に、白刃が音を立てて空を切り――。

「うわああっ！」

絶叫が鼓膜を突き刺し、どう、と何かが倒れる重い音がした。死が自分たちを捕らえる前に何が起こったのか――鈴玉は目を開け、こわごわ身を起こした。

「明月、明月……？」

倒れたままの友人は、気を失ったのか答えない。鈴玉がはっとして地面に目をやると、自分たちを殺そうとした大男がぴくりともせず伸びていた。その腕には短剣が、また胸には一本の矢がそれぞれ突き立ち、絶命していることが見て取れた。

「……一体誰が？」

半ば信じられない思いで見回すと、やや離れた低い塀の上で誰かがゆっくり弓を横に倒すところだった。

「――――！」

鈴玉の眼がさらに大きくなった。その人は女官の服を身にまとい、背からまた一本の矢を抜いて構えようとしている。彼女は鈴玉と眼を合わせ、ふっと微笑んだ。

「銀漢宮主さま……」

宮主は頷いて鋭い目つきに戻ると、いきなり別の方角を向き、樹上に矢を放った。

「ぎゃっ……！」

断末魔のうめきとともに、木から男が落ちてきた。宮主はすでに三の矢をつがえている。凜々《りり》しくも安定した立ち姿、無駄のない身ごなし――。

――ああ、この方はやはり主上のお母上。お姿といい、守るべきものを守る姿勢といい良く似ておられる。

鈴玉は感慨に打たれながら、塀の上の女傑を見守っていた。

道姑と兵士たちによって、李士雁の邸はすっかり制圧された。銀漢宮主は正堂の庇《ひさし》の下で弓に矢をつがえたまま警戒を怠らず、士雁や金喜福など貴族たちと雇い入れた武芸者やならず者たちは、揃って縛につき中庭に並ばされている。

鈴玉は命が助かった安堵《あんど》のあまり全身から力が抜けた状態で、明月に付き添われながら堂の階《きざはし》に腰を下ろしていた。

——そういえば、録はどこに？

辺りを見回してみたが、彼はどこにもいない。ちょうど血塗《まみ》れの剣を手に劉星衛が戻ってきたので、鈴玉は何とか立ち上がって彼に近づいた。

「ねえ、録を見なかった？　あなたが話していたうちの居候。彼、この邸にいたのよ」

星衛は驚いた顔を見せた。

「例の居候？　彼と会ったのか？」

「ええ、確かに私の再従弟《はとこ》だったわ。何でも、士雁に囲い込まれてしまって、逃げるに逃げられなかったんですって。陰謀に加担してはいなかったみたいだけど」

「そうか……いや、見なかった。きっと、この騒ぎに紛れて逃げてしまったのだろう」

彼は「宮主さまに報告しなければ」と呟《つぶや》き、鈴玉を残して階を上った。堂上の宮主はにこりとして、構えを解く。

「ご苦労でした、劉中郎将。主上がそなたたち羽林の兵を出してくださったおかげで、私も王妃のお使者も無事ですから安心なさい」

「銀漢宮主さま、危ない真似をなさいますな。掃討はこちらにお任せくだされば……」

「道姑《おんなどうし》たちは平素から万一の時に備えて訓練し、もしもの際には状況を見て戦い、自分たちで危機を脱するよう命じておきました。でも、やはり彼女たちの身柄を預かる者として心配だったので、そなたの兵たちと一緒ならば大丈夫だろうと、ひそかに麟徳府庁で馬を借りて引き返したのです」

「弓矢も、あらかじめ持って出られていたのですね？」

「ええ、輿《こし》の床に隠して」

星衛はほっと息をつくと、宮主の面前で片膝《かたひざ》をついた。

「それにしても、昔より変わらぬ見事な腕前でございます」

「涼国きっての剣の遣い手である星衛に褒められるとは、面はゆい。そなたこそ、投げた短剣が賊に命中したではありませんか。して、賊はどうなりましたか？」

「李士雁の一党は全て捕らえ、手前どもで討ち取った者は十名以上。ただし山へ逃げた者も十数名おりますれば、あとは近隣の県庁に連絡して兵を出させ、山狩りを致させねばなりません」

「後始末も大変ですが、よろしく頼みます」

星衛は立ち上がって一揖《いちゆう》し、ほんのわずか微笑を浮かべた。

「それから母君を案じて、払暁の頃に『あの方』がこちらにお発《た》ちになるご予定です」

宮主は目を見開き、大きく息をついた。

「では夜が明けたら、銀漢宮に戻ってその方をお待ちしましょう」

九

長い一夜が明け陽も高くなる頃に、銀漢宮主の李氏は劉星衛たちに守られて銀漢宮へ戻った。鈴玉も行動をともにし、中庭で来るべき人を待った。

やがて、五十人ほどの騎馬の一行が道観の前に到着し、筒袖に膝丈の黒い上着をまとい、赤い帯を締めた人物が入ってくる。

その人は、拝跪《はいき》する銀漢宮の道姑や王妃の使者たちの側を行き過ぎ、拝殿の前に立つ。最前列では宮主が微笑みを浮かべていた。

「久しいな、銀漢宮主……」

「主上、龍顔《りゅうがん》を拝し恐懼《きょうく》にたえません」

互いに「息子」とも「母」とも呼べぬ二人の姿。平静に見える銀漢宮主の双眸《そうぼう》には万感が込められているのに対し、主上の瞳《ひとみ》は抑えられた激情に満ちている。鈴玉は胸が締め付けられる思いで見守っていた。

――本当は、こんな堅苦しい儀礼的な挨拶《あいさつ》じゃなくて、もっと思いの丈を仰《おっしゃ》ることもできればいいのに。

だが、それは二人には許されぬことであることもまた、鈴玉は理解していた。

「何にせよ、ご無事で何よりだった。……お元気でお過ごしか、お体に変わりはないか」

「はい。修行に明け暮れる日々にて、主上のお気遣いを賜り、心穏やかに過ごさせていただいております」

主上は「そうか」と息をついた。

「この度の騒動、銀漢宮主には大きな心痛と面倒をかけたが、王妃の使者一行をお守りいただいたこと、厚く礼を述べねばなりますまい。危ない真似をもなさったので、私の肝が縮み上がったことも言い添えるが」

実母は眩《まぶ》しげに息子を仰ぎ見て、微笑んだ。

「ご心配をおかけして誠に恐縮ではありますが、主上と王妃、そのご名代をお守りするのは私として当然のことにございます。ご即位されて政務に日夜ご精励されておられるとの由、また太妃さまにねんごろに孝養を尽くされているとも承っております」

「……宮主のお心遣い、痛み入る」

「恐れながら、時には都の風の荒々しさを仄聞《そくぶん》して玉体を案じておりましたが、天帝さまは私の願いをお聞き届けになり、思いがけなくも対面の儀が叶《かな》って安堵いたしました」

「やはりご心配くださっていたのだな。もっとも、私は昔から母……いや、銀漢宮主を困らせ、ご心痛の種であったが」

息子は実母から目をそらした。

「そのようなことは……いえ、正直に申せば、やはりそうでしたね」

宮主は表情をさらにやわらげた。

「何分、主上は先王のご気質に似合わぬわんぱくぶりでいらしたので。毎日まいにち、やれ後苑《こうえん》の樹から落ちただの、宮殿の屋根に上って降りられなくなっただの」

そして、昔話に心がほぐれたのか、くすりと笑った。主上もそれにつられて破顔する。

「私がわんぱくであったのは、きっと宮主に似たのだな。昨夜の事件を知って確信した」

「そうかもしれませんね。長らく弓を引かず、腕がなまってしまっておりましたが」

そしてまた、沈黙が続く。名も知らぬ山鳥がしきりに啼《な》いている。

「宮主は、まこと幸せにお暮らしか？」

それは意外な質問だったようで、李氏は目を見開き、すぐには返事をせず考えていたが、やがて小さく頷《うなず》いた。

「そうですね……ええ、主上の聖恩をもちまして、幸せに暮らしておりますよ。神に仕える喜びと、御世の安寧を祈る安らぎを両腕に抱いて日々を生きております」

「それが宮主の考えるお幸せか」

「私には過ぎたるほどの幸せにございます。食事をいただいて、神前に香火を差し上げ、道服を繕い、山の端に落ちる夕日を眺め、満天に光る星々を仰ぎ――ささやかですが、そうした大切な生活を送っております。主上はお幸せでいらっしゃいますか？」

問い返されるとは思っていなかったのか、主上は二、三度瞬きをした。

「私か……私にとっての真の幸せとは、父上のご遺志を継ぎ、民が安んじて暮らせる国として涼を栄えさせることに他ならない。道はまだ半ばで忸怩《じくじ》たるものはあるが、だからといって不幸せというのでもない。信頼できる股肱《ここう》の臣もおり、王妃は後宮を滞りなく治め、子どもたちは健やかに育っている。一人の人間としてはまず幸せといって良いだろう。自分が幸いを知らねば、また人に施すことはできないものだ」

「まこと仰せの通りにございます。そのお言葉を聞けて、私も嬉《うれ》しゅうございます」

李氏はにこりと頷き、息子に対し最も重い敬礼を行った。そして、わずかに切なげな表情になる。

「主上、きっとあなたさまはいま最もお会いになりたい人物を待ち焦がれていらっしゃる。そうでしょう？　失礼ながら、先ほどからどことなく落ち着かなげでおられる」

王は苦笑を浮かべたが、無言のままだった。

「たとえ幾億万里の距離に離れてしまっても、親子の情は絶ちがたきもの。お会いなされませ。この機を逃してしまっては……」

息子は表情を硬くした。

「だが、国のため大義のためにやむを得ぬこととはいえ、がんぜなき子どもたちから母親を取り上げてしまった。恨んでもいいよう、もう会いたくないと心に決めているやもしれぬ」

「主上が逡巡《しゅんじゅん》なさるのはもっともですが、やはりお会いなされませ」

宮主の言葉を受け、道姑たちの後列にいた沈貞淑は玉荷の手を離した。

主上は一歩踏み出し、また一歩……歩みを早め、幼子に向かって速足で近づいていく。他の者はみな下がり、親子二人だけとなった。

鈴玉が中庭を出る直前に振り返ると、父親が娘の前にかがみこむやふわっと抱き上げ、娘もまた父親の首筋にしがみつき、しゃくりあげて泣いているのが見えた。

十

その後、父と娘の間にどのような会話が交わされたのかは鈴玉も知らない。ただ、昼を前に、やっと主上が出立のため宮主のもとに戻ってきたのを見ると、長い、長い語らいだったに違いなかった。

「宮主。優蓮――いや、玉荷をよろしくお願いいたす。彼女にもあなたにも苦労はかけるが、実の祖母のもとで育まれ、神に仕える者として心穏やかに成長することができれば、私も喜ばしく思う」

「お任せくださいませ、主上。全山あげて彼女をしかとお守りし、つつがなく過ごさせてやるつもりです」

主上は頷くと往路と同じく騎馬で出立し、遅れて鈴玉も、李氏や明月たちの見守るなか輿に乗った。見送る道姑《おんなどうし》たちの中に沈貞淑と玉荷がいて、少女が貞淑とともに無表情ながら小さく手を振ってくれたことは、鈴玉の胸を温かくした。

「……すみません、私もご一緒してよろしいでしょうか？」

山門を出たところで、近くの木陰から誰かが出てきて一行を呼び止めた。鈴玉が輿の垂れ幕をかかげて相手を見れば、何と鄭録である。

「まだ私に用があるの？　命が助かったんだからそれでいいでしょ？　どこへでも行きなさいよ」

「麟徳府に戻ろうと思うんですが、道中で盗賊に襲われたら怖いので、お姉さまの一行に加えていただけないかと……」

「王妃さまの使者なのに部外者を随行させるなんて、勝手なことは出来ないわよ」

劉星衛も、しかめ面の鈴玉に同調する。

「鄭女官の言う通りだ。それにそなた、麟徳府に帰ってまた香村先生のお宅に居座るつもりではあるまいな？」

鄭録は承服できかねる、という顔をした。

「それは聞き捨てなりませんね。れっきとした親族が居候してどこが悪いと仰るんで？　いくらお姉さまと月下氷人《げっかひょうじん》の赤い糸で結ばれているからって、劉中郎将は他人の家に口出しなさるんですか？」

「月下氷人だと？」

「誰が赤い糸ですって？」

鈴玉と星衛は揃って目を剝《む》き、鄭録はにやにやした。

「ほら、お二人とも茹《ゆ》でた蛸《たこ》みたいに赤くなって。私が拝見したところ、ご両人の人相にそう書いてありますよ」

「私は女官よ、主上以外の方と結婚なんてできるわけないでしょ！　それに、劉中郎将には縁談が持ち上がっているんだから、そんなこと言ったら彼に迷惑よ。あなたの人相見は大外れのいんちきね！」

「ちょっと待て鄭女官、なぜその話を知っている？」

星衛は明らかに冷静さを失っていた。

『ある筋』からお聞きしたのよ、どうぞ相手の方と偕老同穴《かいろうどうけつ》でお幸せに！」

鈴玉は彼に向かって大仰に一礼してみせ、垂れ幕をぎゅっと引き降ろした。

「こら、早とちりするな。主……いや、『ある筋』がどう仰せかは知らんが、縁談を受ける気はない。すでに断ったのだ」

外からの抗議の声に鈴玉はちらっと垂れ幕を開け、ぽかんとした顔を見せた。

「そうなの？」

星衛は真剣な表情で頷き、明後日《あさって》の方角を向いた。鈴玉が重ねて「どうして断ったの？」と尋ねても、彼は無言の構えである。二人の様子に、録は得意満面となった。

「ほらね、やっぱり月下氷人の赤い糸は、あなた方をぐるぐる巻きに縛って結び付けているんですよ」

「お黙り！　ああもう、くだらないことばかり言って、録は我が一族の恥さらしよ！」

頭から湯気を出して怒り続ける鈴玉に対し、冷静さを取り戻したのは星衛が先だった。行列の他の者たちが好奇の視線を三人に飛ばしているのに気が付いたらしい。

「とにかく、私たちも先を急がねば。もう昼過ぎだから日暮れまでに還宮するのは無理だが、今日は宿駅で一泊するお許しが出ている」

使者の行列は兵士が門前を固める李士雁の別荘を通り過ぎ、蔡河で往路と同じく渡し舟に乗った。一行についてきた鄭録も、ちゃっかり鈴玉や星衛と同じ舟に乗り込んでしまった。鈴玉は先ほどの「月下氷人」を思い出して気まずくなったが、録は全く頓着《とんちゃく》していないようで、「そういえば、お姉さま達のご結婚祝いには早すぎるのですが……」と言いながら、懐から何やら赤いものを取り出す。

「だから結婚なんて……何よ、これ」

渡されたものを見て、鈴玉は首を傾げた。赤い香袋で、何かが手巾《しゅきん》に包まれて入っている。手巾を広げると、鉄製の丸い牌《はい》が転がり出てきた。牌の表面には五爪《ごそう》を持つ龍《りゅう》が浮彫《うきぼり》となっている。裏には、複雑な陰影を持った何かの官印らしきもの。

——えっ。

鈴玉は、尚服局で紫棋に見せられた王衣の布地を思い出した。あの布地には龍とよく似た四爪《しそう》の蟒《ぼう》がうねっていた。蟒は天朝より臣下として冊封を受けた国王の印。一方、この五爪の龍が意味するものは？

さらに彼女は、牌を包んでいた手巾の刺繍《ししゅう》に気が付いて戦慄《せんりつ》した。五爪の龍を守るように咲いているのは——可憐《かれん》な鈴蘭の花。

「鄭女官？　どうした？」

星衛の問いかけにも答えず手元を凝視する鈴玉を、鄭録はじっと見守っていたが、やがて岸辺に並ぶ別荘の甍《いらか》を眺めながら鼻歌を一節唄《うた》った。

「……どうしてこれを？　録」

やっとのことで鈴玉は言葉を絞り出す。自分の心臓が鼓動を速めているのが分かった。

「香袋ごと李士雁から掏《す》り取ったんですよ、虫けら呼ばわりされて腹が立ったんでね。縛られた状態で掏り取るのはなかなか大変でしたけど。僕が持っていても仕方がなさそうなんで、お姉《す》さまがしかるべきところに渡してくださいな。ああ、もう対岸へ着きますね。お腹も空いたし、今夜はどこの宿駅に泊まるんだろう？」

録は座ったままで、天を衝《つ》くような大きな伸びをした。

——事件は解決したはずなのに。まだ何か起きるとでもいうの？

鈴玉は掌《てのひら》の龍が邪気を放ち、不気味にうごめいたかのように感じておののいた。

第四章　鈴玉、橋上より人を送る

一

夜をまたいで翌朝に還宮した鈴玉は、宝座の王妃に割符を返して復命した。

「鈴玉、鈴玉……大変な目に遭いましたが、無事に戻って来られて本当に良かった。そなたに何かあればどうしようかと、私は……」

林氏は顔に安堵の色を浮かべ、鈴玉を招き寄せて優しく抱きしめた。

「王妃さま……ご心配をおかけしまして」

「今日の仕事は免除するゆえ、ゆるりと休息するがいい。香菱も一足先に還宮し、部屋にいる」

女官部屋では、香菱が足湯を用意して待っていてくれた。

「ああ、あなたが無事で本当に良かった。私は銀漢宮主さまに従って先に麟徳府に戻ってきたけど、宮主さまは馬に乗って引き返しておしまいになるし、主上も宮主さまを追って嘉靖宮を密《ひそ》かに出られるし。その上、あなたがなかなか帰って来なくて、もうどうなるかと思ったわ。でも無事で何より……明月は？」

「明月も宮主さまも、道姑の皆さんと一緒に銀漢宮に戻ったので大丈夫よ。ああ、もうくたくた」

「何があったの？」

「色々あり過ぎて……後で話すわ、約束よ」

寝台に腰かけ、裙《くん》をたくしあげて足湯を使っていると、疲れが湯に滲《にじ》み出ていくようだった。彼女は足を拭《ふ》いてそのままごろりと横になり、すぐに寝息を立て始めた。

あまりに疲れたのか泥のように眠り、翌朝、目が覚めた鈴玉は牌のことが気にかかっているのか、まだすっきりしない気分だった。だが、洗顔と朝食で気力を奮い起こし、碧水殿を訪れた。明安公主の常服を銀漢宮に納めて祈禱《きとう》したことを報告するためだった。

「鄭女官、私の代わりに大役を果たしてくれて感謝する。何やら大変な目にも遭ったようだが、無事に戻ってきて良かった」

「恐れ入ります、公主さま」

巻物を手にした公主は穏やかな表情で頷いた。鈴玉が通された書斎のそこかしこには行李《こうり》が置かれ、巻子《かんす》や帙《ちつ》と呼ばれる装具に入った冊子などの書籍が納められていた。

「天朝にも書籍は涼国以上に豊富にあるだろうが、やはり馴れ親しんだ自分の蔵書が一番気分の落ち着くものだから、みな持参しようかと思って」

公主はそう説明し、「ただ、あの小説の続きが読めなくなるのだけは残念で……」と、小声で付け加えた。

「湯内官と謝内官に申し付ければ、お輿入《こしい》れに間に合うよう、完結編を急いで書きあげてくれるとは思いますが」

鈴玉の提案に、公主は首を横に振った。

「私はあくまで一読者なのだから、特別扱いはされたくない。ここまで楽しませてくれたのだから、もう満足しなくては」

公主の気持ちは、同じ愛読者の鈴玉にも痛いほどわかった。

「では公主さま、ご自分で完結編をお書きになればいいのでは？　今までも、『月香伝』から連想したものをお書きになられたことがあると伺っております」

明安は赤面して、披帛《ひはく》の端をもてあそんだ。

「でも、あれらは短いものを妄想に任せて書き散らしただけで、完結編のような長いものはとうてい……」

「きっと書けますよ。好きというお気持ちは山をも動かすと私は思います」

「ふふふ、鄭女官は前向きの一言に尽きる」

鈴玉を羨望《せんぼう》の眼差《まなざ》しで見つめる公主だったが、やがて主上の臨御の先触れを耳にして、鈴玉ともども姿勢を正した。

「やあ、支度は進んでいるかな。鄭女官もここにいたとは。両人とも楽しそうだな」

宦官《かんがん》や女官たちを引き連れて書斎に入ってきた主上は、異母妹に微笑みかけた。

「わざわざお運びいただき恐縮です。して、主上のご用の向きは？」

「うむ。国を離れて嫁ぐそなたに、兄として餞《はなむけ》を贈ろうと思ってな。望みのものがあれば、遠慮なく私に告げるが良い」

「よろしいのですか？ すでに婚儀のお支度にお力を尽くしていただいておりますのに」

主上は明るさの中にも、ちらりと切なげな表情を見せた。

「そなたにしてやれることは限られている。でも、そなたのためなら空の星でも取って進ぜよう」

「まあ、主上は人をおからかいになって。そうですね……」

明安は考え込んだが、やがて首を横に振った。

「ありがたき仰せではありますが、すぐには思いつきませんので少しお待ちくださると嬉《うれ》しゅうございます」

──公主さまの本当のお望みは、『月香伝』の舞台となった麟徳府のお忍び歩きなのよね。でも、実行に移して天朝に漏れると問題になるから、いくら主上でも星を取るより叶《かな》えるのが難しいでしょう。

鈴玉は残念に思ったが、事が事だけにどうしようもない。

「うむ、そうか。何か思いついたら、なるべく早く私に申せ」

「はい、必ず」

明安は兄の心遣いが嬉しかったのだろう、にこりとして一礼した。

主上は鈴玉を伴って碧水殿を出た後、居殿の建寧殿に戻るかと思いきや、太清地のほとりをそぞろ歩いた。

「明安があのように笑うとは……」

主上は感慨深げに呟《つぶや》くとぴたりと足を止めて振り返り、鈴玉を残して随従の宦官や女官たちをみな下がらせる。

「鄭鈴玉。両の手首を見せてみよ」

鈴玉が言われたままにすると、主上は顔をしかめて、手首にくっきりと浮き出した縄目の跡に触れた。

「危ないところだったな、さぞ怖い思いをしただろう」

鈴玉は笑んで首を横に振った。

「銀漢宮主さまや、劉中郎将に救っていただきましたので……」

「そなたには当事者の一人として知る権利があり、また係累の者も関わっているゆえ話すが、捕縛された李士雁や金喜福たちは司刑寺で取り調べを受けている」

「……宮主さまを捕らえて人質にしようとしたこと、白状したのですか？」

「尋《よ》問の担当官によれば、士雁がぺらぺらとあることないことを喋《しゃべ》っているので、事実を選り分けるのが大変だそうだ。『自分は悪くない、すべて妻や鄭録と申す者の企《たくら》んだことだ』と。加えて、『自分が無罪放免となる証拠品を妻から渡されている、それがあれば司刑寺どころか主上でさえ自分に触れることはできぬ』とも主張しているのだ。だが、証拠品については『出てくればわかる』と何も具体的なことは申さぬし、家宅の捜索や身体検査でもそれらしき物は出てこない。証拠品が見つからぬとわかって士雁は焦り、今度は『太妃さまにお取り成しを』と半狂乱だ」

「まあ……」

鈴玉は、陰謀が露見しても観念するどころか、なお他者に罪をなすりつけようとする士雁の態度に腹を立てたが、彼の言う「証拠品」には心当たりがあった。

「鄭録は私の再従弟《はとこ》に当たります。お調子者ですがこの度の陰謀には巻き込まれただけで、彼らに与《くみ》したわけではありません。ただ司直の手に委《ゆだ》ねて、録の潔白が明らかになるのを信じるのみです」

「うむ。彼もやはり司刑寺にとどめ置かれているが、遠からず放免されるだろう。だが……」

言葉を切った主上の顔に、深い影が差した。

「実はもう一つ大きな問題があって、趙雪麗の居所が数日前からわからぬのだ。士雁の宅にも実家にもいない」

——えっ。

鈴玉は息を呑《の》んだ。昨日の不吉な予感が、確信に変わりつつある。

「郡夫人さまが消えたのですか？」

「そうだ、私も案じている。彼女は太妃さまの姪御《めいご》であるし、士雁の供述の真偽を証明するには彼女に話を訊《き》かねばならぬのだが」

主上の沈痛な言葉が水面《みなも》に響く。

――そう、主上にとって雪麗さまはかつての同志であり、太妃さまの姪《めい》。でも、雪麗さまにとって主上はそれ以上のお方のはずだった。なのに、なぜ――。

鈴玉は、のろのろとした手つきで懐から赤い香袋を出した。これを渡すべき人に渡すのは、今しかない。

「李士雁の言う証拠品とは、おそらくこの香袋に入っているものだと思います。鄭録が士雁から入手し、私に渡しました。直ちに法曹に提出しなかった咎《とが》は負いますが、主上に直接お渡ししたほうが良いかと考えましたので」

香袋を受け取った主上は中を検《あらた》めた。天朝の天子さまを表す五爪《ごそう》の龍《りゅう》の牌《はい》と、沈貞淑が刺繡《ししゅう》をした鈴蘭の手巾《しゅきん》――。

「……やはり、そういうことか」

主上は独りごちて二つの品を懐におさめ、鈴玉に微笑みかけたが、その笑みには悲しみが入り混じっているように見えた。

「ありがとう、鄭女官。これらについては内密にして欲しい。人が生きるか死ぬかの瀬戸際なのだ」

「は、はい」

──『人』とは士雁？　それとも雪麗さま？

鈴玉は疑問を抱いたが、相手に問うのも憚《はばか》られた。主上は池の対岸に視線を投げかける。

「あちらに恵音閣が見えるな。いずれ行く道が分かたれることも知らず、志を語り未来を思い描き、『知音《ちいん》』と互いに呼び合ったかつての私たちは、未熟だったがそれぞれに熱情を持っていた。私は兄上が即位前に亡くなられ、思いがけず玉座についた。以来、大義を忘れず、民の喜びを自分の喜びとするべく王道を歩んできたつもりだが……」

主上は鈴玉に向きなおり、懐から別の手巾を取り出して広げて見せた。

「おそらく、鄭女官は私自身が持つこれを見てみたかったのではないか？」

王者の手の中に咲く、美と毒を併せ持つ花。

「……はい」

鈴玉は小さな声で答え、しばらく鈴蘭の刺繡を見下ろしていた。

「雪麗は、かつて私を『理想ばかりで甘い』と叱った。今でも彼女はそう思っているかもしれない。だから、彼女はあの牌を所持するようになったのだろうか……」

鈴玉は胸が塞《ふさ》がる思いで、主上の言葉を聞いていた。

「雪麗は天朝に通じ我が宮城の情報を流していただけではなく、後宮を揺るがし天朝の介入の口実を作ろうとしていた。確かに織造は天朝での情報探索をも任としている。しかし、事ここに至れば……」

　――主上は、雪麗さまが天朝の飼い犬になったと仰《おつしや》っているのね。でも、私は信じたくない。嘘よ、主上や沈女官さまたちと未来を語り、私の志をも褒めて助けてくださったあの方が。

　鈴玉の心は、早瀬の小舟のように揺れ動いていた。

「現実を見据えて処していくのも、やはり理想や大義があってこそだ。大義のために家族を悲しませることになっても、天下を敵に回したとしても、やはり民の喜びを見ずに王であり続けることはできない。それをよすがに、自分の道を進んでいくほかはない」

　誰にともなく、主上は低い声で語ると丁寧な手つきで手巾を畳んでしまい込み、しばらく鈴玉の存在を忘れたかのように松を見上げていた。

　――主上は、これほどまでに理想と現実の狭間《はざま》で深くお悩みになりながらも、民のことを忘れず、良き国づくりのために一身を賭《と》すおつもりなのね。

　鈴玉は背中を向けたままの主上に対し、深い尊敬の念を込めてゆっくりと拝跪《はいき》した。

二

　鴛鴦殿に戻る途中、鈴玉は尚服局の王紫琪が駆け寄ってくるのに気が付いた。

「鄭女官！　ちょうど良かった、あなたに知らせるため鴛鴦殿に行くところだったのよ。

実は、私たちの布地を切った犯人が見つかったの。尚服さまがあなたをお呼びで……」

「今ごろになって？　本当ですか？　王女官、だ、誰なんですか結局？」

距離を詰める鈴玉を押し返して、紫琪は声をひそめた。

「貴人安氏の田女官よ。やっぱりね、彼女はとんだ食わせ者だったの！」

「なぜ分かったんです？」

それがね、と紫琪がにんまりし、鈴玉を促して歩き出した。

「彼女がいつも賭博《とばく》に使っている骰子《さいころ》が、布地の包みの中に入っていたわけ。私たちがうっかり見逃したんだわ」

「骰子が？」

鈴玉は首を傾げた。

――そんなもの、初めから包みには入ってなかったわよ。

――誰かが田女官を陥れるためにしたの？　田女官から誰かが盗んで骰子を包みの中に入れることだってできるし。いずれにせよ、彼女の仕業と断定されたら、安貴人さまも巻き込んで大変なことになるのでは？　天朝に輿入《こしい》れする明安公主さまの布地を傷つけたのなら、ただじゃ済まないもの。でも一つだけ確実なのは、これで後宮に混乱が起きたら誰か喜ぶ人間がいるはず。それは一体誰？　まさか雪麗さま？

鈴玉は息を大きく吸って、また吐いた。

「ねえ王女官。尚服局に行ったら、『大事には至らなかったので、田女官を許してやってください』と二人で頼みましょうよ」

紫琪は目を剝《む》き、鈴玉に摑《つか》みかからんばかりになった。

「何を言っているの？　田女官は百叩《たた》きにしてやっても足りないくらいよ」

「お願いです。切られた布地からきちんと一枚仕立てられるようにしたのは私じゃありませんか？　その私に免じてどうか……」

「冗談じゃないわよ！　そんな甘ちゃんなこと言うもんですか！」

「言う、言わない」で二人がもみ合いながら尚服の執務室に入ると、女官たちや宦官《かんがん》長の劉健に囲まれ、田女官が床に座らされていた。鈴玉と紫琪は、ぱっと互いの身から離れる。

「だから、貴人さまは無関係ですって！　あたしが一人で勝手にやったんだって、何度言わせるの！」

「こいつ、口のきき方も知らんのか！　脚の一本でもへし折ってやらないと分からんのか？」

劉健が怒鳴りつけながら、椅子を振り上げる。

「待ってください！」

凜《りん》とした一声が飛んだ。その場の者たちの視線が紫琪に集まる。脇の鈴玉は息を呑んだ。

「骰子は、私と鄭女官が確認した時には包みに入っておりませんでした。決め手の証拠と見なすには不十分かと。また、無事に衣裳《いしょう》も仕上がり大事に至らなかったのは確かですので、田女官を許してやってください」

鈴玉は驚き、まじまじと紫琪の横顔を見つめたが、すぐに彼女の言葉に続けた。

「王女官の申す通りです。私からも伏してお願い申し上げます。確かに田女官は罪を犯しましたが、『災い転じて福となす』の言葉通り、私たちは結果として良き衣裳を仕立てることができました。せめて罰するとしても、罰金刑にとどめてくださいませ」

劉健は苦虫を噛み潰《つぶ》したかのような顔をしている。

「しかし鄭女官、後宮の規範は厳しく守られるべきもの。かつて永巷送りになったそなたは身に染みて分かっているはずだが」

「はい、存じております。確かに法や規範は忽《ゆるが》せにしてはならないこと。ですが、ここで事が大きくなれば、天朝の孫太監さまに対しても顔向けができません。田女官は長年、安貴人さまに誠意をもってお仕えしてきたと聞いております。どうか彼女の功績に鑑《かんが》み、情理を尽くしたご判断を……」

鈴玉は一気に語り終えると、劉健に揖礼《ゆうれい》を行った。劉内官はしばらく唸《うな》っていたが、やがて一同に向きなおり、げじげじ状の眉《まゆ》を吊《つ》り上げた。

「尚服局で布地が断ち切られた件に関しては、田女官の骰子が包みに入っていたとはいえ他の証拠も揃わず、また被害を蒙《こうむ》った王女官と鄭女官の申し立てもあり、田女官の罪は問わぬことにする。皆の者、これで不服はないな？　ただ、後宮を騒がせた罪は残るゆえ、王妃さまから賜った褒美は速やかにお返し申し上げ、その返還に関しては安貴人さまに監督をお願いすることとする」

一同が散開する中、縄目を解かれた田女官は腕をさすりながら、憎々しげに鈴玉たちを睨《にら》みつけた。

「これであたしが感謝すると思ったら大間違いだよ」

吐き捨てて部屋を出ていく彼女を紫琪は追いかけようとしたが、鈴玉が羽交い絞めで止めた。

「何よあの態度！　やっぱり、彼女をこてんぱんにのしておくべきだった！」

「駄目です、王女官。ここで彼女を罰したら敵の思う壺《つぼ》です！」

「敵の思う壺って、誰の？」

鈴玉は黙り込んだ。天朝はともかく、それに使われている雪麗を敵として考えたくはなかった。

紫琪は不満顔でしわくちゃになった襟元を整えたが、何かを思い出したらしく、鈴玉を悪戯《いたずら》っぽい目つきで眺めて笑い声を漏らした。

「どうしたんですか？」

「さっきのあなたの長広舌と来たら！　あることないこと喋《しゃべ》って、宦官長さまを丸め込んで。どうせ、長年誠意をもってお仕えして云々《うんぬん》も、適当に言ったんでしょ。でもやっぱりあなた、腐っても貴族なのねえ。ちゃんとそれらしく、学問のある話し方ができるものね。私、まさか貴族に感心する日が来るなんて思わなかった」

「……腐った貴族で申し訳ありませんでしたね」

相手を横目で見た鈴玉だったが、ふと蘇《よみがえ》った記憶がある。

「ねえ、王女官。いつだったか、碧水殿からの帰り道に郡夫人さまと喋っていたのは田女官だったと言っていましたよね」

紫琪は嫌な顔をした。

「そんな昔のこと、忘れちゃったわよ」

――五爪《ごそう》の龍《りゅう》の牌《はい》を持つ雪麗さまが天朝の「飼い犬」だったように、田女官は雪麗さまの飼い犬なのかしら？　二人の接点は田女官が霊仙殿の蘇女官に借金していたことだけだけど。それにしても、今になって捕まるなんてなぜ？

全ての事実のかけらが、雪麗と霊仙殿に集約されていくような気がする。鈴玉は意を決し、霊仙殿に足を向けた。顔見知りで気さくな蘇女官であれば、田女官について何か情報を教えてくれるかもしれない。

「あら、蘇女官ですか？　ちょうど鴛鴦殿に行っていますよ。鄭女官《あなた》を通じて王妃さまに呼ばれたとかで。もしかして行き違いになったのでしょうか？」

霊仙殿の取次の女官が出てきて教えてくれた。

「私を通じて？」

鈴玉は首を傾げた。ただならぬ予感がして、鈴玉は「失礼します」と女官に言うなり、くるりと踵《きびす》を返して駆け出した。

「あ、ちょっと……鄭女官？」

――田女官じゃない。彼女は目くらましで、飼い犬は他にいる。布地を切ったのは大事を起こす「練習」で陽動、本命は――。

「王妃さま！　孝恵さま！」

鈴玉が鴛鴦殿の宝座の間に駆け込むと、こちらに背を向け拝跪《はいき》していた女官が立ち上がり、右手に匕首《ひしゅ》を光らせながら宝座の王妃に向かって突進するところだった。鈴玉はしゃにむに女官の脚に飛びつき、二人は床に転がって揉《も》みあう。

「…………！」

匕首の切先が鈴玉の鼻先を掠《かす》めたので、思わず手を離してしまった。女官は跳ね起きると匕首を構え直す。その場にいた宦官や女官たちは宝座の王妃の前に立ち塞《ふさ》がり、一部の者は輪を作って曲者《くせもの》を取り囲んだ。

「痛い……」

その時、鈴玉が身を起こそうとする脇を誰かが走り抜け、匕首を握った女官に斬りつけた。女官は「ぎゃっ」と潰れた声を上げて倒れ込む。うつ伏せになり、肩を斬られて呻《うめ》く彼女の手から匕首が離れて床に転がり、傍らには血に濡《ぬ》れた剣を下げ、大きく息をしている主上が立っていた。

王妃はすばやく孝恵を柳蓉に預けると自分の披帛《ひはく》を外し、それを受け取った宦官が縄の代わりにして女官を縛り上げた。

「大丈夫か？　王妃」

主上はまず王妃と我が子を見やり、ついで立とうとする鈴玉に手を貸してにこりとした。

「そなたの鼻が無事で良かったな。たまたま来てみたらこの騒ぎだ、『この国第二の剣の遣い手』を自認する私でも冷や汗をかいたぞ」

それから一転して厳しい顔つきになり、剣を随従の劉健に預けると、かがみ込んで犯人の顎《あご》を持ち上げた。

「そなた……霊仙殿の蘇女官だな。太妃さまによくお仕えしていたはずが、この仕儀は何だ？　いずれにせよ、王妃に刃《やいば》を向けることは私に刃を向けるに等しい。死は覚悟の上であろうな？」

今まで聞いたことのない冷酷な声音で主上は言い捨てると、蘇女官を宦官《かんがん》たちに引きずって行かせる。鈴玉は、蘇女官の母親が天朝の後宮に仕えていたことを思い出した。

——やっぱり、蘇女官が飼い犬だった？　でも誰の？　雪麗さま？　それともまさか太妃さまが本当の黒幕？

「鄭鈴玉、そなたを証人として霊仙殿に連れて行く」

主上はそう命じ、鈴玉を従えて鴛鴦殿を出た。

三

「蘇女官が？」

瀟洒《しょうしゃ》な彫刻がほどこされた紫檀《したん》の寝台の上で、太妃は自分の手巾《しゅきん》を握りしめた。室内には薬湯のきつい匂いが漂っている。寝台の上で、太妃は自分の手巾《しゅきん》を握りしめた。静かな眼差《まなざ》しで嫡母を見つめ、頷《うなず》いた。その場には魏内官もいたが、「扉の外に控えておりますので」と一揖《いちゆう》し、薬湯の碗《わん》を載せた盆を持って下がった。

「そんな……そんな、彼女は忠義者です。大それたことをするはずが……」

「彼女は太妃さまには忠義者でした。いや、今でもそうでしょう」

「主上！　まさか私をお疑いなのですか？」

太妃は叫び声を上げ、ついで激しく咳《せ》き込んで寝衣の胸元を鷲摑《わしづか》みにした。

「ここにいる鴛鴦殿の鄭鈴玉が蘇女官を止めてくれなかったら、王妃と孝恵は無事では済まなかったでしょう。それが何を意味するか、太妃さまにはお分かりのはず」

「主上……私とあなたは生《な》さぬ仲ですが、決して御身を危うくし、玉座を揺がそうなどとは考えたこともございません。どうかお信じくださいませ」

主上は大きく息をつき、身を震わせる太妃の手を取った。

「私は、あなたの息子として正直に申し上げましょう。太妃さまの真心を証明するのは、趙雪麗です。彼女がどこにいるかご存じですか？　彼女の実家から織造に到《いた》るまで、ほうぼう捜させてはいるのですが、どこにも見当たらないのです」

そう言って、主上は太妃の手に五爪の龍の牌を握らせた。

「これは……」

「彼女の持ち物です」

「ああ、雪麗……何ということを！」

全てを悟った太妃は前のめりになり、嗚咽《おえつ》を室内に響かせたが、主上と鈴玉は黙って見守るだけだった。やがて気が静まったのか太妃は涙を拭《ふ》き、女官に紙窓《しそう》を開けさせて寝台から外を眺めた。

「主上もご存じのことと思いますが……あの子――雪麗は、その才能を私の弟である父親に愛されて育ったものの、父親を早く亡くしたのが彼女の不幸でした。雪麗の兄たちは昔から彼女を妬《ねた》み、父親の眼を盗んで虐待をしていたのですが、私はそれを知らなかった。彼女が参内するととても嬉《うれ》しそうにしていたのは、ひと時でもあの家を離れられるからだったのですね。そして、父親の死によってさらに虐待が酷《ひど》くなったのです。兄たちは言葉や暴力で、彼女を追い詰めていきました」

話を聞いている鈴玉の眉間《みけん》の皺《しわ》が、どんどん深くなっていく。

「ある時、彼女がいつものように参内したとき、急に発熱したので着替えさせ、霊仙殿《こちら》に一晩泊めたことがありました。魏内官に診せたところ、脈を取った時に手首に新しい火傷《やけど》の痕があり、また鎖骨の下にも古い傷があったと報告があったのです。ただ本人に問うても黙って答えず――」

鈴玉の脳裏に、雪麗の手首にあった火傷の痕と、彼女の言葉が蘇った。

――お父上に愛されて育ったのね。私の父もあなたの父上と同じような人だった。早く亡くなってしまったけれど……。

太妃は視線を主上に移した。

「私は虐待の件を知る前に、父親の服喪を済ませた彼女を宮中に引き取るつもりで、当時世子であられた主上《あなた》の王妃候補に挙げていました。でも、もう彼女はあの家での生活に耐えられなかったのでしょう。宮中で発熱した三日後、衝動的に家を出て、西水潭の三星橋から飛び降りたのです」

「あの、深い淵《ふち》の……」

鈴玉が三星橋の欄干から落ちそうになったことを思い出して呟《つぶや》くと、太妃は頷いた。

「そうです。彼女は助かりましたが、本当に死ぬつもりだったか否かは分かりません。ただ、虐待と三星橋の件によって、彼女を王妃候補から外さざるを得ませんでした。身体に傷があれば王に侍《はべ》ることは適《かな》いません、つまり候補としては欠格になったのです」

主上がわずかに身じろぎをした。

「李士雁の行状の悪さを承知で織造に嫁がせたのは、むろん趙家と李家の天朝を通じた繋《つな》がりを強めるためもありました。でもそれ以上に、士雁は彼女の才能に嫉妬《しっと》することはあっても、虐待したり貶《おとし》めたりはせず、妻が陰から織造の職務を支えることを嫌がらなかったからです。果たしてそれが彼女の幸せになったかはわかりません が……いえ、私が彼女を救うつもりで、結局はもっと暗い淵に追いやったのかもしれません」

語り終えると、太妃は自分の手元に目を落とした。そこには、五爪《ごそう》の龍《りゅう》が寒々しい光沢を放っている。彼女は目を背けて主上に牌《はい》を返し、ついで震える手で壁際を指さした。

「そこの短剣を……主上」

鈴玉は壁に飾られていた、見事な細工を持つ銀の短剣を取って主上に差し出す。剣の鞘《さや》には、双眼《そうがん》に紅玉を埋め込んだ銀細工の龍がうねっていた。その龍もまた五爪であった。

「私の伯母《おば》が天朝に輿入《こしい》れした折、祖父が天子さまより賜ったものです。これを主上から雪麗にお渡しください」

「……賜剣《しけん》ということですか？」

主上の問いかけに、太妃は弱々しく頷いた。「賜剣」は、この場合「賜帛《しはく》」などと同様に賜死《しし》を意味する。刑死と異なり、賜死であれば罪人の名誉は守られる。

「ことが明らかになれば、彼女が刑死となるだけでなく、趙家や李家にも累が及びましょう。私自身にも。それは覚悟しています。ですが、主上から彼女にどうか一片のお慈悲を……」

後は言葉にならなかった。主上は、泣き崩れる太妃の前で恭しく拝跪した。

「太妃さま、お話し下さりありがとうございました。雪麗が刑死となるか賜死となるかはひとえに本人次第、どうかお心を静めて後続の報をお待ちくださいますよう」

主上は疲れ果てた太妃が眠りにつくのを見届け、魏内官を呼んでともに霊仙殿を辞したが、殿門を出たところで鈴玉に短剣を渡した。

「なぜこれを私に？」

主上は鋭い視線を彼女と魏内官に向けた。

「これだけ捜しても見つからないとなれば、雪麗は後宮に潜んでいるか、遠方に逃げおおせたかのどちらかだろうが、私は前者だと睨《にら》んでいる。鄭女官は雪麗と親しかったし、魏内官も彼女を良く知っている。密《ひそ》かに二人で捜し出して、私の代わりにこの剣を渡して欲しい。私が軽々に動くとそれだけで耳目を集め、彼女を刑死にせざるを得なくなる」

「私から郡夫人さまに渡せと……？」

鈴玉の声が震えた。その傍らで物問いたげな魏内官に対し、主上は頷く。

「魏内官も、頼む。他でもないそなたならば、雪麗も言うことを聞くかもしれない。そなたは昔から彼女を誰よりも大切に思っていた、そうではないか？」

魏内官は唇を嚙《か》みしめ俯《うつむ》いていたが、絞り出すような声を出した。

「恐れながら、彼女はもはや昔の彼女ではありません。私の言葉など……」

「わかっている。だが今の私は、鄭女官やそなたの気持ちに彼女が応《こた》える、その最後の可能性を信じるほかはない」

主上は二人に「さあ」と促すような目つきをして、踵《きびす》を返す。

「あなた一人でも大丈夫なのに、なんであたくしまで……」

ぶつぶつ言う魏内官に、鈴玉は必死の形相ですがりついた。

「お願いです、教えてください。魏内官は雪麗さまを良くご存じだから、行先の心当たりがあるのでは？　主上の仰《おっしゃ》るように、本当に後宮にいるんですか？　何としても捜し出して……」

「捜し出してどうするの？　彼女が死ぬのを見たいの？」

魏内官は険しい顔で鈴玉を突き放し、背を向けた。

「あの方のなさったことは許せないけど、恩も受けたんです。だから、会ってこの短剣を渡すだけではなく、確かめたいんです。なぜこのようなことをしたのか……」

──私の窮地を救う一方で、私の大切な方々を損なうようなことをなぜしたのですか？　雪麗さま。

「彼女は織造の妻で後宮に出入りしているから、女官に化けて隠れるのはお手の物よ」

「で、では……」

魏内官は無言で、ただある方角に顎《あご》をしゃくって見せた。

「あそこに？」

「多分ね。彼女が後宮でもっとも愛した場所よ。今の彼女はあたくしではなく、あなたの言うことならば聞くかもしれない」

魏内官は動揺を抑えようとしているのか、両腕で我が身を抱え込んだ。

「鄭女官、あなた一人で行きなさい。あたくしは一緒には行けない」

「そんなことを仰らないでください、私と行って説得しましょう。主上は魏内官さまの雪麗さまへの想いをご存じだったから説得をお命じになったのでは？　しかも、一国の王たる方があえて『頼む』という言葉をお使いになってまで」

「鄭女官……！」

魏内官は天を仰いで瞑目《めいもく》した。

「それ以上言わないで。やっぱりあたくしは行けないの。だって、情に負けて彼女を逃がしてしまうかもしれないから。そうなったらもっと困るでしょ？」

諦《あきら》めと、深く秘めた情愛をにじませた低い声。それ以上、魏内官を動かす術《すべ》も見いだせなかった。鈴玉はただ目を潤ませて一礼し、彼を残して目的の場所へと駆け出して行った。

四

恵音閣はいつものようにしんと静まり返り、遠くの鳥の鳴き声が聞こえるばかりだった。

鈴玉は朽ちかけた手すりを頼りに、ぎしぎし音を立てる階段を上った。一階、二階――だが、誰もいない。ごくりと唾《つば》を呑《の》み、彼女はさらに三階への階段に目を向けた。

ついに最上階に出ると、果たして一人の女性が佇《たたず》み、こちらを見ていた。身にまとうのは外命婦の深紅の礼服ではなく、女官が着る赤紫色の襦《じゅ》。

「やっぱりあなただったの、鴛鴦殿の鄭鈴玉。よくここに私がいると分かったわね」

いつもと変わらぬ優しい眼差《まなざ》し、穏やかな口調。

「郡夫人さま……」

「どうしたの？　そんな顔をして。こちらに来てご覧なさいよ。はるか遠くまで見渡せて、嘉靖宮の瑠璃瓦《るりがわら》が青空に映えて綺麗《きれい》だから。私がこの後宮で一番好きな景色なのよ」

女官姿の雪麗は鈴玉の手元に目をやり、ふっと微笑んだ。鈴玉は、慣れ親しんだはずの美しい笑みに、今は底知れぬ怖さを感じた。

「その短剣は、太妃さまが常にお側に置かれていたものでしょう？　ああ、私に自死をお命じになったのね」

「私は、あなたのご夫君が所持していた五爪の牌を主上にお渡ししました。あなたもご存じの、鈴蘭の手巾《しゅきん》にくるまれた牌です」

「あら、あなたの手に渡ったの？　あれを夫に持たせておけば、夫の身を守れると思っていたのに」

鈴玉は抑えた声で、笑みを絶やさぬ雪麗に告げた。

「雪麗さま、私には信じられません。……なぜこんなことをなさったのですか？　あなたの身だけではなく一族にも累が及ぶ大それたことを。本当にあなたは天朝に通じていたのですか？　太妃さまや主上を裏切るような真似を……」

雪麗はくすくす笑い出した。

「私が涼を裏切る？　いいえ、私の能力を認めて正当な評価をしてくれたのは天朝だから、そちらについたまでのことよ。私は女に生まれたから祖先の祭祀《さいし》を継ぐことはできず、詩の半句をこっそり作っただけで兄たちからは折檻《せっかん》された。気位ばかり高くて、ろくに経書の暗誦《あんしょう》もできない兄たちにね。夫は酒浸りで妾《めかけ》を幾人も抱え、私を顧みなかったから子どももできなかった。あなたも『三従七去《さんじゅうしちきょ》』という先賢の言葉は知っているでしょう？」

実家にいるうちは父に従い、嫁げば夫に従い、夫が亡くなれば子に従うのが「三従」で、父母の言うことをきかない、子ができないなど妻の欠格条件を示したのが「七去」であった。

「むかし父が天朝に使者として派遣されたとき、向こうの貴顕を相手に幼い私が作った詩句を披露したら、とても評判を呼んだの。『親ばかだ』と涼では笑われたけれどもね。だから私にとって天朝は憧《あこが》れだったし、後に自分でも夫に付き従って実際に天朝に行き、人脈を自分で広げたの。恐れ多くも、天子さまへの拝謁も叶《かな》ったわ」

「だから、天朝のために働こうと？　でも、それは向こうに都合よく利用されているだけではありませんか？　いつかあなたも用済みとなれば捨てられるのでは？」

鈴玉は、かつて敬嬪に利用されて命を落とした、友人の張鸚哥を思い出した。

「ええ、いずれ私も使い捨てられて死ぬ運命なのは分かっている。でもこの国では、私は利用価値のある駒にすらなれなかったのよ」

「主上は？　主上はあなた方、鈴蘭の手巾を持つ同志を『知音《ちいん》』と呼んでいらっしゃいました。あなたならば、いくらでも陰から主上の御世をお助けできたではありませんか？　織造のお仕事でそうなさっていたように」

雪麗の笑みは、とうとう冷笑に変わった。

「はっ！　あの理想ばかりの甘いお方が涼をどう変えようというの？　あの方がなぜ善本蒐集《しゅうしゅう》と称して文献を集めようとしているのか、あなたは知っている？」

「それは……いずれ人材抜擢《ばってき》のための試験を導入なさって、能力のある官僚を登用するための準備だと」

雪麗の瞳《ひとみ》は目の前の鈴玉ではなく、暗い淵《ふち》を映し出していた。

「ええ、そうね。でもたとえ実現しようとも、私たち女子は根本的に何も変わらないでしょうよ。能力を認められずに虐げられる。それとも、女子が登用試験を受けられるとでも？　官僚になれるとでも？　家の祭祀を継げるとでも？　機会を得ようと自分で努力しても、あまりに檻《おり》は強固で、がんじがらめなのよ……」

「確かにそうですが……今は変わらなくても、どんなに長くかかろうとも、まずは出来ることから始めていくしかないのでは？　沈女官さまが私たち見習いに最初の機会を与えてくださろうとしたように、主上の事業も……」

「あなたも主上に似て、考えが甘いわね。それに、あの方がなさろうとしていることは、いずれ一国の王が持つべき大義の範囲を超え、国々の秩序と均衡を崩し、天朝に歯向かうことになる。私は天朝の邪魔になり得るものはたとえ涼であろうと排除するつもりで、明安公主さまの輿入《こしい》れも仕組んだの。思った通り、主上の事業は中断したわ。公主の輿入れには莫大《ばくだい》な費用がかかるから、しばらく再開できないでしょう」

「で、でも……蘇女官を使って王妃さまを襲わせたのは？」

雪麗の顔から、それまで張り付いていた笑みが消えた。

「蘇女官も田女官も意外と使えなかったわね。でも仕方がないことよ、他人を使うのは、時として自分が動くよりも上手《うま》くいかないものよね。ええ、田女官の賭博《とばく》狂いに目をつけ、蘇女官を通じて金を掴《つか》ませたの」

おそらく、そうやって手下にした田女官を目くらましに使い、蘇女官に実行させたのだろう――鈴玉は好意を持っていた雪麗の冷徹さに触れ、背筋が寒くなった。

「鴛鴦殿に伺ったとき、王妃さまは孝恵さまを抱かれて微笑んでいらした。私が得られなかったあの方の妻という立場と寵愛《ちょうあい》、子ども……この方は全てをお持ちなのだと。そう思った瞬間、王妃さまに害をなせば後宮が大きく混乱するのはもちろん、あの方がさぞ傷つくだろう、という考えが浮かんだ。駒としていつか死ぬ運命だと思っているから、私に怖いものはなかった」

鈴玉は、雪麗が悪意をむき出しにするのを、痛ましい目つきで眺めていた。

「鄭女官、そんな哀れみを込めた目で私を見ないで。今の私は幸せなの。それに鄭女官を高く評価しているのよ。だから、衣裳《いしょう》の図案の件であなたを手助けしたわけ。私の眼に狂いはなかったわ。あなたはこんな後宮の一女官で終わるのは勿体《もったい》ない。私と天朝に来てくれたら、きっと今よりも才能を発揮して……」

「い、嫌です。私は、あなたとなんか行きません」

「怖がらなくてもいいのよ。さあ、私と一緒に行きましょう。鄭女官……」

雪麗は手を伸ばして鈴玉を抱きしめると見せかけ、短剣を奪って鞘から引き抜き、真っすぐ切り付けてきた。

「…………！」

鈴玉はすんでのところで身をかわしたが、袖《そで》を大きく切り裂かれた。雪麗は切先を鈴玉に向けたままじりじりと後ずさる。三階の舞台は四方のうち南側に手すりがなく、雪麗は床の縁に立つ形になった。

「最後の賭《か》けとしてあなたを殺して逃げようとしたけど、駄目ね。情が移ってしまって刃《やいば》が鈍ったわ……」

「雪麗さま……駄目です、主上のもとに行かれて罪を告白してください！」

鈴玉は自分が殺されそうになったことも頭から吹き飛び、頬を伝う涙もそのままに必死で呼びかけたが、相手には通じなかった。

「最後の賭けもし損じたのなら、私はこの世から消えるしかないでしょう？」

雪麗は一笑して、両腕を広げた。そのまま舞台の端から飛び降りようとする。

そこへ。

「趙雪麗！」

真下に駆け付けた魏内官が、三階を見上げていた。雪麗は彼を見て棒立ちとなる。

「蘭山……どうして」

「雪麗、駄目よ。飛ばないで。この場所を血で汚すことはないでしょう？　もう芝居は終わり。あなたに悪役は似合わない。本当は自分でもわかっているはずよ」

——あなたには、こんな姿を見られたくなかったのに。

顔を背けた雪麗が、そう呟くのを鈴玉は聞いた。

やがて彼女は腕を下して、その場にくずおれる。短剣が彼女の手を離れ、魏内官の足元に落ちた——。

五

「太妃さまは、主上が私を賜死にも刑死にも処さないことを案じて宝剣をお渡しになったというのに、結局は逃がしておしまいになるんですね。本当に甘いお方でいらっしゃる」

三星橋の真上で、趙雪麗が微笑んだ。彼女は郡夫人の絹の衣ではなく、灰色の綿の襦《じゅ》裙《くん》と外套《がいとう》に身を包んでいる。微行姿の主上は笑わず、雪麗に趙家の短剣を渡した。

「霊仙殿の御方が、改めてこれをそなたに渡して欲しいと。死を命じるのではなく、生を命じるために。あわせて、今回のことで責任を取り、自ら出宮を申し出てこられた。どこかの道観に入って、ひたすら亡き先王と兄上へ祈りを捧げる毎日を送りたいと」

「それで、主上のお答えはいかに？」

「もちろん、霊仙殿に末永くいてくださるようお願いした。太妃さまは私の嫡母であるからな。そなたを解き放つのは太妃さまのためであって、そなたのためではない。表向き、そなたは後宮で捕縛後に急死したことになっており、戸籍からも抹消してある。天朝に戻るなり、他所《よそ》に行くなりそなたの望み通りにせよ。ただし、涼に二度と足を踏み入れることはまかりならぬ。これが、情理に照らして私ができる最大限の計らいだ」

「他の者については、いかがなりましたか？」

「蘇女官と田女官は流刑にとどめ、李士雁は免職となって家財は官が没収する。趙家も同じだ。図らずも、そなたは夫や兄たちに復讐《ふくしゅう》を果たしたな」

「……女官たちは刑死、両家は族滅となるところ、寛大なお取り計らいをしてくださった主上に感謝いたします」

雪麗は深々と一礼して主上に謝し、目をそらして川面《かわも》を見つめた。同じく橋上から彼女と主上を見守っていた鈴玉は、胸がつかえるような心地がした。

「五爪《ごそう》の龍《りゅう》の牌《はい》は、外朝で私の手から孫太監に渡した。私は何も言わなかったし、相手も黙って受け取ったが、私の含意は理解しているはず。天朝さまのこれ以上の介入はご無用に願いたいと」

「ええ、ひとまず介入は収まるでしょう。ご安心なさってよろしいかと」

「それで、そなたはどこに行くつもりだ？」

「天朝に戻ったら私は死ぬことになります。これからどうすべきか……自分で招いたこととはいえ、私は『不繫之舟《ふけいのふね》』のごとく、ただ定めなく流れて天下を漂うことになる……」

孤独にあてもなくさまよい、彼女はいずれどこかで朽ちていくのだろうか――。

「だからこそ、私は死の代わりにその運命を用意し、剣をそなたに渡すのだ」

「主上は昔からお変わりにならない。理想ばかりで甘く……そして残酷な方でいらっしゃる」

「それは褒め言葉だと受け取っておこうか」

雪麗はもう一度主上に拝礼すると、視線を巡らせて鈴玉の姿を捉《とら》えた。鈴玉もまた、万感の思いを込めて見つめ返す。行旅姿の麗人は、低い声で口ずさんだ。

秋浄たる長湖《ちょうこ》　碧玉《へきぎょく》の流れ
荷《はす》の花深き処《ところ》に　蘭舟《らんしゅう》を繫《つな》ぐ

郎に逢《あ》い水を隔て　蓮子《れんし》を投げ
或《ある》いは人に知らるや　半日の羞《しゅう》

やがて、雪麗を載せた舟が、船着き場を離れて遠く朝靄《あさもや》の中を消えて行った。

主上は橋の上で微動だにせず彼方《かなた》を凝視していたが、ふうっと大きく息をつくと振り返り、唇の両端を上げた。下賜された銀子《ぎんす》の包みを抱える鈴玉の隣には、薄黄色の襦と水色の裙を身に付けた商家のお嬢さん風の若い女性が立っており、背後には劉星衛が控えている。

「明安、もう着いていたのだな。そなたの運命を変えてしまった彼女と、逃がした私を恨むか？」

「いいえ。天朝への輿入れは、きっと生まれ落ちたとき既に私の四柱《うんめい》に刻まれていたものでしょう。それに、兄上に感謝申し上げることはあっても、お恨みするなど……」

明安公主は朗らかな笑みを浮かべた。彼女は、香菱の入宮時の衣裳を借りて身にまとっている。

「そうか。ではそなたと約束した、お楽しみの微行に参ろうか」

雪麗の処分が決まり、後宮から天朝の影が一掃された段階で、明安公主は主上からの餞別《せんべつ》として「麟徳府のお忍び歩き」を願い出ていたのだった。

「はい、兄上。私の望みを叶《かな》えてくださって、ありがとうございます」

「今日は一日、のんびり麟徳府を巡って過ごそう。私も微服は久しぶりだ。鄭女官、劉中郎将、よろしく頼むぞ」

主上が先に立って歩き出し、鈴玉と明安が互いににっこりして後に続く。しんがりには、劉星衛が影のごとく付き添っていた。

「ここが西水潭なのですね、小説のなかで月香が黒旋に初めて会った場所でしょう？」

公主は歩きながら、小さく畳んだ紙を取り出して広げる。それは麟徳府の概略図で、朱字で数々の語句が書き込まれている。

「ええ、そうです。今いた場所が三星橋で、月香が佇《たたず》んで詩歌を口ずさんでいたのがあちらの草鯉亭《そうりてい》。ぐるっと半周して西にずっと行けば……」

鈴玉はあちらこちらを指さして公主に教えながら、そぞろ歩きを楽しむ。

「酒釀《しゅじょう》はいらんかねー、甘い甘い酒釀はどうかねー、団子も入って美味《おい》しいよー」

「今朝産みたての鶏卵、とびきり新鮮だよー」

昼間から屋台の呼び声や物売りの掛け声で、西の市場は賑《にぎ》やかで活気に溢《あふ》れている。

公主は興味津々といった様子で、酒釀の屋台の前で立ち止まった。「酒釀」とは、もち米を発酵させて作った甘味のある食べ物である。

「兄上、この酒釀と申すものを頂いてみたいと思います。どうかお許しを。確か小説の第三回で、黒旋の僕《しもべ》の黄十七《こうじゅうしち》が屋台の酒釀を食べていたはずです」

だが、主上は渋面となった。

「あ、いや、屋台のものはそなたが腹を壊さんとも限らんし。酒醸ならば後で作らせることもできるゆえ」

その途端、酒醸屋を仕切る中年の大柄な女性が額の青筋をぴくりとさせた。

「何だって？　そこの洒落《しゃれ》のめしたお兄さん、うちの屋台で出すものが汚いって言いたいのかい？　いけ好かないことを言ってくれるね」

「い、いや、そんなつもりでは……」

玉杓子《じゃくし》を手にした女性にぐいぐいと詰め寄られ、主上はたじたじとなっている。宮中にあっては至尊の玉座から文武百官を睥睨《へいげい》する王者も、この女将《おかみ》の前では形無しだった。

鈴玉はちらりと星衛の出方を窺《うかが》ったが、彼は澄ました顔で二人のやり取りを眺めるばかりで、動こうとはしない。

「うちの酒醸はとびきりいいもち米を使って、まだ星の出ている頃から早起きして作っているんだ。そこのお嬢さんが食べたって、たとえ王さまが召し上がったってお腹《なか》を壊すもんかい！　つまらん言いがかりをつけたと思ったら買いなよ、さあ買うの、買わないの？」

主上は巾着《きんちゃく》を出して言われるがままに四人分の代金を支払い、妹に向きなおると肩をすくめた。

「明安、面白いものが見られただろう？　この国の高みに座す者といえども、勝てぬ相手はいるものだ」

「はい、まこと世間は驚きに満ちております」

団子と枸杞《くこ》の実が入った酒釀の碗《わん》を手に公主は嬉《うれ》しげだったが、ふと声を潜めた。

「あの……これはどちらで頂けば良いのですか？　椅子も卓も見当たりませぬが」

「ん、立って食べるしかないだろうな」

主上の答えに、明安は「まあ」と目をみはる。

「明安さま、立ったまま頂くのは確かにお行儀の悪いことではありますが、お輿入《こしい》れなさったら二度とできない体験なので……。それに、黄十七は立ったまま酒釀を食べておりましたよ、主君の危機に駆け付ける前に」

鈴玉の助け舟に、公主はぱっと顔を輝かせた。

「ああ！　そうだった。では、立って食べるのが正解ね」

公主は立ったまま碗から酒釀を匙《さじ》で掬《すく》い、口に含んだ。

「美味しい……」

酒釀の甘さを堪能《たんのう》した後、四人は引き続き小説の舞台設定に従って、都の北に足を延ばして香山の華光廟に参詣《さんけい》し、南に戻って鼓楼や鐘楼を見て回った。妓楼《ぎろう》はさすがに登楼しなかったが、麟徳府一の格式を謳《うた》われる百華楼の前を通り過ぎた。

「ああ、楽しい。本当に楽しいわねえ」

公主が嚙《か》みしめるように何度も繰り返すのを、鈴玉は温かく、少し切なげな眼差《まなざ》しで見守っていた。

六

「さて、次は鄭女官に案内してもらえるかな？」

主上に命じられ、鈴玉は「恐れながら」と先に立って歩きだす。目指す場所は、麟徳府の東側の、王室の宗廟《みたまや》を南にずっと下った場所にあった。

「畏《かしこ》き辺りのご来臨を仰ぐのもためらわれる陋屋《ろうおく》ですが……」

古びた表門まで迎えに出てきた鄭駿は、あらかじめ知らされていた娘や星衛だけではなく、見知らぬ男女も随行していたので驚いた表情をした。一方、駿の背後から鄭録もひょこりと顔を覗《のぞ》かせたので、鈴玉は反射的に胸元の包みをぎゅっと抱きしめる。

――嫌だ、あの一族の恥さらしが本当に舞い戻ってきているなんて！　主上も公主さまもおいでになったというのに。おまけに、この中には下賜の銀子も入っているのよ。お父さまのために持って帰ってきたのに、こいつに気が付かれでもしたら……。

鈴玉を見た録はにやりとし、彼女は渋面で迎え撃って視線の火花が散る。

そんなこともつゆ知らぬ主上は、鄭駿に対して一揖《いちゆう》した。

「あなたが鄭鈴玉の父上の鄭香村先生ですか？　いや、驚かせてすまない。私たちまで一緒ということを事前に知らせると、かえってご負担が大きくなると思いましたので」

鄭駿は相手の正体を悟ったらしく、倉皇として拝跪《はいき》しようとしたが、主上は手を差し伸べて押しとどめた。録もぽかんと口を開けて、主上を見つめている。

「今日は微行にてこちらに伺いました。それに、聞くところによると先生の学問の師は李才文《さいぶん》先生だそうですね。才文先生は私の師でもありますので、私は香村先生のいわば学弟に当たるわけです。よって本日は君臣の間柄ではなく、あくまで学問上の兄弟という立場を取らせていただきたく」

主上は微行の時に用いる、さばけた中流貴族の話し方と挙措がすっかり板についている。

「こちらは私の異母妹《いもうと》です。近く嫁ぐことになり、麟徳府を見せて回っているというわけで……」

兄の紹介を受けて、明安公主は伏し目となって一礼した。鄭録は興味深そうに公主を見ている。

――ちょっと、明安公主さまに色目を使ったら、親族といえども許しておかないわよ。

鈴玉は録に警戒の視線を飛ばしているが、相手は一向に気が付かない。

「ご挨拶《あいさつ》を賜り、恐縮の極みです。こちらは私の従弟《いとこ》の子に当たる鄭録と申す者です」

鄭録は主上に「鄭録にございます、どうぞお見知りおきを」と揖礼《ゆうれい》し、ついで明安公主に瞳《ひとみ》を巡らせて微笑みかけたので、慌てた鈴玉は録と公主の間に割って入った。

「あのね、お父さまにお願いがあるの。明……じゃなかった、こちらのお嬢さまにお父さまの書斎を見せて差し上げて欲しいんだけど」

「私の？」

娘の言葉に首を傾げる鄭駿だったが、男性の書斎に他家の女性が入るのは、滅多にないことである。主上は一笑して言葉を添えた。

「私も先生の書斎は拝見したいものだ、ぜひ」

「蔵書も十分に揃っておらず、お恥ずかしい限りですが……」

そう言いながら、駿は主上たちを書斎に案内する。

――ああ、この部屋を見ると家に帰ってきたという実感が湧くわ。

鈴玉は、質素だが古雅な佇まいの書斎を懐かしげに見まわし、黒ずんだ柱を撫《な》でた。書架も卓も椅子も、小説に出て来る黒旋の書斎は父親のものを参考にして鈴玉が設定した。そして、明安公主が憧《あこが》れて、碧水殿の書斎を同じようにしつらえたのだ。

「本当に小説に出て来るままだわ、落ち着いた趣があって。私の再現は的外れでなかったのね、良かった」

「お嬢さまに実際にご覧いただけて、私も嬉しゅうございます」

鈴玉たちから離れた卓では、主上と鄭駿が書物を広げていた。

「香村先生たち鄭家の先祖は確か彩州の出身でしたな、良き土地柄だ。絹織物などの産業が栄え、近年はそれに伴って学問も隆盛していると聞くが」

「そのようですね。私や娘は都の出身ですが、録は彩州の生まれ育ちでございますから、当地の事情にも詳しいでしょう」

「おお、なるほど」

主上が緑を振り返って話の輪の中に入れ、しばらく三人で歓談している。

それまで戸口近くに控えていた星衛が外に出ていくのを見た鈴玉は、公主に「失礼します」と言い置いて、中庭に降りた。見張りのためか、星衛は腕組をして閉ざされた門の方角を向いて立っている。

「ねえ、劉中郎将」

「何だ？」

門から目を離さぬまま、星衛は答える。

「私は今回もあなたに守ってもらったけど、自分で自分を守る術《すべ》を身に付けたほうがいいかしらね？」

「どういう意味だ？」

「剣術でも稽古《けいこ》しようかと……後宮ではあなたもいないし、王妃さまをお守りするためにも」

鈴玉は上目遣いになった。ほんの一瞬、星衛は鈴玉に視線を向けて微笑み、また前方を見る。

「鄭女官が剣を持つなど、考えただけでも恐ろしいな」

「何よ、それ」

鈴玉は頬を膨らませる。

「そのままでいいという意味だ。私には私の戦い方があり、そなたにはそなたの戦い方がある。そなたの心は剣よりも強いゆえ、何も心配はいらない」

言い切った星衛の横顔は、凜々《りり》しさと優しさを宿している。

「そ、そう？」

――もしかして、褒められたのかしら？

鈴玉は照れて俯《うつむ》いた。仕える相手も働く場所も異なるとはいえ、誠実で頼もしい味方がいることが彼女には嬉しかった。

――そうだ、助けてもらったお礼に何かを縫って贈ろうかしら。でも、欲しいものを訪ねても「気遣いは無用」と断られそうね。こっそり作って渡すとか？

鈴玉が頭を悩ませていると、星衛は何かを聞きつけたようで頰の筋肉をぴくりとさせ、剣の柄《つか》に手をやった。

「どうしたの？　中郎将」

「いや、門の外で声が……」

星衛が言いかける側から、「あっ、しまった！　忘れていた！」と叫ぶ声が書斎から聞こえ、中からどたどたと鄭録が飛び出してきた。そのまま中庭を突っ切り、門の閂《かんぬき》を開けると、七、八歳から十歳くらいまでの男女の子ども達が十人ほど転がり込んでくる。

「なっ……」

星衛が止める暇もなく、子ども達は中庭を占拠してしまい、録の姿を見ると一斉に歓声を上げる。

「あ、録先生だ！」

録は廊の隅に立てかけてあった、自分の背丈よりやや低いくらいの大きな筆と桶《おけ》を取り、中庭の真ん中に立った。

「やあ、来てくれてありがとう。みな揃っているかな？　約束通りの手習いの日だよ。さあ、小六《しょうろく》は、裏の井戸から水を汲《く》んできて」

録は一人に水を汲みに行かせた間、残った子ども達と楽しそうに話をしている。

鈴玉は理解した。録は中庭の石畳に筆と水で文字を書いて、子ども達に字を教えているのだ。気が付けば主上や明安公主たちも中庭に出てきて、大きな筆を振るって文字を書く録をにこにこと眺めている。

「天地玄黄、宇宙洪荒……『天は黒く地は黄いろ、宇宙は広くはてしない』と言う意味だ。まず繰り返して言ってごらん」

子ども達も石畳に膝《ひざ》をつき、「天地玄黄……」と復唱しながら、濡《ぬ》らした指で録の書く字を真似している。主上は鈴玉の隣に立ち、愉快げな顔つきで話しかけた。

「……そなたの再従弟《はとこ》はなかなか面白い人物だな。先ほど書斎で彼と話したが、まだ若いのに学問をよく修めて経綸《けいりん》を論じ、かつ民の辛苦に寄り添うことができる人物と見た。そなたは一人娘だろう？　香村先生は彼をご養子に迎えて、鄭家の祭祀《さいし》を継がせるおつもりのようだが。録も先生を慕っていることだし」

「えっ……！」

「ははは、そんな嫌そうな顔を致すな。いずれ新たな官僚の登用制度が日の目を見たら、彼のような人物にこそ受験してもらいたいものだ」

「まさか、彼が……そんな、畏《おそ》れ多いことでございます」

「鄭鈴玉。私が歩もうとしているのは困難な道のりだ。だが、道をともにする優秀な人材を見出《みいだ》すことこそ、我が涼国がこれからの世を生き残るのに必要不可欠なのだよ」

――これからの世？　どのような世になるというのだろう。

「何があっても根本は変わらない」と雪麗は言った。でも、本当に不可能だろうか？

「主上の仰《おつしや》る人材登用でも、男子のみが対象ですよね…………でも、いずれは女子も？　いつか女子も門前払いされずに試験を受けて官僚になったり、祖先の祭祀を継げたりしますか？　法も規範も変わる、いえ、変えることができますか？」

鈴玉はこの上なく真剣な眼差《まなざ》しを主上に向けていた。

――そうなれば、いつか雪麗さまの嘆きや、私の忸怩《じくじ》たる思いも昇華できるかしら？

主上は眼を見開いたが、やがて微笑んで鈴玉の肩に手を置いた。

「そう申すと思った。……今すぐとはいかないだろう。ただ、いつかきっと」

主上はそれ以上何も言わず、再び中庭に眼をやった。視線の先にはかがみ込んだ明安公主がいて、女の子に文字を教えていた。公主は顔を上げ、鄭録と目が合うとくすくす笑い、また俯いて文字を石畳に書く。男の子が桶の水をぴしゃっと録に引っ掛け、歓声を上げて逃げて行った。苦笑して顔をぬぐう録に、明安は懐から薄桃色の手巾《しゅきん》を取り出して渡す。

——明安さまが嫁がれた後も、どうかあのような笑顔でお暮らしくださるといい。

鈴玉は踵《きびす》を返して書斎に戻り、持ってきた銀子《ぎんす》の包みを父親の前に置いた。

「お父さま。これで我が家の蔵書を買い戻し、併せて録が身を立てるためにお使いいただきたく存じます。もし額が足りなければ、書物より録の方を優先させてください」

鄭駿は娘の言わんとすることを察したのか、はっと顔を上げた。

「お前……それでいいのか？」

「はい。もし彼を養子に迎えるのでしたら、私に異存はありません」

鈴玉は頷《うなず》いて、これでいいと思った。

——私が女官として働いて実家を援《たす》け、録が祭祀を継いで身を立てる。本当は全て自分の力で家門再興を成し遂げたかったけれど、それが今の私にできる精一杯だから。

彼女が書斎を出ると、鄭録が立っていた。

「何よ、立ち聞きでもしていたの？」

「とんでもない、鈴玉お姉さま。立ち聞きしなくても、お話の中身は何となくわかります」

「あらそう、良かったわね。うちに長く居候できることになって」

鈴玉はそっけなく言って背を向けた。腹が立つほど朗らかな録の声が追いかけて来る。

「それもこれも、お姉さまが清風鎮で僕を庇《かば》って、命を救ってくださったからですよ。おまけに、今日は素敵な出会いもありましたし」

「お嬢さまのこと？　だったら望み薄よ。遠方にお輿入《こしい》れが決まっているんだから」

振り返って顔をしかめる鈴玉に、緑はあるかなきかの微笑を浮かべる。

「知っています。僕が嬉《うれ》しいのは、たとえ短い語らいであっても、『知音《ちいん》』と称するに足る人と巡り合えたことなんです」

「彼女がそうだと？」

「ええ」

確信に満ちた彼の眼差しが、鈴玉には眩《まぶ》しかった。

「……お嬢さまもそう思っていらっしゃるといいわね」

──きっと、恵音閣の『知音』たちも、彼と同じ目をしていたに違いない。

春の日差しのもとで肩を寄せ合って語り、萩《はぎ》の花を踏みしだきながら手に手をとって駆ける。鈴玉は、そんな遠い日の若者たちに思いを馳《は》せていた。

夕刻になり、一同は鄭家を去って嘉靖宮への帰途を辿《たど》った。

「ああ、一日がこんなに早く過ぎてしまうものだなんて、今まで私は知りませんでした」

「ご機嫌だな、明安」

「はい、兄上と皆さま方のおかげです。輿入れ前に良き思い出ができて嬉しいのですが、惜しむらくは、天朝からご命令を頂くよりも早く、微行に連れて行っていただくようお願いすべきだったと」

主上は妹に苦笑してみせた。

「冗談ではない、余人を連れて微行するのは気を張るものだ。そなたを微行に連れて行くと王妃《つま》に告げたら、『今度はぜひ私もお連れくださいまし』と笑って申していたぞ」

「義姉上《あねうえ》は兄上や私が羨《うらや》ましいのでは？　ぜひお連れになって差し上げてください」

「やれやれ……でも、良かった。私も笑ってそなたを送り出すことができそうだ」

穏やかな温《ぬく》もりと少しの寂寥《せきりよう》感を残して、太陽が沈み行こうとしている——。

七

「鈴玉、あなたが畑に来てこうして手入れをするなんて、久しぶりじゃない？」

後苑《こうえん》の髪飾り用の花畑で、香菱は草をむしりながら同輩を見た。

「そうねえ。気が付いたら花もすっかり入れ替わっている」

「あなたも花を忘れるけれども、花の方もあなたを忘れちゃうわよ」

「ええ。でも、やっぱりこうしていると落ち着くわ」

そこへ、秋烟と朗朗が冊子を手に連れ立ってやってきた。

「小説の続きを書いたんで、明安さまに届けてくれる？　鈴玉」

「ありがとう、二人とも。でも無理しないでね、公主さまもあくまで後苑の仕事が優先で、輿入れまでに完結しなくていいと仰《おっしゃ》っていたし」

「そうか、お優しい方だね。あ、俺たちが完結させたら、鈴玉が天朝まで持って行ったらいいよ」

「そんなこと主上がお許しにならないわよ。朗朗」

「どうだろうね？　僕が思うに、主上がお許しになろうとなかろうと、鈴玉はいざとなったら天朝でもどこでも飛んで行っちゃいそうだよ」

「まあ、秋烟まで。私が何かの飛び道具みたいに言うのね」

鈴玉は口を尖《とが》らせたが、すぐに笑み崩れた。

「でも、読者に恵まれて良かったわね。作者冥利《みょうり》に尽きるというものじゃない？」

「本当にね。完結まで頑張って書かなきゃ……あ」

秋烟が遠方の藤棚を見て固まった。その下をくぐって、ゆらゆらと手を揺らしながら長身の宦官《かんがん》が歩いて来る。

「あなた達、勤務中なのに本当に楽しそうね。鳥がさえずっているみたいに、遠くからでも聞こえたわよ」

「こんにちは、魏内官さま。今日もお忙しそうですね」

「ええ、朗朗。薬草園の様子を見に行ってきたところよ、これから霊仙殿に伺うの。ふふ、あなたはいつも凛々《りり》しくて素敵ね。それから秋烟、今日は私に対する目つきが三角になっていないのは上等ね」

　身構えていた秋烟は、いつもとは違う魏内官の自分への態度に目をぱちくりさせた。魏内官は「ふふん」と愉快げに鼻を鳴らすと、鈴玉に視線を移す。

「ああ、鄭女官。あなたには特に何も言うことはないわ。いいえ、色々言いたいことはあるけど、言い出したら止まらなくなって、わんわん泣かせてしまいそう」

「魏内官さま、ひどいです。からかいの矛先を秋烟から私に変えたんですか？　一体あなたに対して私が何をしたというんです？」

　にやりとした魏蘭山は、いきり立つ鈴玉の反応を明らかに楽しんでいた。

「そうよ、あなたには私の心を動揺させた罪があるのよ。一生許さないから。ところで、鈴蘭の別名を知っている？」

「別名ですか？　いいえ」

「『草玉鈴《そうぎよくれい》』というのよ、あなたの名にそっくりでしょ。名だけではなくて、可愛い顔をして毒を持っているところもそっくり」

「変な八つ当たりはやめてください！」

「八つ当たりしたくもなるじゃない……何しろこちらは大切に思っていた人が目の前から消えたのだから。でもまあ、結果的にはあなたが彼女を救ってくれたのかしらね」

　魏内官は面白くなさそうな表情で言ってのけると、絶句する鈴玉を残し、背を向けて遠ざかって行った。

「ねえ、魏内官の言っていたこと、どういう意味？『彼女』って？」

香菱が鈴玉に問うたが、彼女は曖昧《あいまい》な表情で首を振るばかりだった。

「鄭女官、さっきからあなたは私の手元ばかり見ているけど、いくら見たってあなたの裁縫の腕は上がったりはしないのよ。手を動かしなさいよ、手を。二か月後には、明安公主さまが天朝に向けてお発ちになるんだから」

尚服局の裁縫部屋で、鈴玉は紫琪とともに、明安公主の婚礼衣裳《いしょう》である「翟衣《てきい》」の下裳《しょう》を仕立てていた。といっても、鈴玉は相変わらず目立たぬ部分しか縫わせてもらえないが、鈴玉は紫琪の細い指が素早く動き、複雑な運針をものともせず綺麗《きれい》に縫いあげていくさまを見るのが好きで、終日飽きることはなかった。

──そうだ。王女官ならば……。

「王女官、今度男ものの帯の縫い方を教えていただけますか？」

鈴玉の出し抜けの質問に、紫琪は椅子からずり落ちそうになった。

「男もの？　何でそんな……ひょっとして宦官の誰かと『対食』でもしているの？」

「対食」とは宦官と女官の婚姻関係、もしくは女官同士の恋愛関係を指す。

「あ、いえ。でも、贈りたい人がいるんです。その人には何度も命を助けてもらったので、お礼に」

「あのね、王妃さまの御用ではなく、男ものの帯を縫ったことがばれたら、たとえ潔白であっても面倒なことになるでしょ？　せめて香袋とかにしなさいよ、目立たないから」

「潔白も何も、彼とはそもそも恋愛とかそういう関係ではなく……」

鈴玉は口ごもったが、やがて紫琪を真っすぐ見返した。

「同志というか、戦友というか、そんな感じの人です」

紫琪は「何よ、それ」と言いたげな顔でしばらく返事をしなかったが、やがてぼそりと言った。

「明後日《あさって》の夕方は早く仕事が終わる予定だから、もし都合が良ければ……」

「ありがとうございます！」

鈴玉は喜色満面になって頭を下げ、楽しげに自分の針を動かした。


十月朔《ついたち》は冬の始まりであり、主上が文武百官に冬の衣服を下賜する日でもある。後宮や後苑も、黄や赤に色づいた葉が冷たい風にさらされて、日に日に鮮やかさを増していた。

「鈴玉、そっちの函《はこ》の中は全部出したの？」

「ええ、こちらはおしまい。あと三つ残っているけど。香菱は？」

「御衣庫まで二往復すれば終わりよ」

「じゃあ、昼前には並べ終わるわね。良かった」

鈴玉と香菱も王妃の衣替えのため、鴛鴦殿の庇《ひさし》や廊に机を出して衣裳を並べ、夏服に染みや穴がないか点検しているところだった。

裾《すそ》に飛ぶ朱鷺《とき》を刺繍《ししゅう》した薄紅色の裙《くん》、鳳凰《ほうおう》が向かい合った紋様を配した紫色の背子《はいし》、葡萄《ぶどう》紋を織り出した鶸《ひわ》色の大袖《たいしゅう》、規則正しく花草紋を配列した披帛《ひはく》……。

机上は色彩の渦となり、鈴玉と香菱は感慨深げに数々の衣裳を眺めまわした。

「明安公主さまがお輿入《こしい》れになったら、年明けにはいよいよ孝恵さまの世子冊封のお式。何だかとても目まぐるしい一年だったと思わない？」

「特にあなたにとってはね、鈴玉」

──本当に、あっという間に過ぎてしまった。明安公主さまのお輿入れのご命令に始まって、ご衣裳の競作に銀漢宮へのお使い、沈女官さまや明月との再会もあった。そうそう、録とお父さまのことも。そして、雪麗さまとの出会いと別れ。来年は何が待っていて、私や王妃さま、鴛鴦殿の皆はどうなっているのかしら？　できれば、これからもとりどりの花が咲き、皆が揃って心穏やかに、笑って暮らせるといい。

そう考えると、鈴玉の胸に明るく温かなものが満ちてくる。

香菱は「あっ」と呟《つぶや》いて鈴玉の肩先を軽くつつき、殿舎の戸口を指し示した。

「ねえ、王妃さまと孝恵さまが外にお出ましになった。これからお散歩かしら？」

「いいえ香菱、きっとご衣裳をご覧になりたいんだわ。おやつの饅頭《まんじゅう》を賭《か》ける？　お散歩か、ご衣裳か」

顔を見合わせてどちらが先ともなく笑い、二人は手に手をとって駆け出して行った。

参考文献

『礼記』下　竹内照夫　明治書院（新釈漢文大系二九）、一九七九年
『宦官　側近政治の構造』三田村泰助　中央公論新社（中公新書）、一九六三年
『科挙　中国の試験地獄』宮崎市定　中央公論新社（中公新書）、一九六三年
『中国家族法の原理』滋賀秀三　創文社、一九六七年
『中国ジェンダー史研究入門』小浜正子・下倉渉・佐々木愛・高嶋航・江上幸子（編）京都大学学術出版会、二〇一八年
『道教の神々』窪徳忠　平河出版社、一九八六年
『紅楼夢』上・中・下　曹雪芹（著）伊藤漱平（訳）平凡社（奇書シリーズ）、一九七三年
『東京夢華録―宋代の都市と生活―』孟元老（著）入矢義高・梅原郁（訳・注）岩波書店、一九八三年
『萬葉集』四　小島憲之・木下正俊・佐竹昭広（校注・訳者）小学館（日本古典文学全集五）、一九七五年
『春怨秋思――コリア漢詩鑑賞』瀬尾文子　角川学芸出版、二〇〇三年
『中国服飾五千年』上海市戯曲学校中国服装史研究組（編著）・周汛・高春明（撰文）商務印書館香港分館、一九八四年
『中国服飾史図鑑　第二巻』黄能馥・陳娟娟・黄鋼（編著）・古田真一（監修・訳）・栗城延江（訳）科学出版社東京・国書刊行会、二〇一九年
『中国妝束――大唐女児行』左丘萌（著）・末春（絵）清華大学出版社、二〇二〇年

本書は書き下ろしです。
この物語はフィクションであり、実在の人物・地名・団体等とは一切関係ありません。

王《おう》妃《ひ》さまのご衣《い》裳係《しようがかり》2

友愛《ゆうあい》の花《はな》は後宮《こうきゆう》に輝《かがや》く

結城《ゆうき》かおる

令和4年 4月25日 初版発行

発行者●青柳昌行

発行●株式会社KADOKAWA
〒102-8177 東京都千代田区富士見2-13-3
電話 0570-002-301(ナビダイヤル)

角川文庫 23156

印刷所●株式会社暁印刷
製本所●本間製本株式会社

表紙画●和田三造

●お問い合わせ
https://www.kadokawa.co.jp/(「お問い合わせ」へお進みください)
※内容によっては、お答えできない場合があります。
※サポートは日本国内のみとさせていただきます。
※Japanese text only

ISBN 978-4-04-112397-3 C0193

◇◇◇

角川文庫発刊に際して

角川源義

第二次世界大戦の敗北は、軍事力の敗北であった以上に、私たちの若い文化力の敗退であった。私たちの文化が戦争に対して如何に無力であり、単なるあだ花に過ぎなかったかを、私たちは身を以て体験し痛感した。西洋近代文化の摂取にとって、明治以後八十年の歳月は決して短かすぎたとは言えない。にもかかわらず、近代文化の伝統を確立し、自由な批判と柔軟な良識に富む文化層として自らを形成することに私たちは失敗して来た。そしてこれは、各層への文化の普及滲透を任務とする出版人の責任でもあった。

一九四五年以来、私たちは再び振出しに戻り、第一歩から踏み出すことを余儀なくされた。これは大きな不幸ではあるが、反面、これまでの混沌・未熟・歪曲の中にあった我が国の文化に秩序と確たる基礎を齎らすためには絶好の機会でもある。角川書店は、このような祖国の文化的危機にあたり、微力をも顧みず再建の礎石たるべき抱負と決意とをもって出発したが、ここに創立以来の念願を果すべく角川文庫を発刊する。これまで刊行されたあらゆる全集叢書文庫類の長所と短所とを検討し、古今東西の不朽の典籍を、良心的編集のもとに、廉価に、そして書架にふさわしい美本として、多くのひとびとに提供しようとする。しかし私たちは徒らに百科全書的な知識のジレッタントを作ることを目的とせず、あくまで祖国の文化に秩序と再建への道を示し、この文庫を角川書店の栄ある事業として、今後永久に継続発展せしめ、学芸と教養との殿堂として大成せんことを期したい。多くの読書子の愛情ある忠言と支持とによって、この希望と抱負とを完遂せしめられんことを願う。

一九四九年五月三日

皇帝の薬膳妃

紅き棗《なつめ》と再会の約束

尾道理子

〈妃《きさき》と医官〉の一人二役ファンタジー！

伍尭國《ごぎょうこく》の北の都、玄武《げんぶ》に暮らす少女・董胡《とうこ》は、幼い頃に会った謎の麗人「レイシ」の専属薬膳師になる夢を抱き、男子と偽って医術を学んでいた。しかし突然呼ばれた領主邸で、自身が行方知れずだった領主の娘であると告げられ、姫として皇帝への輿入れを命じられる。なす術《すべ》なく王宮へ入った董胡は、皇帝に嫌われようと振る舞うが、医官に変装して拵《こしら》えた薬膳饅頭が皇帝のお気に入りとなり——。妃と医官、秘密の二重生活が始まる！

角川文庫のキャラクター文芸

ISBN 978-4-04-111777-4